福建师范大学文学院文学创作丛书

标点人生

章武 著

海峡出版发行集团
THE STRAITS PUBLISHING & DISTRIBUTING GROUP | 海峡书局

图书在版编目（CIP）数据

标点人生/章武著. —福州：海峡书局，2015.3（2024.7
重印）

（闽水泱泱：福建师范大学文学院文学创作丛书）
ISBN 978-7-5567-0059-2

Ⅰ．①标… Ⅱ．①章… Ⅲ．①散文集-中国-当代 Ⅳ．
①I267

中国版本图书馆 CIP 数据核字（2015）第 040210 号

责任编辑 刘伏宝

标点人生
BIAODIAN RENSHENG

著　　者	章　武
出版发行	海峡书局
地　　址	福州市台江区白马中路 15 号
印　　刷	三河市兴博印务有限公司
厂　　址	河北省三河市杨庄镇大窝头村西
开　　本	710 毫米×1000 毫米　1/16
印　　张	16.5
字　　数	198 千字
版　　次	2015 年 3 月第 1 版
印　　次	2024 年 7 月第 2 次印刷
书　　号	ISBN 978-7-5567-0059-2
定　　价	68.00 元

序一

　　相对于中原而言,无论是经济还是文化,福建都是开发较迟的区域。然而,经过唐、五代的发展,至北宋、南宋时期,随着文化南移,处于东南海疆的福建在文化投入方面令人注目,整个宋代福建就出了五千多位进士。宋代的福建文化处于崛起的状态,州县学、书院的兴办,科举的发达,刻书业的繁荣,让福建一时文化精英荟萃。北宋著名词人、婉约派代表人物柳永就是今天的武夷山人,南宋著名词人张元干、刘克庄也是福建人。时间发展到近现代,冰心、庐隐、林徽因、郑振铎、高士其等闽籍作家影响广泛,他们的作品成为经得住考验的"长销书",用今天学术界的话来说,就是他们的许多作品都"经典化"了。

　　我无意过分强调福建的灵秀山水对孕育出一代代文人墨客的不可替代作用。地域文化的某些特征有时能让人发挥天赋,有时则制约人的创造力和洞察力。我只是说,从福建这片碧水青山走出来的读书人,他们对世界的思考,他们的审美创造,随着近代伊始"放眼看世界"的时代潮流不断涌动,表现出地域性文化与世界性文化的消化、融合大于冲突的特征,同样,他们的审美书写,既有博大的胸怀,又不乏细腻的精致。而这些特点在福建师范大学文学院创作文库的诸多作品中,亦能得到有力的印证。

　　福建师范大学文学院培养的学生相当部分已经是福建省语文教学的骨干教师,培养优秀的师范类大学生无疑是教学方面的重点。同时,不少博士、硕士、本科毕业生也走上了大学教育、文化传播或行政管理等岗位,与师大文学院有着学缘关系的各类人才活跃在教育与文化建设的各个层面,他们的工作在毕业后已经有了很大的差异,但有些能力的不断强化依然是他们的共同点:一是能写,二是能说。

如果是一位语文老师,能写意味着老师的下海作文要能为学生作出示范,示范性意味着难度性。语文老师的高素质表现之一就是老师写出的文章学生不但能服气,无论是议论文还是记叙文,而且具有带动、启发的作用。近在咫尺,且与学生形成教学共同体的语文老师若"能写",其为"班级订制"的作品通常能发挥教材上的文章所无法替代的作用。如此,文学院的学生写诗歌、散文、小说、随笔,不是一种"业余行为",而通过写的"游戏状态"达到写的"专业状态"。这是因为这种"游戏之写",不是通过必修性的学分制度让学生受约束,而是通过鼓励性的氛围创造来推动进步。一位学生只有通过写小说、写散文、写诗歌才会有耐心琢磨自我情感如何通过文字获得有效而别致的表达,一个运动员光看教学录像无法成为运动员,只有参加训练和比赛,才可能锻炼体魄,习得技术和战术。文学院从2009年开始举办一年一度的文学创作大奖赛,得奖作品汇编成正式出版物,展现学生的创作才能,通过"作品会操"提升创作水准,检讨作品得失,活跃创作氛围。如此持续多届,为形成创作批评与学术研究积极互动之特色打下基础。这样,从"运动员"到"教练员",今后师大文学院的毕业生无论是从事教师工作,还是当新闻记者,或是从事其他文字工作,不但自己要写得好,更由于自己有了对写作的深切体验,懂得教他人写出一手好文章,而不是只会用几个既有的概念或术语来敷衍出几则写作方法。能力的培养,许多是习得性的,而不是概念性的。方法的"懂得"不见得会写,从方法学习到应用学习,有一大段距离要去亲自经历,也就是说,写作能力的习得具有不可替代性:只有体验过,受挫过,豁然开朗过,积累了一定量的写作体验,懂得自身的天赋如何通过写作发挥出来,才可能找到属于自己的表达路径。光说不练,写作体验是不可能达到深切的。从这个意义上说,此次创作文库的出版,对鼓励性的创造氛围的进一步形成,将起到明显的推动作用。其影响也将是长期的。

此次文学院创作文库的推出，其特色除了学生作品系列，更有教师与校友系列。我们知道，福建师范大学文学院的历史可追溯到1907年清宣统帝的老师陈宝琛创建的福建优级师范学堂的国文系科，是全国较早创办的中文系学科之一。历史上，叶圣陶、董作宾等著名作家曾在此任教。著名的翻译家项星耀也曾任教于师大中文系。创作、翻译、研究、教学，这在诸多现代文学人那儿，多是相得益彰、相映成趣。我们无意倡导高校中文系教师在教学、研究与创作诸方面的全能化，但至少应该欢迎有创作才能的高校教师发表文学作品。文学作品创作不像体操比赛，上了年纪的体操教练很难与年轻的运动员一比高低。创作可类比射击运动，经验丰富的老教练亦可充任赛手，与年轻运动员同台竞技，有时还能获得不俗成绩。此次教师系列与校友系列的创作者，既有名家，又有年轻的教师作家、散文家、诗人，说不上洋洋大观，但济济一堂，第一次如此集中地推出在文学院工作以及在外就职的知名校友的文学作品，既是文学院教师群体创作实力的阶段性总结，亦通过作品的共同展示，了解知名校友的创作现状，深化知名校友与母校的学缘纽带联系，构建以师大文学院为出发点的创作共同体，让在校与校外的文学院文学创作者的各种作品，从各个侧面体现文学院历史与现阶段教学的成果性、成长性与标志性。

　　文学院这三个创作作品系列，从年龄的角度看，也可视为老中青三代的不同生活与思想情感面貌的差异性汇合，他们都与师大文学院有着种种"不得不说的故事"，他们的作品也或多或少反映了在母校生活的各种情感痕迹，当然，这是小而言之。就大处看，这三十年来，在我们这片土地上发生了各种变化与各种故事，然而，无论如何变化、如何不同，这三个系列的创作群体至少有些共同记忆密切地联系着福建师范大学，紧紧地联系着他们共同拥有的中文系和文学院。除了这一颇有意趣的共性之外，他们各自的生活与情感面相更可以让我们激动地发现，我们的同学、教师、校友通过他们的笔，对生活有着怎样的发现，又提供了什么样的思想与审美的景象，这犹如一系列的精神橱窗，让我们漫步其中，驻足品味，或会心一笑，或沉思感慨，或退后打量，或移情投入，说一声："看看，毕竟都是师大文学院的人，他们有些地方太像了。"或是"怎么都是师大文学院出来的人，他们的风格真是千差万别，争奇斗艳。"也许，这正是中文系、文学院应该有的写照，他们为了一个共同的爱好、趣味曾经或现在正走在一起，他们以各自的思想与表达呈现各种看法，同时，又以他们的笔，共同表达对世界、祖国、家乡以及文学艺术的热爱。

福建师范大学副校长　汪文顶

序二

1988 年，我进入福建师大中文系，从那时起，我和文学的不解之缘就开始了。

那是文学创作的黄金时代，文科楼教室和宿舍楼里永远闪着不愿熄灭的日光灯，紧蹙的额头和双眉，格子簿上黑色的笔迹，一簇簇橙红明灭的烟头，都在暗示着文学风尚在那个时代是多么为人尊崇。我记得，中文系的《闽江》文学社云集了一大批文学爱好者。当年的文学爱好者，大多数现在已成了作家、评论家，他们将爱好做成了事业；更多的人，他们在工作岗位上发挥中文专业的特色和优势，在柴米油盐中眺望自己的理想，尽管当年的爱好已默默沉潜到生活的褶皱里，但毫无疑问，我和他们一样，用四年的时光培育了一生的情怀。

我们为什么需要文学？每个人都有各自的判断。毫无疑问，文学让我们更清楚地看见人生和世界，我们在艺术的视距里"看见"从来没有看见到的，这也许就是文学永恒的意义。因此我们说文学是一项不朽的事业，所有曾经和正在进行文学创作的人们都值得嘉许和崇敬！

热爱文学的方式有多种，一种人以文学创作为终生的事业；另一种人持续阅读文学作品并关注文学的发展，用读者的身份和阅读的力量来影响文学的发展。大学毕业后，我曾经在莆田一中当过语文老师，经常鼓励和指导学生多写作文，写好作文，不断提高写作能力。如今虽然沉浮商海多年，但我依旧对文学创作怀有深深的情结。我愿意做后一种人，虽然放下了文学创作，但永远不离开它！

福建师大中文系是一个文学人才荟萃之地，这里有很多优秀的文艺创作者，有的作品还对当代中国文学的发展产生过重要影响，而我也因之受益良多。今天，欣闻《福建师范大学文学院文学创作丛书》即将出版，我非常荣幸能为这套丛书的出版尽自己一份绵薄之力，一方面表达我作为一名中文学子的拳拳之心，另一方面我也想对那些依然在进行文学创作的老师和同学们表示敬意！持续关注福建师大文学院的文学创作和研究发展情况，并能有所助益，这是设立"文学创作与研究基金"的初衷，《福建师范大学文学院文学创作丛书》的出版不仅是福建师大文学院老师和学生文学创作成果的一次重要结集，更是一次集体展示，它不仅总结过往，更预示着将来。我想，福建师大文学院的文学创作传统也必将因之迈上新的台阶，继续发扬光大！

福建师范大学文学院 88 级　林　勤

标点人生

——代自序

人生这本书，不论厚薄，字里行间，都不能没有标点符号。

幼年，是伴随着问号长大的。天有多高？地有多厚？山的那面有什么？海的对岸是哪里？世界上有"十万个为什么？"，就有十万个问号。

青年时代，血气方刚，喜怒形于色，最喜欢的是感叹号。是非的判断，爱憎的抒发，对任何一种可能性的追求，挫折中的奋起，失败后的颓唐，成功后的得意忘形以及接踵而来的灾难，全都化为一个个强有力的炸弹似的感叹号。尽管不时失之于浮躁，失之于简单、片面和偏颇，但青春的热血煮沸一往无前的勇气，却弥足珍贵。

人到中年，职业、家庭皆已尘埃落定，你只能沿着惟一的道路，朝着既定的目标，一步一个脚印地往前迈进。因为"不惑"，你少掉了许多浮想联翩的问号；因为务实，你也很少再使用锋芒毕露的感叹号。这时，平平淡淡的逗号，点点滴滴、绵延不绝的逗号，才是你的最佳选择。

在相当长的一段岁月里，我喜欢在胸前别上一枚徽章，一枚图案简单到只有一个白色逗点的红色徽章，那是友人送给我的一枚中国现代文学馆的馆徽。其本意有二：一是中国现代文学始于标点符号的诞生，而逗号是使用频率最高的一种标点符号；二是该馆对作家与作品的收藏与研究，永远不会终结。有趣的是，我到马来西亚参加一个文学夏令营活动，其营徽也是一个简单的逗号，喻示着文学事业只有起点，没有终点；只有逗号，没有句号。

当然，我对逗号的情有独钟，还不仅仅只缘于对文学事业的敬畏。对于一个社会人，无穷无尽的逗号，它还意味着忠诚，意味着责任，意味着勤奋，意味着在忙忙碌碌之中水滴石穿般的锲而不舍。

然而，人的精力、体力毕竟有限，随着年岁的增长，若一味逞强，长年超负荷运转，那也太累了，无穷无尽的逗号，最终必成为生命中不能承受之重。好在盼来了花甲之年，可以享受到最基本的一项人权——退休权了，于是，一个个可爱的句号纷至沓来。繁忙的文山会海，渐渐离我远去；喧闹的电话铃声，慢慢归于沉寂；可有可无的交际应酬，尽可婉言辞谢；蜗角虚名，蝇头微利，更可弃之如敝屣。两袖清风，一身轻松地回归家园，回归书斋，回归自然，不亦乐乎，何其快哉！

句号，不仅仅意味着终结，也意味着圆满。它像田径场上的奖牌，是对长途跋涉者抵达终点时的奖赏；它像中秋夜团圆之明月，洒向你心头的是一片美丽的清辉。句号的到来是必然的，是不可抗拒的，对谁都一样。真心实意地欢迎它，而不是千方百计地排斥它，这才是激流勇退，这才是删繁就简，这才是智者之所为。

但逗号依然不可丢失。赋闲在家，正是读书、思考和写作的金秋季节，也是寄情山水、健身旅游的大好时光，更是含饴弄孙、颐养天年的流金岁月。生命不息，逗号不止，所谓老有所学，老有所为，老有所乐，皆在其中矣。

晚年的冰心，常常回忆起她在福州南后街的童年生活，她好几次提及住所里所悬挂的一副对联："知足知不足，有为有弗为。"

此联甚合我意，自视为此生之座右铭。承蒙以撒兄错爱，两度挥毫，书赠与我，以便能时时告诫自己。

我以为：知足者，有弗为者，句号也；知不足者，有为者，逗号也。

句号与逗号相辅相成，交替使用，这才是我健全的，完整的，超然、悠然而又陶然的未来人生。

原载《福建日报》2003 年 10 月 22 日

《新民晚报》2005 年 11 月 13 日

入选《中国散文大系·哲理卷》(中国文联出版社 2015 年版)

目录 CONTENTS

辑一 大地进行曲

北京的色彩

我像一片云,从四季长青的东海之滨飘到了北京城。

来到北京之前,有人告诉我:北京是"红色的海洋",从紫禁城的宫墙到孩子们嘴中的糖葫芦,全是"红彤彤"的。

也有人告诉我:北京是"蓝色的世界",那里的男女老少,一年四季,全是一色蓝大褂……

我带着南方人一种特有的绿色的骄傲,步入了北京城。然而,深秋时节的北京城,很快便以她那壮丽而辉煌的色彩,驱除了我的偏见。

首先把我征服的,是北京的树叶。从机场进入市区,夹道的松树、柏树、高高的白杨树,全是绿的,就在这绿色中间,呈现出我在家乡所看不到的深深浅浅的黄,闪闪烁烁的金,团团簇簇的红。一时辨认不清的乔木、灌木,把千百种奇妙的色彩纷繁而又和谐地展现在我的面前,使我又惊又喜。后来,我漫游天坛,发现北门内那两排银杏树,满身都停满了黄蝴蝶。秋风一吹,蝴蝶纷纷飘落地上,待细细一看,却又都变成用黄绢裱制的小扇面,宽边上,还留着一道未曾褪尽的绿镶边呢!我登香山,探访秋日里最后一批黄栌树的红叶。我又发现,在那残留枝头和铺满地上的红叶中,竟也有我在南方所想象不到的层次:金黄、橘红、曙红、猩红、赭石……几乎没有两片树叶是同色的,就是同一片叶子,也往往是柑黄中渗透着桃红,丹红中凝结着玫瑰紫……

北京城这彩色的秋林啊,你终于使我明白:大自然并非只有一种绿色,也并非只有一种黄,一种红……

我攀登长城,漫游故宫。长城的城墙是黑灰色的,浓重中透着一种冷峻;故宫的宫墙是朱砂色的,深沉中显出一种威严。它们毕竟都已成为历史。我更喜欢的是近年来并肩崛起的新楼宇和那些纵横飞扬的立交桥,它们的色彩趋于明快、热烈、奔放,因而也更使人感到亲近。我常常把脸孔紧贴在公共汽车的窗玻璃上,不断从街道两旁飞驰的楼群中寻找雪山的洁白、草原的嫩绿、沙漠的金黄和大海的蔚蓝。由贝聿铭大师设计的香山饭店,素雅、纯净,不知怎么,使我怀念

起家乡那冰清玉洁的水仙花……

人们常说建筑是凝固的音乐。那么,北京城里无数个有色彩的音符,都能使人想起祖国的四面八方……

在北京的日子是短暂的。在繁忙的公务之余,我也忘不了作为一名外地的顾客,挤进川流不息的人群,去逛逛慕名已久的西单、王府井和大栅栏,去选购首都的时装。我发现与我摩肩擦背的人群中,穿蓝衣衫者毕竟已是少数。更多的人,是身着各种质料、各种颜色的西装、卡曲、夹克、猎装、中山装……甚至,还有刚刚从电视屏幕和洛杉矶奥运会走进服装柜台的“大岛茂”式外套和“栾菊杰”式的击剑服。许多人托我代购的“长城牌”和“大地牌”风衣已供不应求,暂时脱销。我常常不无遗憾地伫立在十字街头,用羡慕的目光追逐那些风衣在身的匆匆过客。秋风掀动风衣的后摆,使他们显得多么潇洒!我发现,连风衣的颜色也不再是单一的米黄色了。瞧,那一群骑自行车翩翩而来的身着风衣的少女,是红蝴蝶,是绿鹦鹉,还是蓝孔雀?

我是一片云,从彩色的北京又飘回绿色的东海之滨。

人们问:北京的色彩如何?

我毫不犹豫地回答:“凡是大自然有的,我们的首都全都有!”

原载《人民日报》1985年5月2日,转载于《散文选刊》《文汇月刊》及美国《时代报》;入选全国高中、初中语文课本(人民教育出版社),《中华人民共和国五十年文学名作文库·散文杂文卷》(作家出版社),《中国当代散文精华》(人民文学出版社)等,获福建省第二届优秀文学奖。

石狮之谜

这里没有金字塔，没有狮身人面兽，没有亘古难解的司芬克斯之谜。

这里只有一尊小小的古石狮子。一千岁？两千岁？谁也说不清。它造型古拙，全身风化，蹲在闹市区一个不起眼的古庵门口，像一位漂泊远洋归来的老华工，缄口不语，只用饱经沧桑的双眼默默注视着眼前风云变幻的人世。

以它命名的著名侨乡石狮，近一二十年来，却始终是我国东南沿海一个令人费解的谜。

一会儿，它是臭名昭著的"小香港"，"复辟资本主义"的桥头堡。

一会儿，它是爱国侨胞侨汇物资的集散地，五光十色的舶来品，使国人的眼界大开。

一会儿，它是台湾海峡走私活动的罪恶渊薮，硝烟滚滚，战火弥漫。

一会儿，它又首创合股联办乡镇企业的新模式，使所有政治家、企业家、经济学家和大小商贩都不能不刮目相看。

人们一边咒它骂它，用不信任的眼光毫不客气地审视它，一边又夸它赞它，用充满爱慕的眼光毫不掩饰地追求它。

每天，来自全国四面八方的旅客，多达四万之众，人流滚滚，车流滚滚，乃至132个班次的公共汽车、100多家或集体或个体经营的大巴、小巴、的士、摩托车全都人满为患。

人们从它身上索取各种各样的商品信息、生意经、生财之道，同时也不忘抢购走各种各样的"小洋货"：折叠伞、玛莉胸针、美的梦家私、美娜美餐具、全家福时装、倾倒巴黎淑女的"爱花牌"胸罩、走俏莫斯科的"闽狮牌"石磨蓝牛仔裤……

它有时红得发紫，有时又紫得发黑。它的浮沉起伏、盛衰荣辱，简直像一枚衡量祖国改革开放程度的晴雨计，牵动着海外千万人最敏感的神经。

假如我们不带任何偏见，走进石狮的大街小巷，不难发现，所谓石狮之谜，其谜底就在石狮人身上。

原石狮镇注册人口八万多,而其在海外人口也八万多,海内外比例刚好为一比一。在本镇人口中,百分之八十以上为侨属侨眷,抽刀断水水更流,哪怕是横扫一切的十年动乱中,石狮人也无法斩断与海外亲人千丝万缕的联系。

屹立在镇郊的姑嫂塔,是石狮人远祖离乡背井漂流海外的见证。在凄风苦语中等候亲人归帆的,何止是那两位痴情石化了的女性!

"猪仔"任人宰杀的血泪,华工异域创业的艰辛,在太平洋险风恶浪中凝成同舟共济的肝胆义气,赋予石狮人身上有着与内地人殊然不同的禀性。

他们,可说是国人中商品意识、竞争意识、风险意识最早觉醒的一群!

然而,这种觉醒,既带来机遇,也带来磨难。降临在它们头上,有时是衔春的燕子,有时是黑色的蝙蝠。

今天,当我采访石狮一些著名的企业家时,他们几乎都百感交集地回忆起十年动乱的艰难岁月——

海峡两岸的军事对峙,杳如黄鹤的海外音讯,使人多地少的石狮镇民陷入困境。困兽犹斗。他们凭借狡黠的心计,抓住"支援灾区阶级兄弟"的时机,大量生产砖瓦外运;利用"三忠于"的政治气候,把百货公司的铝盆全都打制成红像章出售……

尽管这样,他们到头来也未能逃脱被揪斗的厄运。

爱花牌胸罩的设计者和生产者宋太平,便是当年所谓"复辟狂"的"八大王"之一"螺丝大王"。当年,他的漫画像——从螺丝帽眼里钻出的脑袋便悬挂在北京的某展览馆里。硬邦邦的螺丝曾砸得他头破血流。而今,时过境迁,软绵绵的胸罩却使他大为走红,"爱花牌"胸罩不仅在王府井商场设有专柜,且畅销30多个国家,荣获外交部"出口产品优质荣誉奖章"。当年与他齐名的另外七位"大王",只有一位移居国外,其余全部就地成为改革大潮中的弄潮儿。

与此同时,一大批侨胞、港胞纷纷返梓投资办厂,使石狮市场像吃了激素的少年一样,迅速发育健壮,成为"铺天盖地万式装,有街无处不经商"的"购物天堂"。他们当中,有来自菲律宾的玛莉小姐——玛莉塑胶装饰品公司总经理;有来自香港的蔡先生,利用国产布料国产缝纫机制作"全家福"新潮时装的时装厂董事长……

精英汇聚,群星灿烂。石狮,再也不是一个无足轻重的侨乡小镇了。

1987年12月17日,国务院正式批准石狮建市。在32位候选人竞选市长的答辩会上，企业界选民代表毫不客气发问：

"假如你当选市长，能给我们带来什么好处？"

"我两袖清风而来。我个人不能给你们任何好处，但是，我能给你们带来政策——党和人民政府的各项优惠政策！"

40多岁的刘成业，以其掷地有声的简短答复赢得了最多的选票。

石狮——中国又一个年轻的城市诞生了。

作为石狮市的吉祥物——古庵前那只古老的石狮子即将光荣引退，由海外侨胞捐献的新石狮子，取名为"东方醒狮"，高达九米、重达20吨的花岗岩雕塑，将作为新城的城徽，在万象更新的侨乡高高耸立。

它标志着石狮的历史翻开新的一页。它不再是一个谜。它将昂首扬鬃，面向太平洋，迎接新世纪。

原载《华声报》1989年2月21日
获该报"新侨乡"全球华人征文特等奖

遥寄鞍钢

你好,鞍山! 你好,鞍钢!

离开你已经个把月了,但我还一直沉浸在你热腾腾的气浪里。

一个多月前,刚接到中国作协的通知,要到你那边采风时,闪现在我记忆屏幕上的你,还完全是"共和国钢都"的一幅传统画面:铁水奔流,钢花飞溅。白昼,烟云笼罩;夜晚,火光冲天。是郭小川的诗吧?"森林般的烟囱"、"山峦般的炉群"……是艾芜小说里的描写吧?"黑黄色的烟云,好像遮蔽了半个天空,空气中散播着轻微的瓦斯气味……"

鞍钢,听说你如今已经八十高龄,尽管战功赫赫,但毕竟老了。"廉颇老矣,尚能饭否?"

鞍钢,听说你曾拥有 50 万名职工,是中国国有企业首屈一指的"铁老大"。那么,当市场经济的大潮铺天盖地席卷而来时,你这艘长期超载的巨轮,还能够破浪远航吗?

我带着半是向往半是疑虑的心情收拾行装,没敢忘记在行李包里塞进几件干净衬衣,外加几盒"阿司咪唑",以防我的过敏性鼻炎因空气污染而再度发作。

百闻不如一见。当我走进鞍山、走进鞍钢时,我发现,我的想象力实在太贫乏了,我的一些担心因多余而显得幼稚可笑。

我万万没有想到,呈现在我面前的"钢都",居然是如此美丽洁净与繁华,"山在城中,水在山中,城在树中,人在绿中。"到处是淡淡的山影,浓浓的树影,鲜花在草丛中开放,阳光在湖波上闪动,清新与湿润的空气,简直与东海之滨的福州并无两样。更不必说市郊的汤冈子温泉了,湖光塔影,不亚于西安的华清池,誉称"辽东第一山"的国家级风景名胜区千山,更是千峰叠翠,吸引了无数游客。

人常说"五岳归来不看山",如今,我要说"鞍钢归来不看厂"。且不说鞍山市的大街小巷,分布着鞍钢的一千多家子企业,光是鞍钢的主厂区,那立体交叉的公路与铁路、横穿竖连的河流与桥梁、密如蛛网的大小管道,星罗棋布的新旧厂房,以及山岳一般、密林一般矗立的高炉群,简直就是波澜壮阔的大海!

鞍钢到底有多大?一位司机告诉我:刚来报到时,三天三夜也摸不清方向!

鞍钢人到底有多少?一位工会干部告诉我:50 万名职工中,光医生护士就有万把人,光退休人员就多达 17 万!更不必说那从托儿所幼儿园小学中学一直到大中专院校的无比庞大的教育队伍了,为了培养师资,他们不得不办起师范学院……

"除了火葬场,这里啥都有。"如此巨大而又复杂的社会,可想而知,其改革有多难,腾飞的翅膀有多沉重!曾经为共和国上交巨额利润,贡献过"一个宝钢、十几个鞍钢"的老企业,在 20 世纪九十年代中期,陷入了困境。人员需要分流,需要精减;设备亟待更新,亟待改造。而现有职工的工资,却还不得不拖欠……

就在鞍钢人咬紧牙关,苦渡难关的日子里,中央电视台"心连心艺术团"从北京来此进行慰问演出,一口气连演 14 场。其中,有些场次,车间就是舞台,高炉就是背景,那是钢水铁水搅拌着汗水和泪水的演出。一位歌唱家悄悄问一位在高炉前挥舞"丈八长矛"般钢钎的炉前工:"你工作这么辛苦,每月工资该有万把块吧?"

那位炉前工拉下面罩,露出被炉火映得通红的脸膛,上面的汗珠就像珍珠一样闪闪发光。他用平静的语调轻轻地回答:"万把块?那是我一年的工资。"

我不知道,当时,那位歌唱家对此做何感想。我想,不仅仅是文艺工作者,我们全国各行各业的人民大众,对鞍钢人都必须有更深的理解、同情与敬重。因为,正是他们,在如此窘迫的境况下,依然为京九大铁路大动脉,为迎接香港回归,贡献出最急需、最优质同时又是最低价的钢轨……我们的鞍钢,不愧是共和国的脊梁,最可靠最得力的"钢铁长子"!

如今,我走进热浪滚滚的无缝钢管厂,走进经过改造后依然高高耸立却不再冒烟的十号高炉区,走进新建的具有世界先进水平、誉称"新世纪之光"的 1780 热轧带钢厂……我可以欣慰地向读者报告:我们的鞍钢,在减员增效三年脱困的大决策中,已经首战告捷。所有老式的平炉都被先进的转炉所取代,通过建立现代企业制度,组建并分离出去一大批独立的子公司,鞍钢已实现减员 20 多万人,1999 年,公司总收入 170 亿元,获利一亿元。由于国家实施西部大开发战略,拉动了内需,再加上严厉打击走私活动,使钢材价格回升,全厂上下一片喜气洋洋,今年第一季度,光轧钢的出口就是去年同期的 12 倍。我们的鞍钢,已初步摆脱

了困境，获得了新生。

在这里，我还要悄悄告诉读者，我犯了一个美丽的错误——我随身携带的"阿司咪唑"已派不上用场了，因为鞍钢的烟尘污染得到了有效的控制。当我们在主厂区穿梭来往时，随处可见有人在细心地呵护着每一片草地、每一丛鲜花、每一棵树木。据主人介绍，承担这些工作的是绿化公司，该公司由分流转岗的职工组成，他们的收入并不亚于炉前工！不久前，朱镕基总理来视察时，还特地表扬道：你们的绿化，比市里还好！

听说，鞍山市铁矿石的蕴藏量相当于全国的四分之一。鞍山，不仅是铁的富矿，更是文学创作采掘不尽的富矿；鞍钢，不仅是为全国冶金战线培养干部输送人才的"钢铁摇篮"，也是培养作家的摇篮。当采风团与鞍钢的20多位作家举行座谈时，大家都不约而同地回忆起罗丹、草明、艾芜、于敏、郭小川等前辈作家，他们都曾到鞍山深入生活，与孟泰、王崇伦等老劳模朝夕相处，同甘共苦，写出一部又一部在当年曾为全国广大读者所熟知的文学作品。那么，今天，当鞍钢人在改革开放的时代大潮中重新谱写可歌可泣的动人篇章时，我们的文学工作者，还能够心安理得地躲在自己的书斋里闭门造车吗？

在时代的考验面前，鞍钢人已经写出了令全国人民满意的答卷，那么，在鞍钢的考验面前，我们作家们，将交出什么样的答卷呢？

原载《福建日报》2000年7月18日

入选《作家采风》(作家出版社2001年版)

西海固乡音

在汉语词汇中,"老乡"一词大概是最富有弹性和张力的了,其内涵与外延可随时随地放大或缩小。本人祖籍莆田县江口镇,在莆田,只有江口人才算老乡;来福州,凡说莆仙话的都是老乡;出了省,则福建人皆为老乡;出了国,则炎黄子孙皆为同胞兄弟。下辈子要是上月球去,恐怕,只要遇到地球上的人类便都是老乡了。

"老乡见老乡,两眼泪汪汪。"这一点,身在异域他乡,感受最为真切。不久前,我和几位作家到宁夏回族自治区南部的西海固地区采访,一路上,只要听到福建口音,不管是莆仙话、闽南话还是福州话,都喜出望外,倍觉亲切,而在当地八个县对口挂职扶贫的老乡,则更为激动。比如,西吉县副县长沈国顺,是莆田县派来挂职的,临别时,还紧紧抓住我的手不放:"老乡,好久没听到乡音了,再说说几句莆仙话留给我吧!"其情之殷殷,意之切切,不能不使人为之动容。

所谓"西海固",实指宁夏南部的固原专区,因其境内有西吉县、海原县和固原县,三县各抽一字便组成"西海固"这一统称。其中,古丝绸之路北线上的重镇固原是其专区所在地。由于地处鄂尔多斯台地,西有黄沙漫漫的腾格里沙漠,东有烟尘滚滚的毛乌素沙漠,"十年九旱,赤地千里"是其最主要的地理特色,每年水分的蒸发量大于降水量,历来是中国最贫困的地区之一,素以"苦甲天下"而著称于世。早在多年前,国务院便把它与甘肃的河西、定西并列为中国最贫困的"三西"地区,设立专项资金予以重点扶贫解困。1996年,国家又正式确定闽、宁两省区进行对口帮扶,从此,来自东海之滨的福建省各级领导干部和各界有识之士,便把浓浓的带有海腥味的福建乡音,带进西海固地区的一层层黄土高坡,一座座塞上古邑,一家家回汉同胞所居住的土屋和窑洞……

时值盛夏酷暑,我们一路上虽未遇见沙尘暴,但眼见一片片田园寸草不生,一条条河川干涸断流,一座座水库底部朝天,只剩下伤痕累累的龟裂纹,有的,还

晒出白花花的盐碱,其旱情之严酷可想而知。下榻固原县的头天晚上,宾馆里既无空调,也无电扇,甚至连蚊香也没有提供的"习惯",大家只能光膀子在茶几上或地板上像锅贴一般翻来覆去熬了一个晚上,总算体验一回老乡们在旱乡苦夏里过"生活关"的困难。好在天快亮时,窗外雷鸣电闪,下了一阵雨。可是,当我们早餐时向主人表示祝贺,固原地区副专员马国林却摇摇头说:"迟了,这雨下得太迟了,许多地方夏粮早已绝收,来不及了。"

马国林是福建省农委派来挂职的,统领八个县福建来的老乡。在宁夏,"十个回回九个马",唯有他这位副专员是汉族,但他"不是回回胜似回回",早已和当地的回族同胞融为一体。吃饭时,他特意抓来一大把紫皮大蒜,尽管又生又涩又辣又呛,却逼我们每人都要硬吞下去。他说:"这里水硬,含氟量高,诸位初来乍到,若不吃蒜,肯定要胀肚子,拉稀!"说着,他还吟诵起他自撰的一副对联:"少喝酒多吃蒜保平安,树形象讲奉献求发展。"

看来,在西海固工作的福建乡亲们,之所以能耐得住清贫和寂寞,之所以能在艰苦的环境中开拓进取,因为他们心里明白,他们的一举一动,全都关系到回族同胞的利益,关系到国家西部大开发的战略全局。

大旱之年,水贵如油。如何解决人畜饮水问题,继而扩大水浇地面积,是摆在他们面前无法回避的一大课题。同心县副县长何敬赐,是石狮市派来挂职的,他忍着痔疮发作的难言之苦,一步一拐地领着我们参观新建成的移民新村——黄石村。黄者,黄河也;石者,石狮也。顾名思义,是石狮市投资 30 多万元援建的引黄灌区移民新村。其万名移民均来自四周黄土高坡上的绝水地区。当我们在村外看到扬程达 55 米高的扬水泵站,看到 360 米的渡槽、3800 米的干渠,像长龙一般伸进两万亩寸草不生的"赤地",遥想明年这里将翻滚起绿色和金色的麦浪时,不能不对黄河母亲倍感敬爱和感激。

但母亲的乳汁毕竟有限。西海固地区除同心县外,其余各县都远离黄河,老百姓喝水,只能靠在家门口挖一方"涝窖",存集夏季的雨水和冬季的雪水,其纯净度可想而知。固原县副县长吴清滨,是晋江市派来挂职的,他今年最得意的作品是在被判为无水"死刑"的甘城乡严湾村,经过 80 多天的勘测和钻探,终于挖出了一口被誉为"生命工程"的机井,其井深 456 米,每天出水 800 立方米,可解决该乡及周边三个县五个乡镇数万群众和牲畜的饮水困难,总投资40万元,全由泉州市及晋江市支付。据说出水那天,十里八村的乡亲们提着水桶,牵着骡马,全都赶来观看,井水与泪水一起喷涌,回族的尕妹们唱起了"花儿",汉族的老汉们吼出了"秦腔",可惜我们来迟了,没赶上这动人的场景。

看来,西海固地区脱贫的关键在于如何保持水土,有效制止生态环境恶化,既是当务之急,也是造福子孙后代实现可持续发展的战略要求。为此,福建的老乡们正和当地的父老乡亲们一起作出可贵的探索和不懈的努力。海原县坚决退耕还林还草,3000亩草场正在黄土高原上展现。固原县秦长城内外,10万亩坡地改梯田的农业示范区也已初具雏形。当我们站在古老的长城上,眺望眼前荞麦苗和马铃薯苗深深浅浅的绿意时,好像痛痛快快洗了个凉水澡,心中充溢着无限的希望和祝福。

众所周知,宁夏有"五宝":红的是枸杞,黄的是甘草,黑的是发菜,蓝的是贺兰玉,白的是滩羊二毛皮。如今,为防止草场沙化,国家明令禁止挖甘草和发菜,"五宝"只剩下"三宝"。不过,当我听了泾源、西吉两县有关"土豆变金豆"的故事后,我以为,原先最普通最平凡最不起眼的土豆(马铃薯),完全有资格跻身于宁夏的新宝之列。在泾源县,我们看到由厦门市开元区援建的脱毒马铃薯组织培养繁育中心,三年科技扶贫,使得当地的土豆生产能力提高了三倍。在西吉县,副县长沈国顺领着我们参观了全国规模最大的宁夏香吉(集团)变性淀粉研究所以及五家淀粉厂,这是由莆田香江集团公司总裁郭文雨先生投资三亿元办起来的宁夏扶贫"天字第一号"工程。据说,西吉县的土豆过去卖不掉,每年烂掉几十万吨,如今,香吉公司年加工土豆40万吨,生产精淀粉6万吨,"银鸥淀粉——中国的骄傲",畅销东南沿海各地。仅此一端,就使全县43万人口人均年产值增加了300多元,并同时解决了数千农民的就业问题。为此,郭文雨获得全国"扶贫贡献奖"和"中国光彩事业奖章",作为他的莆田老乡,我自然也分享了这一份光荣。

西海固采风的高潮当数革命圣地六盘山。这是座海拔近3000米,雄踞陕甘宁三省区边界的大山,山高林密,气势不凡。

那天,马国林副专员亲自率领我们沿"六六三十六盘"古道登上了最高峰,

瞻仰了一代伟人毛泽东的词碑亭,重温55年前,即1935年10月7日,他率领中国工农红军翻越此山时所写的《清平乐·六盘山》:"天高云淡,望断南飞雁。不到长城非好汉,屈指行程二万。六盘山上高峰,红旗漫卷西风。今日长缨在手,何时缚住苍龙?"

此时此地,我们对这首气壮山河的华章,似乎又有了新的理解。如果说,党中央有关西部大开发的战略是今日在手的"长缨",那么,我们何年何月,才能缚住干旱与贫困这条"苍龙"呢?

满山松涛汹涌,大家似乎都陷入了深思。

原载《福建文学》2000年12月号

获第七届福建省新闻奖一等奖

入选《作家采风》(作家出版社2001年版)

磁悬浮列车初乘记

又是春暖花开季节,中国作家协会全委会在上海举行年会。

本次年会特别给人以一种庄严的历史感,因为设在锦江饭店的会场,就是1972年周恩来总理和尼克松总统举行会谈并发表《中美上海联合公报》的地方。

按惯例,会议期间,东道主都要安排与会者进行参观。以"海纳百川,追求卓越"为城市精神的上海,自然也不例外。何况,为迎接2000年即将举办的世界博览会,上海正大张旗鼓地进行各方面建设,以实现"城市,让未来更美好!"

面对来自全国各地的文朋诗友,上海主人有意从高度、长度和速度三个方面,让大家感受一下"阿拉大上海"的心跳和脉动。其中,最能体现上海高度的,自然是"亚洲第一、世界第三"的东方明珠电视塔了,华灯初上的夜晚,"大珠小珠落玉盘"的它,把黄浦江装点得灿若天上的银河。最能体现上海长度的,自然是全长35公里、"神龙见首不见尾"的东海大桥了,它是当今全球最长的跨海大桥,有了它,上海新港(洋山港)才能在不久的未来勇摘世界集装箱港口的皇冠。至于最能体现上海发展速度的,毫无疑问,自然是近年来横空出世的磁悬浮列车了。

别看作家们个个走南闯北,见多识广,但面对磁悬浮列车这种新玩意儿,都有点像初进大观园的刘姥姥,既兴奋又紧张。听说它的时速最高可达430公里,几位心脏欠佳的朋友更是忐忑不安,尤其是刚做过心脏搭桥手术的广东小说家吕雷,尽管急救药品不离身,但临上车前还在犹豫不决。好在主人一再打保票,说磁悬浮列车不仅最高速、最节能、最环保,同时也最安全、最舒适,车厢内的磁场,只相当于地球的自然磁场,其强度,比吹风机,比电动缝纫机周围的磁场还低呢!他这才将信将疑地上了车。

上海的磁悬浮列车线路,是全世界第一条正式投入商业运营的示范线。它西起地铁二号线龙阳车站,东至浦东国际机场,全长30公里,单向运行只需8分钟。天啊,这短短的8分钟,还不够陕西小说家陈忠实美美抽上一根雪茄烟呢!

当我们从龙阳地铁站乘电梯钻出地面,再登上高高的月台时,一列长长的、线条流畅、皮肤光滑、有如美人鱼一般的磁悬浮列车,已在轨道上静静地等候我

们。上车前，大家纷纷抓紧时间摄影留念。河北诗人刘小放背倚一节车厢，请我帮他"咔嚓"一下。没想到，留在数码相机屏幕上的他，居然一个人变成了两个人，就像孪生兄弟一般。原来，纤尘不染、油光锃亮的车身外壳，就像镜子一般，把他的影子也一同照了进去。

如此洁净的车厢，肯定严禁吸烟。我发现烟瘾最大的两位将军作家——李存葆和韩静霆，也静悄悄地把手中的香烟和打火机藏进衣袋，然后，迈着军人的坚定步伐，尾随大家鱼贯上车。至于陈忠实，一时没看到，想必，他最心爱的雪茄烟，也只能照此办理了。

乍进窗明几净、宽敞舒适的车厢，感觉就像进入客机的特等舱。所不同的是，飞机起飞时乘客须系紧安全带，而这里却允许大家无拘无束、自由自在地随意走动。难得一路同行，呼朋唤友声，打趣笑闹声不绝于耳。等大家自由组合全都坐定，抬头一看眼前的车速显示屏，方知不觉间，列车已悄无声息地开动了。眼看列车时速不断蹿升，100,200,300,400,再一下子跳上 430 公里的最高点，但坐在我身边的吕雷，却"面不改色心不跳"，还一个劲儿地和大家说说笑笑呢！

此时，我偷眼往车窗外望去，奇怪，本应如闪电般掠过的风景，却一点儿也不令人头晕目眩。唯见相邻高速公路上的小轿车，一只只都像蜗牛般往后退去呢！

请教列车员，方知这里的窗玻璃，全都是一种特制的减速玻璃，让你的视觉保持常态，显得更平稳，更清晰，更舒适……

转瞬之间，列车又开始减速了：400,300,200,100……直到此行的终点站——浦东机场，伸长双臂把我们揽入怀抱。8 分钟,30 公里，堪称是"弹指一挥间"！不是靠符咒，而是靠高科技，让我们全都当上了一回《水浒传》中的"神行太保"。

下车时，我问吕雷："感觉如何？"

他耸耸肩膀，把双手一摊，笑答："什么感觉也没有。"

我忽想起巴金生前论写作时的一句名言："无技巧是最高的技巧。"可不是，对于高速运行的磁悬浮列车来说，没有感觉，不就是最好的感觉吗！

原载《安全与健康》2006 年 6 月号

重返仙游

一

在全国近三千个县(市)中,最富有浪漫色彩的县名,想必就是仙游了。

它源于一个美妙的传说:很久很久以前,有九位来自安徽的盲人——何氏九兄弟,取道福州九仙山、福清石竹山来到这里。他们在木兰溪上游的一条小溪边驻足小憩,并掬起清凉的溪水洗脸,不料,这一洗,九个兄弟的十八只眼睛同时亮了起来。乍见光明的他们,兴高采烈地爬上一座森林密布的高山,来到一个下泻九级瀑布的天湖,他们选中这宛若仙境的地方采药、炼丹、修炼。有一天,九只大鲤鱼从水中跳了出来,九兄弟骑上鱼背,在彩云缭绕中冉冉升天而去。

从此,这溪,名仙水;这山,叫何岭;这湖,就称之为九鲤湖。

到了唐天宝元年(公元 742 年),就连原先的县名“清源”,也因此而改称为“仙游”了。

也许,正因为这里是神仙们游历过、眷恋过的仙境,自古以来,就有四大美景、四大名果、四大文化品牌。

四大美景:“一菜溪,二麦斜,三九鲤,四天马。”其中,尤以九鲤湖的九漈飞瀑最为壮观,明代徐霞客的游记、王世贞的戏曲、清代纪晓岚的笔记,以及风流才子唐伯虎等来此祈梦的种种传说,更为它插上翅膀,天下扬名。

四大名果:龙眼、荔枝、枇杷、文旦柚。其中,枫亭的荔枝,早在宋代,就呈现出“烟火万家,荔阴十里”,“夜半归来风满袖,家家门巷荔枝香”的繁华景象。祖籍枫亭的北宋名臣蔡襄,就从中吸取灵感,写就世界上第一部荔枝专著《荔枝谱》。

至于仙游的人文历史,更有令人称羡的“四大品牌”:

一为科甲之乡:古代仙游,曾孕育出 4 名宰相、5 名状元、13 名尚书、28 名侍郎、近 700 名进士。其中,光是宋代的枫亭一地,就有三位全国皆知的名人——蔡襄、蔡京、蔡卞,统称为“枫亭三蔡”。

二为戏剧之乡：源于唐，成于宋，盛于明清的莆仙戏是全国最古老的剧种之一，仙游人也是全国最热心的戏迷。新中国成立以来，鲤声剧团五度晋京献演，一次赴台巡演，都取得轰动效应。其中，陈仁鉴编剧的《团圆之后》《春草闯堂》，郑怀兴编剧的《新亭泪》《晋宫寒月》等，已成为中国当代戏曲的经典剧目。难怪老舍生前有诗赞曰："可爱莆仙戏，风流世代传"。

三为国画之乡：近代仙游，由李霞、李耕、黄羲所开创的仙游画派，以古典人物画饮誉海内外。其中，有"北齐（白石）南李"之称的李耕，其生前所绘制的屏风画《松青鹤白东方红》，至今，还矗立在北京人民大会堂的东大厅，为中外宾客所瞩目。

四为田径之乡、武术之乡：这里，是全国首批体育先进县之一，先后五次蝉联全国"田径之乡"，近年，又戴上全国"武术之乡"的桂冠。作为一大批体育健儿的摇篮——仙游少体校，也被国家体育总局命名为"国家高水平体育后备人才基地"。

如果说，作为全国历史文化名城的泉州，是"此地古称佛国，满街都是圣人"，那么，同样物华天宝、人杰地灵的仙游，似乎也可说成是"此地素称仙游，全县皆为神仙"了。

二

走进仙游，走进我青年时代的难忘记忆。

25年前，1985年秋天，我作为一名青年干部，奉派到仙游挂职锻炼，历时两年。然而，当年的我，一点儿也没有感到神仙的逍遥与自在。尽管仙游的秀美山川让我陶醉，深厚的文化积淀让我着迷，勤劳智慧的父老乡亲令人可敬可亲，但作为一个人口近百万的农业大县，其单一的经济结构、窘迫的财政收入、闭塞的道路交通和相对滞后的基础设施，却让我深感困惑与无奈。

照理说，新中国成立之后，作为全国蔗糖基地的仙游，其财政收入曾高居全省之前列，有时一年上交给省里的款项，就相当于省里补助给某兄弟地区八个贫困县的总和。然而，就在全省各地借开放改革的春风大踏步前进，纷纷脱贫致富时，长期以来，以糖税为县里主要财源，满足于"一甜遮百味"的仙游，却因世界甘蔗生产供大于求，糖价节节下降，产业结构来不及调整，地方工业来不及扶持，后续财源来不及培育，顿时陷入困境。眼看甘蔗面积一年年锐减，四大糖厂因"巧妇难为无米之炊"而相继关门，连一向让人引为自豪的蔗乡小铁路，也停开了小火车,昔日的辉煌,似乎已"无可奈何花落去。"

于是,为给全县干部职工及时发放工资,分管财政的副县长不得不四处借贷。为拓宽进出县城的公路,连县长本人也不得不下半夜起床,驱车四小时赶往省里,以便在交通厅领导上班之前,拦路索讨一笔救急的资金。甚至,有一次,县长办公会议的议题之一,居然是讨论能否为县城加盖两座急需的公共厕所……

当年,作为分管文教的副县长,我也面临三大难题:一是全县中小学危房,可谓比比皆是,触目惊心,但计划内的专项修缮资金,只能算是杯水车薪。因此,一听说强台风将要登陆,就赶紧让学校提前放假。二是人口剧增,初中生员爆满,全县亟需加建数十间教室救急。尽管县里东挪西借,筹集了一笔资金,但也只能给每间教室补助一半经费,剩下的,就只能依靠群众了。好在仙游有尊师重教的传统,全县上下掀起了集资办学的热潮,就连和尚、尼姑也纷纷慷慨解囊,终于,赶在新学年开学之前,使这一招生任务勉强得以完成。其三,让仙游人津津乐道、引为自豪的文化"四大名乡",如何保持"红旗不倒"?以鲤声剧团为例,虽然有好编剧、好导演、好演员,但在县城,却没有一个像样的剧场可以演出,更不必说历经"文革"浩劫之后,所有的灯光、布景、服装、导具、乐器都亟待更新了。而这一切,都需要资金投入。好在仙游人聪明,想出一条"以戏救团"的妙计,即精心排练著名剧作家郑怀兴的《鸭子丑小传》等三个新编剧目,并以第三次晋京展演为契机,向上级伸手,向社会求助。终于,得道多助,一路绿灯,鲤声剧团犹如再生的凤凰,在首都剧场大放光彩。

感谢仙游的父老乡亲,使我在短短两年的挂职生涯里,深知文教的繁荣与进步,离不开经济的发展与壮大。而要发展经济,唯有改革开放,但这又是一条多么漫长而又曲折的道路!

仙游,让我魂牵梦萦的你,离别25年来,一切都还好吗?

三

有道是"士别三日,当刮目相看",果然,刚进仙游城关,我就迷路了。

我记忆中的城关,名鲤城镇,位于木兰溪北岸,我每次进城,总要先过木兰溪上的解放大桥。如今,我进城之后,在陌生的大街上转了好久,却迟迟未能见到木兰溪的一丝波光。原来,25年来,仙游城关不断向木兰溪南岸扩展,一个县城早已变成了两个县城。这里,是南岸的新城,名鲤南镇。虽然只是坐在车上走马

观花，但我已分明感到，这是一座按现代科学理念规划建成的新城，其工业集中区与居民住宅区相对分开，路网纵横交错，四通八达，商场、宾馆、银行、车站、邮局一应俱全，小学、幼儿园、医院、公园、体育场，更是令人耳目一新。显然，仙游已摆脱昔日"大县域，小城关"的旧格局，以做大做强中心城区的实绩，跃上了城市化的快车道。

终于，眼前一亮，木兰溪出现了，她，也分明由一个天生丽质的村姑，变成时尚新潮的女郎。我索性下车，步入沿溪的带状公园，在碧草如茵、鲜花盛开的长廊短亭间久久徜徉。这里，视野开阔，举目眺望，但见大蜚山犹如青色的屏风，端坐城北，木兰溪宛若绿色的腰带，绕城而过，隔溪相望的鲤南与鲤城新旧两城区，共同绘就"显山，露水，彰文，宜居"的锦绣画图。溪面上，原先的宋代古桥和"解放桥"，就像两位离退休老同志，已把进出城关的交通重任"让贤"给年轻有为的新大桥"彩虹桥"——该桥因桥面的弧形钢梁，色彩鲜丽，酷似彩虹，故而得名。听说，进出城关的桥梁，早已由二变三，由三变九。目前，全县跨越木兰溪上的桥梁，多达25座。即此一端，也可想见：正在铺设两条铁路、四条高速公路的仙游，其交通状况将发生何等巨大的变化！

更令人可喜的，是原先的传统农业大县，正在向"临港工贸旅游城市"华丽转身。遥忆当年，仙游能上台面的工业企业，只有四家糖厂外加一家无刷电机厂，屈指可数。如今，随着仙游经济开发区的迅速崛起，城郊工业集中区的不断壮大，全县规模以上的工业企业200多家，其中，产值超亿元的，就有30多家。采风途中，海安橡胶有限公司的"天下第一胎"——全国最大的轮胎，巨龙管业有限公司的"天下第一管"——全国最大的输水管，都让人眼界大开。尤其让人啧啧称奇的，是仙水溪畔——传说中九仙双眼大放光明处，一座制作红木家具的工艺城，已后来居上，成为全国同类产业集群的龙头，被中国工艺美术家协会授予"中国古典工艺家具之都"的荣誉称号，其从业人员达8万多人……古往今来，蓄积在仙游人胸中深厚的文化素养和多方面的艺术才华，仿佛找到一个喷发口，释放出火山熔岩般的炽热与光焰。

就连一向闭塞的戴云山区8个乡镇，也相继投入"仙游生态旅游经济区"的怀抱。其中，以钟山镇为中心的台湾农民创业园，有26家台资的农字号企业入驻。在台湾，超越火龙果成为新一代"果王"的甜柿，已在这里成功引种了数万亩，使它一跃成为亚洲最大的基地。看来，仙游的"四大珍果"，今后要改称为

"五大珍果"了。

当然,对于笔者本人来说,此次采风,最关注的还在于文教领域。令人欣慰的是,古老的文庙矗起了孔子的汉白玉雕像,崭新的鲤声剧场让莆仙戏的锣鼓声长盛不衰。为全国体坛输送不少功勋运动员的县少体校,也已在城南的体育中心择址另建,其规模之宏大,设施之先进,堪称全省县市级之最。在旧城改造中暂时寄居他处的原三馆一所(文化馆、图书馆、博物馆和李耕国画研究所),也将在城南的科技文化公园破土动工,重铸辉煌。至于全县中小学危房改造,早已在5年前全面完成。特别让我惊喜的,是最早落户于鲤南新城区的鲤南中心小学,崭新的校园,如同朝露般鲜丽可爱,据说,它以"小手牵大手"的特异功能,招引大批家长来到新区购房落户,从而,大大加快了城市化的进程。

如果说,经济是仙游的筋骨肉,文化是仙游的精气神,那么教育,则代表仙游的未来。站在仙游一中的校友光荣柱前,默读一个个院士、将军、侨领和文艺名家的简介,我对仙游的未来更是充满信心和力量。

四

其实,25年来,仙游最深刻的变化,还在于人们的思想观念。

遥忆当年,仙游人一说起历史文化,便眉飞色舞,充满自豪,一说起经济财政现状,就底气不足,马上谦恭起来,难以摆脱"山区县、农业县和经济欠发达县"的思维定式。而要改变这一思维定式,又谈何容易!

记得当年,为绿化、美化县城,改变以往脏、乱、差的旧貌,县长从山区挖来一棵榕树,种进十字街头,不料,却招来一场不大不小的风波,有人甚至责难其为劳民伤财之举。为此,我曾在福建日报上撰文《关于一棵榕树的备忘录》:"在我们这块古老的土地上,每增加一点什么,减少一点什么,挪动一点什么,总之要变革一点什么,难免都会有种种议论。好在榕树就是榕树,不管是誉是毁,它统统听不懂……于是,年复一年,对它的种种议论也就渐渐烟消云散,乃至于被人所遗忘。也许,再过若干年,先前对它持怀疑态度的人也会坐在树底下纳凉,并摇着蒲扇对其孙子孙女道:想当年,爷爷就是支持它的啊!"

如今,这棵榕树依然端坐在十字街头,只是比以前长得更高、更大、更加气宇轩昂,更加绿意葱茏了。人们对它早已熟视无睹,再也不可能去议论它了。如今,人们议论的热点和焦点,是如何"跳出仙游谋发展",变山区县为临海县,变

传统农业县为工贸旅游城,变"欠发达经济"为相对富裕的小康经济。

记得 25 年前,我和我的同事们常常讨论一个问题:"为什么晋江人敢于赚全世界的钱,莆田人敢于赚全中国的钱,而仙游人只会赚仙游人的钱呢?"不但如此,民间还有一句流行颇广的俗语,叫作"神仙难赚仙游钱",说的是仙游人过于精明,过于省俭。这句话,乍听起来,貌似褒义,仔细一推敲,却是贬义——如果连神仙都无从下手,仙游的市场经济又怎么能活跃起来呢!

好在 25 年后的今天,这一问题的答案早已尘埃落定,成为全县人民的共识。试以仙游木雕和古典家具产业为例。当年,人们习惯于"立足仙游,就地取材",欠缺红木资源的仙游自然与此无缘。而今,仙游人走出仙游,向全世界伸手,越南的黄花梨、老挝的红酸枝、印度的大叶紫檀、非洲的小叶紫檀,统统收购来为我所用,于是,这一产业也就从无到有,从小到大,越来越红火了。当年,是"神仙难赚仙游钱",而今,木雕图案中不乏九仙骑鲤,八仙过海的造型,就连神仙本身也很值钱!当年,是"有多少钱,办多少事",而今,是"办多少事,筹多少钱",产业集群的发展壮大,资金已不再成为主要问题。当年,"仙游人只敢做仙游人的生意",如今,"仙作"家具誉满京城,火爆上海,走俏台、港、澳,远销世界 30 多个国家。仙游人也和晋江人、莆田人一样,不但敢于,而且善于赚全世界的钱了!

这,就是思想解放的威力,开放改革的伟力,仙游父老乡亲最可宝贵的精神动力!

辞别仙游时,我再一次来到旧城区的十字路口,来到那棵树大根深、枝繁叶茂的大榕树下。它,是仙游开放改革历史进程的见证,也是仙游人与时俱进、永葆青春活力的象征。

本文入选《走进仙游》(海潮摄影艺术出版社 2010 年版)

条条大道通厦门

从前,厦门是个纯粹的海岛。滔滔海水,把它与大陆相阻隔。能进出厦门岛的,唯有渡海的舟船。1949 年 10 月 15 日夜,当中国人民解放军在数百门大炮的掩护下,向厦门守敌发动进攻时,新华社电讯稿特地用了"千舟如箭"一词,以形容我军舟船之多、之快、之勇往直前。壮哉,"千舟如箭"! 这四个字,真是字字掷地有声,至今读来,尤感英气逼人!

1956 年 12 月 9 日,鹰厦铁路的最后一寸铁轨,经海峡长堤铺进了厦门,从此,厦门岛变成了实际意义上的厦门半岛。而在此之前,负责施工的铁道兵和民工,不顾天上的敌机轰炸,不顾海上的风浪肆虐,开山炸石,填海筑堤,为此,我们的"朱老总"——朱德委员长特地题写"移山填海"一词予以表彰。壮哉,"移山填海"! 这四个字,真是字字笔力千钧,至今读来,尤令人荡气回肠!

当年,"采风"一词尚未流行,但我省老一辈的诗人、作家们却也受此感召,纷纷到工地现场"体验生活",于是,便有蔡其矫的《海峡长堤》、童晴岚的《海堤诗草》、何泽沛《移山填海的人》等一批力作问世,它们忠实地记录了新中国建设中的这一大壮举,堪称我省当代文学史上讴歌时代主旋律的发轫之作。

此后,在长达 30 多年的时间里,被诗人们称为"海峡长堤"的厦门海堤(含集美——高崎与杏林——集美两堤),成为从陆路进出厦门的唯一通道,为巩固海防,为厦门的和平建设立下了汗马功劳。然而,到了 1980 年国务院批准厦门设立经济特区以后,这条只能供一列火车穿行和两辆汽车对开的陆上通道,就显得力不从心了。于是,厦门大桥、海沧大桥、杏林大桥和集美大桥,便相继在改革开放的时代应运而生,在 20 世纪与 21 世纪之交大放异彩。于是,我们的厦门,就像巨灵之掌,伸开由"一堤四桥"所构成的五指,与大陆更加紧密地扣在一起了。

此番参加"走进湖里"的采风活动,笔者有幸驱车环岛半圈,对进出厦门的五大陆地通道进行一番走马观花式的巡游,尽管是"一日看遍长安花",但毕竟是"春风得意马蹄疾"。所到之处,但闻阵阵海风与声声海浪相应和,但见点点

海鸥与群群白鹭共翔舞,他们,也都为每一座长虹般、巨龙般的长堤与大桥而载歌载舞呢!

其中,1991 年通车的厦门大桥,是我国第一座跨越海峡的公路大桥。1999 年通车的海沧大桥,是世界第二座、亚洲第一座特大型的三跨连续全漂浮钢箱梁悬索桥。尽管这饱含科技含量的专有名词读起来有点费解,但只要你钻进桥下的桥梁博物馆细细一看,你就不得不佩服该桥在科技创新方面、在中国桥梁建筑赶超世界先进水平上所做的重大贡献,难怪当年中央领导来此视察时,要特别宴请两百位在高温下作业的电焊女工,以示褒彰和慰问。

在厦门的桥梁建筑史上,2008 年是特别重要的一年。这一年秋天,在厦门的跨海群桥中,最宽的集美大桥和最长的杏林大桥相继通车。有趣的是,这两桥在造型上都有个优雅的 M 形,被人形象地称之为"双驼峰",远远望去,给人以一波三折的节奏感和一唱三叹的韵律感。其中,杏林大桥是铁路公路两用桥,我们今天搭乘福厦铁路的高速列车便经此呼啸而过,那种感觉,就像身插双翅在海面上滑行,何其轻灵,何其迅捷,何其逍遥自在!而从集美大桥驰入厦门,还可观赏到"一桥见数桥"的奇观,因所处海面最宽,视野最开阔,你可以远远望见厦门大桥、杏林大桥,甚至,连海沧大桥的双塔、五缘湾大桥的拱顶,也都历历在目。

以上诸桥,不仅是特区综合实力的体现、科技创新的结晶,也是与周围生态环境相容、相谐、相映生辉的艺术杰作。据说,他们的建设规模和投资数额越来越大,所要攻克的技术难题越来越多,但施工的时间却越来越短:建成厦门大桥,先后花了四年;建成海沧大桥,花了 3 年;杏林大桥,花了 2 年多,而集美大桥,只花了 1 年多。

尽管如此,特区人仍不满足,新世纪伊始,他们又开始了翔安海底隧道的勘测、设计与施工建设。这条全长 8 公里多、双向六车道的隧道,是中国大陆第一条海底隧道,它兼具公路和城市道路双重功能,也是厦门进入新世纪以来最大的一项基础设施建设。据统计,从隧道中开挖的土石方,相当于埃及的一座大金字塔;其所用的钢材,相当于 7 座巴黎的埃菲尔铁塔!

2010 年 4 月 26 日,历经四年又八个月建设的这一浩大工程,终于迎来了万众欢腾的通车盛典。从此,厦门岛与翔安区的车程由一个半小时,缩短至 8 分钟。从此,进出厦门的通道,由"一堤四桥"又加上了"一隧",形成了从海上到海底的全天候立体交通格局,为厦门从海岛城市向海湾型大城市的跨越发展创造了条件,也使整个海峡西岸经济区的开发建设如虎添翼。

当然,除了陆地交通,厦门的空中和海上交通也同时并驾齐驱。地处湖里区高崎的厦门国际机场,几经扩建之后,已成为我国大陆最繁忙的航空港之一。目前,它已开通国内外航线 170 条,2010 年旅客吞吐量和货邮吞吐量均居大陆机场第五位。

对此,笔者深有体会,因为,我曾在这里遇见许多前来厦门参加"98"国际经贸投洽会、国际马拉松比赛、世界合唱节的各国贵宾,也曾从新疆乌鲁木齐直飞这里,从这里直飞吉隆坡对马来西亚进行访问。我以为,厦门机场不论硬件软件,都与世界上最先进的机场相差不远,而在国外任何一个机场,只要看到停机坪上,有飞机在高高翘起的尾翼上绘有白鹭图案,我就感到特别亲切,特别温暖,因为我知道,那是厦门航空公司的标志。

厦门自古以港立市,其海上交通四通八达。1989 年,我第一次到香港,就曾乘坐"鼓浪屿号"客轮从香港维多利亚海湾驶回厦门和平码头。如今,随着特区的不断壮大,厦门的港口建设更是今非昔比。只要打开厦门地图,你就可以看到数不清的各种码头,如同珍珠项链一般环绕全岛。特别是当你由海沧方向乘车驶上海沧大桥高高的桥面时,第一眼就可以望见对岸无数高耸的龙门吊塔,它们就像红色的巨人在向你遥遥招手。假如与你同车的有厦门人,他必定会如数家珍地为你从北到南一一介绍:煤炭码头、象屿码头、海天码头、东渡码头、国际游轮码头、厦金客运码头……

提起厦金客运码头,自然又会引起人们所津津乐道的话题:曾经是大炮轰鸣、银弹呼啸、高音大喇叭隔海对阵的"厦门前线",随着两岸形势有所缓和,它已成为最先实现"小三通"的幸运之岛,厦金航线也成为便利两岸直接往来的"黄金水道"。今年,是这一航线开通十周年,十年来,往返旅客累计已超过 580 万人次!

此次采风,我专程到位于湖里区五缘湾东侧的五通码头参观,它是继东渡之后又一座厦金客运码头,但它的名称在地图上却新标为"五通海空联运码头",原来,只要在这里的售票厅买上一张"海空联运票",便可先坐船到金门,再从金门飞向台湾的五大城市。而从五通码头到金门的水头码头,船程只需 25 分钟。换句话说,只要你在船舱里喝一杯热茶,整个厦金海峡便从眼前飞掠而过。

近年来,在两岸许多热心人士的推动下,有关在厦金之间直接兴建大桥或开

挖海底隧道的多种选择方案也渐渐浮出水面。我想,"厦门金门门对门",总有一天,两门之间、两岸之间的交流将更加畅通无阻,更加为世人所瞩目……

欧洲有句谚语:"条条大路通罗马",说的是公元前一世纪,地跨欧亚非三洲的罗马帝国,为加强统治,修建了以罗马为中心,通向四面八方的大道。然而,罗马大道的兴建,却最终未能挽救罗马帝国走向战争、衰败、分裂与灭亡的命运。而我们今天所说的"条条大道通厦门",每一条有形的陆、海、空大道,都源自另一条无形的大道,这就是邓小平为特区、也为全国所开创的改革开放之大道,和平发展与科学发展之大道。

走在这一康庄大道上的厦门特区,未来,将越来越美好!

原载《福建日报》2011 年 10 月 14 日

入选《走进湖里》(海峡书局 2011 年版)

品牌之都话品牌

一

　　荒原，野地，风雪夜。一声震撼人心的嗥叫。狼！一匹、两匹、三匹……一共是七匹狼，猛然从屏幕中跳了出来，朝观众冲了过来。与此同时，嘹亮的画外音响起："与狼共舞，方显英雄本色。"

　　也许，包括笔者本人在内的许多观众，对晋江品牌最初的印象，就来之于中央电视台有关"七匹狼"的这则广告。它那充满野性，充满力度和速度，在狂奔中头颅、背脊与尾巴拉成一条直线，前后四肢几乎在同一个落点上猛力蹬起的造型，体现出无比旺盛的生命力，给人以巨大的视觉冲击力。

　　"七匹狼"，很简单的三个字，由一个数词、一个量词、一个名词连缀而成。其中，"七"这个数词，代表这家企业刚创办时有七个年轻人。"狼"这个名词，在闽南语中与"人"谐音，寓意他们具有狼一样机灵敏捷、勇往直前的个性和抱团打拼的共性。而"匹"这个量词，却也引起我们这些文人的浓厚兴趣。有一年，我到内蒙古去，好几位诗人和小说家都好奇地问：在我们草原上，假如遇见那群狼，我们肯定会说成七条狼、七头狼或七只狼的。奇怪，它们到了福建，怎么就变成七匹狼呢？对此，我一时不知该如何作答，便笑着说，也许，在我们东南沿海，狼太稀罕了，所以才尊称为"匹"吧！后来，日本作家代表团来闽访问，团长是东京帝国大学的井出孙六教授，他则对"匹"字赞不绝口，他说，在日本的古典文学里，包括许多俳句，称狼，都是用"匹"的，它显得高贵而又神秘。教授毕竟是教授，他一语道破"匹"字在语法、修辞和审美中的诸多巧妙之处，令人叹服。

　　今年5月，我随采风团到晋江时，有幸来到金井，来到心仪已久的"七匹狼"故乡。在这个创建刚满20周年、业已上市的公司里，在这个占地12万平方米、花园式的工业园区里，几十条生产线，正源源不绝地输送出各类西服正装和休闲男装——它们可都是响当当的"中国名牌"和"中国驰名商标"产品。在这里，我强烈地感受到狼的气息、狼的活力、"狼族"的精神和品格无所不在。它们或高高地窜

上屋顶,或静静地蹲伏在电梯门口,或跃过小溪涧,狂奔在花园的草地上——那是七匹狼的铜雕,每一只狼在疾跑中的具体动作都不一样,但争先恐后、一往无前的气势都一样,尤其是其中的第三只狼,还用后肢立地,直起身来,回头向后面的同伴发出嗥叫,仿佛在大声催促:快,快,再快些! 这一幕无声胜有声的场景,让我看到了"狼族"一种很重要的特性:团结,纪律,抱团出击的团队精神。

于是,我从中领悟到,所谓品牌,不仅仅是产品营销的一种策略,它更是企业发展的一种战略;不仅仅是物质产品一种无可挑剔的品质,更是人(包括企业家及其全体员工)的一种品格、品位,可以让人反复品味、品赏的一种智慧,一种文化,一种精神境界……

二

当然,晋江的品牌绝不仅仅只有七匹狼这一家。

笔者撰写这篇文章时,正当 2011 年法国网球公开赛(简称"法网")在巴黎如火如荼地进行,中国女单"一姐"李娜过五关斩六将步步杀入决赛并最终夺冠,吸引住全球电视观众的目光。与此同时,在李娜身后出现的许多与体育有关的鞋服广告,其中大多数皆为晋江品牌,如"多一度热爱"的 361°,"永不止步"的安踏,"快乐,运动"的贵人鸟,"飞一般的感觉"的特步,"凡事无绝对"的乔丹,"TO,BENO.1"的鸿星尔克等等。

当然,不仅仅是这次"法网",早在 2008 年北京奥运会上,声势浩大的"晋江军团"体育用品广告就让国人大开眼界,让世界同行刮目相看。据说,中央电视台第五频道(体育频道)因长期不间断地播放晋江品牌广告,被人们戏称为晋江的专用频道,此语虽然夸张,但也从中透视出晋江人敢于一掷千金——不,何止千金,简直是一掷万金、亿金宣传自己品牌的大胸怀、大气魄和大手笔。

然而,对品牌的宣传并非有钱就能做到。须知:中国十大体育鞋服品牌中,除李宁牌外,其他的,基本上都在晋江生产。就拿运动鞋来说吧,全市年产 10 亿双,全球平均每 12 人中就有一双,其市场份额占全国的 40%,全世界的 20%。因此,晋江被中国皮革和制鞋工业研究所等 4 家机构联合命名为"中国鞋都";被国家体育总局命名为"国家体育产业基地"。为此,市委、市政府还进一步提出奋斗目标:"努力打造具有国际影响的体育城市"。

当然,晋江的品牌也不仅仅只限于体育产业。它同时还是"世界夹克衫之都"、"中国拉链之都"、"中国纺织产业基地"、"中国包装印刷基地"、"中国食品工业强县(市)"、"全国县域食品经济发展示范县"等。不仅全市如此,就连许多乡镇,也因某种产业集群相对突出,分别戴上"国字号"的桂冠,如,深沪是"中国内衣名镇",英林是"中国休闲服装名镇",龙湖是"中国织造名镇",磁灶是"中国陶瓷重镇",永和是"中国石材之乡",而东石,则获得了"中国伞都"的殊荣。

据市发改委、工商局和质检局的同志介绍,从区域性产业品牌来看,晋江全市已荣获14项"国字号"的光荣称号。从单项产品来看,全市累计拥有119项"国字号"产品品牌。其中,"中国名牌产品"24项;"中国驰名商标"93枚,"中国出口名牌产品"两项。

有趣的是,笔者在赏读这三份琳琅满目的品牌名单时,发现有些品牌是二者或三者殊荣集于一身的。例如,既获"中国名牌产品"、又获"中国驰名商标"双项殊荣的,就有安踏、亚礼得、361°、七匹狼、舒华、乔丹、劲霸男装、柒牌男装、雅克、蜡笔小新等等;既获"中国名牌产品"、又获"中国出口名牌产品"双项殊荣的,有恒达的AP笔记本;而把以上三项殊荣集于一身、全国雨伞中第一家成为"中国出口名牌产品"的,则是恒顺洋伞有限公司出品的梅花伞,这正是:"小小梅花伞,温馨全世界。"

更令人叹为观止的,还有大名鼎鼎的恒安集团有限公司,作为全国最大的妇幼卫生用品和家庭生活用纸企业,其两枚"安"字头的商标——"安尔乐"(卫生巾)和"安儿乐"(婴儿纸尿裤),居然双双夺得"中国驰名商标",让所有享用它们的妈妈和小宝宝,全都平平安安、快快乐乐,全都乐在其中,其乐无穷也!

可不可以这样理解:所谓晋江的"品牌之都",它的整个造型,如同一座巨大的金字塔。假如我们的目光由下往上细细打量,那么,其最底下的基座,是遍布全市的六大传统产业和四大新兴产业集群,是有如繁星满天、鲜花遍地的无数"晋江制造"产品;再上,是300多项"省字号"的名牌产品和著名商标;再上,是119种"国字号"的名牌产品和驰名商标;再上,是14种"国字号"的区域性产业光荣称号;而最后,作为上述品牌的总和,才是在金字塔尖顶上闪闪发光的四个大字:"品牌之都"。

三

众所周知,在埃及金字塔前,有一尊狮身人面兽,它向全世界游客发出一个亘古难解的"司芬克斯之谜"。那么,作为一个县级市的晋江,它又是如何不断

创造奇迹,成为举国皆知、世界瞩目的品牌之都? 它的谜底到底是什么?

遥忆 30 多年前,中国改革开放之初,晋江人利用"闲钱、闲房、闲人",从家庭作坊、来料加工起步,生产"国产小洋货",进而发展为"贴牌加工",虽然只是赚取境外、海外品牌的一点加工费,但却创造了中国民营经济起步发展阶段四大模式之一的"晋江模式"。当年,走在前列的陈埭镇,还被省委书记项南称誉为"乡镇企业一枝花"。

然而,就在这开局看似良好的 1985 年,却接二连三发生了所谓"星期鞋"和"假药案"等有关产品质量的事件,一夜之间,原本大受欢迎的晋江产品在全国遭到怀疑、冷落和抵制。这,对于具有出洋经商传统,一向秉承诚信为本的晋江人来说,其自尊心自然受到极大的伤害。痛定思痛之后,他们终于意识到产品质量事关县域经济发展的生死存亡。为此,1988 年,晋江市委、市政府发出"质量下,晋江衰;质量上,晋江兴"的口号;1995 年,他们提出"质量立市"的目标;1998年和 2002 年,他们先后确立"品牌立市"和"打造品牌之都"的战略……

回顾晋江从贴牌到造牌,从质量立市到品牌立市,从"国产小洋货"到"中国品牌之都"的历程,我们完全可以看出:所谓品牌,不是从天上掉下来的,不是从别人那里借来的,也不是光靠明星代言就能吹出来的。如果说,它是一件新娘的婚纱,那么,它是一丝一缕、一针一线、一花一叶慢慢绣出来的;如果说,它是一座巍峨的宫殿,那么,它是一砖一瓦、一梁一栋、一雕栏一画础细细搭建起来的。它是天时、地利、人和的完美结晶;是科技与文化、物质与精神的和谐统一;是历届市委、市政府带领全市人民用心血浇灌出来的繁花硕果。晋江品牌及晋江经济的发展之路,是一条不断开拓、不断创新、不断提升的科学发展之路,是一条顺应时代潮流、符合市场规律、富有晋江特色的科学发展之路。如果说,晋江品牌有什么秘诀的话,其谜底正在于此。

回眸陈埭。这个当年的"乡镇企业一枝花",如今早已是"八闽品牌第一镇"。在这个方圆不足 40 平方公里的小镇内,居然拥有安踏、361°、德尔惠、乔丹等 28 枚"中国驰名商标"、6 项"中国名牌产品"、21 项"国家免检产品"。其"国字号"品牌总量之多、之集中,不仅冠盖八闽,就是在全国,也实属罕见。

再看东石。它之所以被中国轻工业联合会、中国日用杂品工业协会命名为"中国伞都",是因为这里拥有伞企业 300 多家,直接、间接从业人员 5 万人,每年生产雨伞 5 亿把,占全国总量三分之一。全国雨伞中的六大"中国名牌",这里就占了4个。它们的名字都像诗一样美:"梅花"是雨中盛开的花;"雨中鸟"是在雨中翔舞的鸟;而"雨丝梦"则是雨中温馨浪漫的梦。还有一个品牌取的是它所在的村名:金瓯。在古人的心目中,金瓯者,国土也,亦指金色的聚宝盆。是的,同时拥有金瓯、梅花和雨中鸟三大"中国名牌"雨伞的金瓯村,就是一个金光闪闪的聚宝盆,它所生产的雨伞已销往全世界160多个国家和地区。其中的梅花伞,还是第一家荣获"中国出口名牌"的雨伞。它不仅有钓鱼台国宾馆指定专用的国宾伞,前不久,英国威廉王子举行婚礼时,等候在伦敦街头和王宫周围的观众中,就有不少人手持梅花伞。"小小梅花伞,温馨全世界",也为这一场世纪大婚增添了梦幻般的童话色彩。

四

作为一名长期与文字打交道的人,我对晋江品牌的广告语情有独钟。据说,在商业领域,广告语包含企业广告语、产品广告语和品牌广告语三种。其中,品牌广告语最为重要,因为它能超越对企业和产品的介绍,在以秒计数的最短时间内,以最简短、最新鲜、最富有个性化色彩的语言,向受众传递品牌的文化内涵及外延,表达品牌所拥有的价值或所追求的价值取向,从而,以其不可抗拒的魅力,赢得受众的好感与信任,激发受众的情感与共鸣。如果说,眼睛,是人类心灵的窗户,那么,一句宛如神来之笔的广告语,就是品牌亮闪闪的一双大眼睛,它能令人一见钟情而终生难以忘怀。

请允许我再以体育品牌为例。在中文里,与体育精神相关的关键词,无外乎力量、速度、勇敢、自信、突破与超越等等,如果简单加以拼凑,那么,"晋江制造"很可能会造成品牌精神的严重同质化,从而显得雷同而空洞。好在晋江的品牌都能从自身的特点出发,找出与众不同的用语,且与时俱进,不断更新,让人常听常新,其妙无穷。

比如安踏,它最初打出的广告语是"安心创业,踏实做人",朴实而又沉稳的语言,表现出企业一步一个脚印,扎扎实实开拓国内外市场的经营理念。它让人联想到汉语中一些带有励志性质的成语,如水滴石穿、厚积薄发、锲而不舍等等。1999年,毛羽渐丰、已具备一定实力的安踏,首开晋江企业明星代言的先河,聘请乒乓球运动员孔令辉为之代言,同时打出"我选择,我喜欢"的广告语,喻义超越自我、追求卓越的一种进取精神。2000年,随着孔令辉在悉尼奥运会成功夺

冠,安踏迅速红遍大江南北。然而,到了2007年,安踏却又出人意外地放弃了那句人们耳熟能详的广告语,转而大力推广全新的品牌主张"永不止步"。这饱含哲理、浓缩到只有四个字的广告语,显然是企业精神的一种升华,它甚至可以超越国界,具有普世价值。安踏广告语的这一系列演变与升级,被业界公认为中国民族品牌成长的经典范例。

与安踏同样走专业体育路线的361°,其名称最让我着迷。据说,它曾经历过一场更名风波,而后,如浴火重生的凤凰一般创造了今天这个专以数字表达、因陌生而独特、能让人产生无限联想的名称。当我第一眼看见它时,就联想到361°既是圆,也是零。那么,它多了一度,是否意味着一切从零开始?后来,我听说,它最早打出的广告语是"唤醒你心中的豹子,361°运动武装",接着又先后改成"勇敢做自己"、"中国勇敢做自己"的口号。如今,它又秉承"多一度热爱,多一份梦想"的品牌精神,在与世界级体育资源的合作中,不断提高企业核心竞争力,越来越多在国际舞台上展现品牌实力。

当然,最使我感动的,还是2008年5·12四川汶川大地震之后,"晋江军团"在慷慨捐钱捐物、驰援灾区的同时,所快速推出的一系列公益性广告。这些广告及其用语,找准品牌自身内涵与突发事件之间的契合点,把民族精神、体育精神融入品牌精神,极大地鼓舞了全国人民团结抗灾、重建家园的必胜信念,赢得了全国人民的广泛赞誉。

当时,安踏的广告语是:"挫折,难以抵挡?挑战,不可战胜?中国人要争一口气!用汗水,唤醒我们的勇气!用坚强,铸造我们的骨气!加油,中国!"

贵人鸟的广告语是:"山能动摇,但动摇不了抗震救灾的决心;水可阻断,但阻断不了同胞之情;爱在中国,无人可挡;全力赈灾,与你同在!"

而七匹狼则另辟蹊径,把原有的商业广告用语"男人,不会只有一面"巧妙地加以拓展和延伸:"男人,不会只有一面。用勇气支持你、用热血温暖你、用真情包围你。让我们共同携手,面对挑战!"与此同时,画面上接连出现三个场景:一年轻男子在大卡车前救小孩;一中年男子在献血;一初为人父者奔入产房与妻儿团聚,共同体验新生命在灾难中诞生的喜悦。这三个场景,充分体现堂堂男子汉既有临危不惧、英雄无畏的一面,又有充满爱心、温情脉脉的另一面。

以上这些音画同步、文情并茂的公益广告,通过电视屏幕迅速传遍全国。如今,尽管已过去三年,但我重温它们时,仍然感同身受。晋江品牌的广告语,真是可圈可点,可歌可颂,可敬可佩!

五

关于晋江品牌,有说不完的话题。限于篇幅,本文只能到此浅尝辄止。

不瞒读者,当我酝酿本文时,有好心的晋江文友曾为我担心:这题目不好写啊,因为晋江的品牌太多了,你写谁不写谁,写多写少,都不好办。是的,退休多年的我,已经六年没来晋江了,而这六年,正是晋江产业提升、城建提速、发展变化最大的六年,走在世纪大道上,我就像刘姥姥初进大观园,对一切都感到新奇、新鲜,甚至于一时难以理解和无法想象。但我最终还是在选题会上自告奋勇地领下这个难题,其理由有三:

一是晋江让我太感动了,面对最感人的素材,避而不写,这不符合我的职业习惯。何况,晋江人最让我佩服的,正是不断开拓进取的创新精神。那么,就让我向晋江人学习,迎难而上吧!

其二,我所写的文章,不是政府的工作总结,也不是企业的年终报表,不可能面面俱到。作为散文随笔,我所能遵循的艺术创作规律,是以"一斑而窥全豹"。其中的"斑",只能是我在短短三天采风途中,有缘参访的少数企业。这就好比我骑着骆驼参观埃及金字塔,只能在驼背上拍几张远景照片,其清晰度自然有限。我想,晋江的企业家们都是具有全球视野的胸襟坦荡之士,不会为拙作的不足而耿耿于怀吧?

其三,最重要的一点,晋江是创造奇迹的地方,也是文学创作的一座富矿。每一个品牌,都是一首诗;每一个企业,都有一部跌宕起伏的创业史;每一位创业者的性格和命运,也都是一部带有传奇色彩的长篇小说。倘若我这篇小小的肤浅之作,能抛砖引玉,激发晋江本地作家创作激情,写出堪与品牌之都相匹配的黄钟大吕之作,那我就十分满足了。套用安踏的一句广告语:加油,晋江!

原载《星光》2011 年第 4 期

入选《走进晋江》(海峡书局 2011 年版)

一沙一东山

佛家常言:一沙一世界,一叶一菩提。其本意,原指透过一粒沙,可以看见三个大千世界。而我,30年来三次来东山,也都是透过一粒沙,一粒在岛上随处可见的天然石英砂,来看全县的沧桑变化。

遥想从前,东山人视沙为害,谈沙色变。只因为茫茫的黄沙,是贫瘠和屈辱的同义语,是战乱和动荡的代名词,是乞丐村和寡妇村的血泪史。

新中国成立以来,东山人与沙争地,固沙造林,历经了多少艰难与曲折!至今,每到清明节,人们"先拜谷公,后祭祖宗",对海岛生态文明的奠基者、老书记谷文昌,依然念念不忘。

而今,东山人以沙为宝,点沙成金。他们不但在沙地上营建现代农业大观园,在沙滩上发展旅游度假区,而且,还把一粒沙变成一大玻璃产业,他们对沙的科学利用,简直成为一门艺术。

记得我前两次来东山,满眼都是木麻黄,巍巍然如绿色长城环卫海岛,浩浩然如百万雄师威镇海疆。当然,由于岛上鲜见其他树木品种,木麻黄看多了,也难免因单调而出现审美疲劳。如今,我第三次来东山,岛上的绿色家族再也不是木麻黄的一统天下了。且看全国海拔最低的寺庙——东门屿的东明寺,居然种起了两千多株可制作红木家具的黄檀树;且看全岛的交通主动脉——西铜大道,其两旁的行道树,居然是从台湾引进的黑板树(俗称棚架子树),其主干笔直伟岸,如仪仗队摆开迎宾队列,其树冠状如巨伞,也将为游人搭起数十里凉棚。据说,这种抗风、耐沙、速生的高大乔木,位居台湾十大行道树之首,还是台中的市树呢!当然,更让我大开眼界的,还是陈城镇白埕村的沙生植物园,这里,简直就是人间的伊甸园,只不过其主人不是亚当与夏娃,而是富有浪漫情怀的农民企业家林财平及其三个儿子。他们用两万多个收购来的旧石臼,圈起一百多亩荒凉的海边沙瘠地,经过几年的苦心经营,终于让全球五大洲的百余种沙生植物,在此落地生根,开花结果。步入园中,果真是姹紫嫣红,美不胜收:粮食类作物有美国紫地瓜,蔬菜类作物有荷兰芦笋,花卉类作物有阿拉伯的沙漠玫瑰,水果类作物有南非的神秘果、墨西哥的红龙果、印度的菠萝蜜、泰国的四季芒果及台湾的黑珍珠莲雾,至于树木品种就更多了,缅甸的柚树、西班牙的香花槐、澳大利亚的小叶南洋杉……有趣的是,此地距谷文昌陵园不远,要是他人家忽然醒来,登上观林台朝这边眺望,定然会惊喜地大声赞叹:原来,适宜在东山沙质土壤上种植的,不光光只是木麻黄啊!

众所周知,阳光、海浪、沙滩,这是全世界滨海旅游度假区所不可或缺的三大自然要素。其中,阳光普照大地,海浪风起云涌,并不稀罕,但若论起沙滩的长度、宽度、弯曲度与纯净度,论沙粒的粗不扎脚,细不沾身,洁白无瑕,能像东山岛七大海湾这样得天独厚,就不多见了。就凭这一条,东山人要把自己的家乡,建成海峡旅游岛,进而建成世界旅游岛,就不是异想天开的事了。可惜我腿脚不便,既不能跳上马背踏浪狂奔,也不能驾艇出海与海豚共舞,只能羡观两岸大学生在沙滩上共庆"嘉年华",感受青春活力犹如生生不息的海潮汹涌澎湃。

当然,东山的海沙,还不仅只属于休闲与度假,温柔与浪漫。据科学探测,东山的天然石英砂,除潮间带海沙可发展旅游业外,还有储量近 3 亿吨的沉积砂,因其二氧化硅含量高达 97%,又称硅砂,是重要的工业矿物原料,可广泛应用于玻璃、铸造、冶金、化工、塑料、橡胶、陶瓷及耐火材料等多种工业领域。从前,人们"不识庐山真面目",把它当成普通的建筑材料廉价出口,后来,大梦初醒,方知它是制造平板玻璃和浮法玻璃最理想的原材料。此次采风,有幸参观旗滨玻璃工业园区,我就亲眼看到了"一粒沙变成一大玻璃产业"的奇迹。然而,正如无边无际的大海深不可测,人们对硅砂的理性认识和科学利用还远不能就此止步。据说,由于东山的硅砂具有耐高温、耐腐蚀、高度绝缘及独特的光学特性,在当今飞速发展的航空、航天及 IT 产业中,还将大有用武之地……

一千多年前,唐代诗人白居易东临大海时,曾写下名篇《海潮赋》:"白浪茫茫与海连,白沙茫茫四无边,朝来暮去淘不住,遂令东海变桑田。"今天,小小的一粒沙,其附加值能否成几何级数飙升,它还将为东山创造出什么样的奇迹,笔者才疏学浅,不敢妄加猜测。但有一点可以肯定,东山人从视沙为害到以沙为宝,从与沙争地到点沙成金,这一历史发展的大趋势,是再也不会改变了。

原载《福建日报》2010 年 8 月 8 日

入选《走进东山》(海峡书局 2010 年版)

"福清哥"的地球仪

在福清,最受青睐的文化用品是地球仪;

在福清,最畅销的图书是《世界地图册》。

到福清探亲访友,不论是红砖大厝的古民居,还是欧陆风情的新别墅,登堂入室,常常都能看到这样一幅画面:一位白发苍苍的老人,戴着老花眼镜,坐在厅堂里,或打开手中的《世界地图册》,或拨动怀中的地球仪,对绕膝的小孙辈们喃喃细语:看,这是印尼的万隆,你外公就在那里的福清同乡会;看,这是南非的开普敦,你姑丈就在那里的玉融商会;看,这是日本的横滨,你舅公在那里开中餐馆;看,这是西班牙的度假胜地,你表叔在那里开酒店;来,再看看阿根廷首都,名字长长的,叫"布宜诺斯"——噢,还要加上"艾利斯",你老爸的超市就开在市中心呢⋯⋯

看来,这小小的地球仪、厚厚的地图册,已成为福清人家中的重要摆设。我甚至还发现一户人家,新房子落成时,特地在屋顶上设计了一个圆球体的自来水塔,并在塔身上画起了五颜六色的世界地图。远远望去,好大一个地球仪,似乎就在他家屋顶的天光云影中慢慢转动呢!

为什么福清人对地球仪和地图册情有独钟?

福清市委书记陈春光说得好:凡有阳光的地方,就有福清人。

福清市外事侨务办公室主任黄少文更是如数家珍:目前,在福清全市128万户籍人口中,归侨、侨眷就有83万人;在海外的华人、华侨近90万人,他们分布全世界五大洲120多个国家和地区,拥有海外社团65个。美国、英国、加拿大、澳大利亚⋯⋯这些发达的资本主义国家就不用说了,光是太平洋上的岛国——汤加、斐济、所罗门、萨摩亚等等,也都能听到我们福清的乡音。

那么,非洲呢? 堂堂大国南非,不但有举世敬仰的黑人国父曼德拉,也有大约30万华人与华侨。不久前,福清市市长林贤出访南非,中国驻南非大使田学军就亲口对他说:在南非30万华人、华侨中,来自福建的将近一半,来自你们福清的,是一半中的一半,大约六万人左右,他们早就成立了南非中华福清商会。

此外,更令人难以想象的是,就连南非的"国中之国"莱索托,一个只有 200 多万人口的高原小王国,居然也有两千多位福清侨胞,他们所开设的商铺遍及该国的每个角落。

说到莱索托,我忽然想起,上次来福清采风时,我曾在城关的虎溪之畔,参观过一座南非公园,其中有一座造型奇特的亭子,听说就是莱索托王国的巴苏陀民族风格,其建材包括覆盖在亭子上方的一种茅草,都直接从非洲空运过来。即此一端,足见福清人在全世界分布范围之广了。

于是,我和黄少文开起了玩笑:看你对全世界大小国家的熟悉程度,简直可以到联合国秘书长身边去工作了!

与他同时接受我采访的,还有福清当地的文友郑敬平,他年轻时是三明钢铁厂的一位小说家,《福建文学》的重点作者,后来回到老家福清,成为全县最熟悉侨情的大秀才,有关印尼侨领的《林绍良传》及林文镜父母的墓志铭等,均出于他的笔下。谈起福清人的海外移民史,他更是要言不烦:从某些民间姓氏族谱的有关记载,从东张镇古窑址出土的外销瓷来看,早在宋元之交的十三世纪末,福清的先民就开启了出海经商的先河。明代郑和下西洋后,不少福清先民也紧随着走海行船、辗转于南洋一带。到了清初,朝廷实行海禁,"百姓尽徙内地,筑台寨为界","片帆不许出海",但就在这种严酷的禁令下,仍有一批又一批的福清人铤而走险,冒死冲出国门,流亡海外。康熙二十四年(1685 年),海禁放松,出境谋生者就越来越多了。1840 年鸦片战争,福州辟为五口通商口岸之一,不少福清贫民在西方殖民者的引诱之下,沦为出卖苦力的契约劳工,谱写出一部部举世为之悲叹的"猪仔"血泪史。其后,民国初始,福清人才以自由移民的身份,掀起了第一次大规模的海外移民潮,并一直延续到新中国成立前后。他们主要分布在东南亚各国,尤以印尼居多,其后裔多达 40 万。

堪称福清历史上第二次大规模的海外移民潮,始于 20 世纪 70 年代末的中国开放改革初期。当时,国门大开,八面来风,一向敢于冒险闯天下的福清人,得思想解放风气之先,他们通过求学、经商、婚嫁、劳务出口及投资移民等各种渠道,纷纷走出国门,走向世界。据福清市公安、外事、侨务部门的不完全统计,自 1979 年至 2005 年间,全市出国人数就超过 20 万人。他们所抵达的目的地,再也不局限于东南亚,而是遍布全球五洲四海 120 多个国家和地区。其中,在澳大利亚与前文所说的南非,各约三万人,而远在南美的阿根廷,福清的新侨民也迅速

增加到 1.2 万人。

如今,这股"出国潮"依然方兴未艾,"出国热"也依然热气腾腾。在福清,人们习惯以时间划线,把海外侨胞分为"老侨"和"新侨"。如果说,历朝历代的"老侨",出国时多以求生存为初衷,那么,开放改革以来的"新侨",则以谋发展为理想。他们秉承"老侨"艰苦创业、顽强拼搏的老传统,却又与时俱进,以放眼全球的战略眼光和追赶时代潮流的新思维,不断开疆拓土,再立新功。其所涉及的产业,也从以往工业、地产、金融为主,拓展到商贸、矿产、建材、建筑、劳务以及餐饮、超市等服务业。如今,包括新老侨胞在内的福清华人华侨,已成为驰骋全球经济市场的一支劲旅,涌现出一批举世瞩目的工商巨子和华侨领袖。据"世界福清社团联谊会"估算,金融风暴之后,福清海外亲人的总资产不降反升,已从原有500 亿美金左右增加到 600 亿到 700 亿美元之间,约占全世界华人华侨总资产的三十分之一,福建省华人华侨总资产的五分之一。

有趣的是,不管是"老侨"或"新侨",在海外的福清人,都有个约定俗成的爱称,叫"福清哥"。尽管有关"福清哥"的来历,有多种说法,但我所理解并所要强调的是:这"哥"字,一字千钧,掷地有声,它是历朝历代福清人用爱国爱乡的赤子情怀,用闯荡五洲四海的冒险精神,用患难之际敢于为朋友两肋插刀的侠肝义胆换来的,它来之不易,弥足珍贵!

我从小在福清长大,对此深有体会。我母亲是福清人,她的娘家在新厝镇江兜村,全村人口不足三千,海外亲人却多达一万。我小时候,她教我唱的第一首儿歌就是:"拖耆伊弯,老鼠过番……"那时,新中国刚成立,福清还很穷,干旱,缺米,乡亲们一日三餐只能以番薯果腹。好在有侨汇,从世界各地源源不断寄回来的侨汇,不但帮助乡亲战胜一次次天灾人祸,还为侨乡的公益事业奠定了良好的基础。当年,我随任教的父母借居双屿小学,那校舍,原为后墙上破了一个大洞的王氏宗祠,后来,是印尼华侨集资修缮,才把它改建成小学的,它贮藏着我童年时代一切美好的记忆。再后来,我考上渔溪镇的虞阳中学,学校里有幢欧式的红砖楼,取名本游堂,据说,"本游"二字,就是华侨捐款人长辈的名字。作为校图书馆,本游堂是我少年时代的乐园,也是我一生文学生涯的起点。在那里,我翻阅了许多文学名著,摘抄了不少名家名句,其所用的笔记本,一种道林纸精印的笔记本,也是一位女同学送给我的,她家是侨眷,这笔记本自然也是舶来品。1960 年,我参加高考,考场设在城关的华侨中学。看来,要特别感谢这"华侨"二字,因为它又给我带来好运,让我在语文考试中得了个作文满分,据说是全省高考有史以来的最好成绩。正如没有母亲,就没有我;没有福清的爱国侨胞,也就没有我的母校,没有我的高考好成绩,没有我后来为之终生奋斗的文学事业。因此,我一直把福清视为第二故乡。

改革开放之后,福清成为全国首批综合改革试点县市,海外亲人对家乡的贡献就更大了。黄少文主任让我看了一份资料,其中,光是 2013 年,华侨对家乡公益事业的捐款,就多达 25 亿元人民币,累计在家乡投资和引资近 60 亿元人民币,兴办三资企业近千家。以"融侨"命名的经济技术开发区,是全国首家"侨字号"开发区,其欣欣向荣的画面,被国家邮电部选入 2004 年发行的《侨乡风貌》特种邮票,成为令人自豪的国家名片。总之,福清的海外亲人,是推动福清对外开放的一支生力军,为福清的经济建设和社会发展做出了独特的历史性贡献。福清,这昔日的"番薯县",之所以能跃进全国经济百强县市之列,成为海峡西岸新兴的港口工业城市,成为闽都福州最为壮观的南大门,全世界的"福清哥"功不可没!

本次采风的任务,是为福清编写一本纪实文学集。按惯例,书中当有专写侨乡建设的一个专辑。但市委宣传部部长、文学博士出身的叶友琛却另有高见。他认为,福清经济建设和社会发展的每一个重点、热点和闪光点,全都离不开海外亲人,哪怕是国宝级文物古迹的修复,也离不开他们的襄助,因此,有关这方面的内容,应贯串并渗透于全书的所有篇章,难以抽出另成一辑。诚哉斯言!采风团领导当即择善而从,予以采纳。与此同理,篇幅有限的本文,也无法对福清侨乡建设的先进人物、先进单位一一加以列举,好在团友们的其他文章,对此将有详细而又精彩的报道,读者自可从中细加品赏。

在这里,我特别需要向读者报告的是:"福清哥"的高风亮节和特殊贡献,受到了中国各级党组织和政府的高度重视和赞赏。2009 年新中国成立 60 周年阅兵大典,应国务院邀请,上天安门广场观礼台的福清海外华人华侨代表就多达 60 人。历届福清市委、市政府,都把"侨"字当作福清的一大特点、一大优势、一大贡献、一大促进,把外事、侨务工作当作联系海外华侨华人、广大归侨侨眷的桥梁和纽带,在开展海外联谊活动、招商引资、维护侨益、服务侨捐,乃至选派优秀教师到海外华文学校任教等各个方面,都做了大量周到细致的服务工作。近年,县里还投巨资建起了福清侨乡博物馆。该馆位于新市区中心,外观有如一艘拔

锚启航、鼓浪出海的朦胧巨舰，象征福清人自古至今勇于扬帆出海、走向世界的光荣传统。

"乘风破浪会有时，直挂云帆济沧海。"站在建筑业已竣工、开馆尚待时日的这艘巨舰面前，我忽发奇想：要是在馆前的广场上或馆内的大厅里，矗起一个大大的地球仪，让"福清哥"所在的120个国家和地区都能闪闪发光，那该是何等壮观的景象！

地球仪，不仅是福清幼儿认识世界的启蒙教具，不仅是福清老人思念海外亲人的载体，它也应该成为福清侨乡最重要的标志。

原载《福建日报》2010年10月3日

入选《走进福清》(海峡书局2014年版)

辑二 山川启示录

武夷山人物画

撑排人

简直难以设想，假如武夷山没有九曲溪，假如九曲溪上没有这种轻盈小巧的、用六根毛竹编成的竹排……

竹排，一枚小小的针；九曲溪，一根长长的线。正是它们，把绿宝石般的、红玛瑙般的三十六峰、九十九岩，织成了一轴锦绣般的长卷。

如今，我站在九曲溪上游的星村渡口。感谢不知名的建筑师，在武夷山特有的丹岩上刻下了"逍遥游"三个大字。底下，平置着一条和实物同样大小的竹排，两端微微翘起，是用洁白的花岗岩精工雕琢而成的，天生丽质，呈现一种朴素的、纯净的美。可惜我来不及细加品赏，石阶下已传来了热辣辣的、粗犷的招呼声：

"上排喽——"

他，二十出头，卓立在竹排的尾部，手中横着一根竹篙。一抹曙光从背后用橘红的线条画出了他全身修长的轮廓，活脱脱像大王峰上一棵青青的竹子。

我们小心翼翼上了排，在横置的小木板上坐下。他把竹篙斜斜地往水里一点，身子微微一蹲，竹排便像一条鳗鱼，无声地往绿莹莹的水面滑去。一片开阔的溪水，清亮亮地把五颜六色的鹅卵石捧献在我们跟前。

排头坐着县文化馆一位擅长搜集整理民间故事的女同志。她仰起头，朝撑排人发问：

"你是新来的吧，贵姓？"

厚厚的嘴唇一咧："叫我小俞好了。"

"那位老俞——"

"是我爸爸。"

"他今天没来？"

撑排人的手轻轻一抖，竹篙的顶尖在排侧的一块石头上划出了一声刺耳的尖叫，随之，一丝阴影在他的脸上迅速地掠过。

他用我们听不懂的闽北方言轻轻地、匆匆地向文化馆的女同志说了几句。

女同志急忙低下头,背过脸去,沉默了。

水面不再那么平静了。开始有了汩汩的水声。微波细浪拍击着竹排的排沿,仿佛在轻轻地倾诉着什么。

就在这低微的水声中,响起了撑排人深沉浑厚的声音。他,按照撑排工的老规矩,不紧不慢地讲起了武夷山的来历,讲起了"武夷兄弟"的故事。平缓的语调中蕴含着一种力量,一种坚实而又动人的力量:

"很久很久以前,我们这里,有山没有溪,有石头没有树。下一场雨就发一次山洪,田淹了,房舍毁了,侥幸逃脱的人们只能躲在崖顶的山洞里挨饿。幸好,来了一位彭祖老人,他领着众人劈开大山,凿穿石壁,开出一条长长的九曲溪,把洪水排了出去。可惜彭祖太老了,他归天去了。他留下两个儿子,一个名叫彭武,一个名叫彭夷。"

峰回溪转,水声越来越响。微波细浪变成了奔突而下的激流和令人目眩的漩涡。撑排人不再言语。他睁大双眼,抿紧厚厚的嘴唇。微微翘起的排首,眼看就要撞上一块突兀在溪中的礁石,但竹篙儿轻轻一点,它又从右侧轻轻地闪了过去……

趁撑排人专心致志和险滩较量之时,文化馆的女同志红着眼睛,悄悄地在我耳边说:

"他父亲老俞是这里的老撑排工。我那些民间故事,有一大半是老人口述的。可惜,我们再也见不到——"

"当心坐稳喽!"撑排人一声吆喝,耳边岩影一闪,几簇凉飕飕的水花飞上了我的脸颊。我发现,那女同志的睫毛全都湿了。

"游客越来越多,需要增添新的竹排。前不久,老俞带人上山选伐又粗又直的毛竹,不料,下山时,拖拉机翻了……于是,小俞便接替老俞来撑排了。"

险滩已过,面前是一汪深潭。水声平息了。水面光滑得像一块玻璃。玻璃下的潭水绿得发黑。阳光从水面上反弹上来,软软的,似乎含着一股冷意。

撑排人停篙在手,继续讲起了往昔的故事:

"彭祖死后,彭武和彭夷两兄弟秉承父志,一日也不敢停歇。终于,九曲溪通了,洪水泻出去了,从此,这里才有了绿的树,香的茶,开不败的花。为了纪念两兄弟的功绩,从此,这里才有了'武夷'这个名字……"

群峰,连同倒影,全都屏声静息,悄然不语。

九曲溪啊,你这源远流长的九曲溪!你把美丽和富足毫无保留地奉献在游客的面前,而古往今来的种种艰辛和不幸,却深深地埋进了幽幽的潭底。

幽幽的深潭,永远是静默无声的。

扫径翁

没有攀登过天游峰的人,不算到过武夷山。

天游峰,武夷的第一险峰,900多级石梯,像一根银丝,从空中抛下来,在云中,雾中,飘飘闪闪,仿佛风一吹,就要断掉似的。

那天,我终于顺着这根银丝,上了天游峰的峰顶,在"一览台"上鸟瞰了九曲溪碧水丹山的大全景。山,变得小了,人,显得大了,我心里好不得意。

下了山,回宾馆用餐沐浴之后,已是傍晚时分。游兴未尽,我便踏着暮色沿溪漫步,不知不觉又来到天游峰下。举头仰望,只见白天里温柔娇媚的群峰全都披上黑色的斗篷,变得严峻起来,甚至还威含着一股逼人的气势。夜雾从幽谷中氤氲升腾。不知名的白色野花在昏暗中斑驳闪光。九曲溪在脚下潺潺作响。溪畔的"伏虎矶"后,蹲着一座小小的平房,可是门窗禁闭,不见灯火。一切,都显得朦胧而又神秘。

然而,就在这一切静寂中,我隐约听到一种声音,"哗——哗——",颇有节奏地从岭下的竹丛中传来。我知道,竹丛中的小径便是登天游之路。这么晚了,是什么声音?

"哗——哗——",声音由远而近,一声比一声分明。我循声迎了上去,对面传来一声咳嗽,接着,从暗处浮出了一个人影,及至到了眼前,才看清是一位精瘦的老人,身穿一套褪色的军装,足蹬一双棕色的运动鞋,肩膀上横架着一把竹扫帚。

相互打了招呼,这才知道,老人就住在这幢小屋里,是游览区的扫径人,每天负责打扫登天游峰之路。

我敬他一支烟。他连忙开门,点灯,从屋里端出板凳、茶具,沏了一杯浓浓的岩茶回请我。

这茶,先是浓苦,而后才慢慢透出甘醇来,不愧为"岩骨花香"的武夷岩茶,给人以清新脱俗之感。

"请问老同志贵姓?"

"不敢,免贵姓屈,屈原的屈,河南商丘人。"

"您老在这儿很久了吧?"

"不算久,不算久,'文革'十年,这里人迹罕见,荒山野岭,何须我来扫路呢!"

"如今游客多,您工作挺累吧?"

"不累，不累。我每天清晨扫上山，傍晚扫下山，扫一程，歇一程，再把好山好水看一程，中午在一览台吃饭，歇个晌，喝杯茶，悠闲自在哩!"

我抬头望了望在暮色中顶天立地的天游峰：上山 900 多级，下山 900 多级，一上一下 1800 多级，那层层叠叠的石阶，那使许多游客气喘吁吁、大汗淋漓，甚至望而却步、半途而返的石阶，每天，都被这位老人，用双脚丈量了两遍。我不禁倒抽了一口气。

"遇到刮风下雨，没有游客，想扫，还不让我扫呢!"老人呷了口茶，顺手用毛巾揩了揩嘴唇。

借天上淡淡的星光，我仔细打量了他一番：瘦削的脸，脸色黝黑。淡淡的眉毛下，有一双慈善的眼睛。胡子刮得颇为干净，那一头短短的头发也不见白。

"您老高寿——有六十了吧?"

老人摇摇头，伸出了七根指头。

人生七十古来稀。可他——

老人悠悠然吐了一口烟："照说，我该退休了。可我实在离不开这里：喝的是雪花泉，吃的是公家的大米和自家种的青菜，空气好，又有茶喝，白天花鸟做伴，夜晚九曲弹琴，无牵无挂，无忧无虑，无病无灾，神仙过的日子，能走吗!"

我抓住他的双手："三十年后，我再来看您!"

"三十年后，我照样请您喝茶!"说罢，老人朗声大笑。笑声，惊动了竹丛里的一对宿鸟，扑棱棱飞了起来，又悄悄地落回原处。

这充满自信的、豁达开朗的笑声，一直伴随我走回宾馆。推窗远望，星光下的天游峰巍然屹立。我想起白天登山后的得意心情，不禁深感惭愧。

一个人，在一生中偶尔攀登几次高峰，并不难。难的是，每天都攀登高峰，从小到大，从幼到老，老而弥坚，自强不息。

原载《福建文学》1983 年 10 月号，《散文选刊》1988 年第 7 期转载。其中，《撑排人》一则，分别入选《全国小学语文》(人民教育出版社)、《九年制义务教育实验教材·初中语文》(广东教育出版社)，《扫径翁》一则，易题为《天游峰上扫路人》，入选《小学语文》(江苏教育出版社)；获福建省第二届优秀文学奖，入选大陆及香港 20 多种散文选本。

高山矮林

华南虎,黑熊,白蝙蝠。剧毒的五步蛇,头上长角的青蛙,价值两万美金的金斑喙凤蝶。"昆虫世界"绝妙的交响乐,连同"山魈鬼"耸人听闻的传说……一切,全都隐匿在这云封雾裹的处女林中,埋藏在这人迹罕见、阳光难以穿透的绿海深处。

黄冈山——素称"华东大陆屋脊"的武夷山脉主峰,至今,仍然是一个令人心悸而又心醉的谜。

我们小心翼翼地钻进了山脚阔叶、针叶、落叶混交林。

脚下,是湿漉漉的、富有弹性的土地;头顶,是层层叠叠、千姿百态的绿叶。而身前身后,全是纵横交错的枝柯、盘曲纠缠的藤萝。空气中弥漫着树木或新鲜或腐朽的气息,间或有一股野物的腥味。唧唧的虫声、啁啾的鸟鸣和玲玲淙淙的流水声不时传入耳鼓,却不知发自何处。无暇辨认哪些是第四纪冰川的孑遗植物,哪些是别处常见的普通树种。只见所有的树木都是那么高大,那么急急忙忙、迫不及待地往上长,长,长向那高远而又迷蒙的天空……

偶尔,看见一棵躺下的老树。它的身上,已盖满了各式各样的苔藓、地衣、真菌和蕨类植物,而它原先的立足之地,几十棵新生的树苗也同时迸发出各自的青枝绿叶……

大自然的新陈代谢,竞争与繁荣,在这里演出了一幕幕无声的戏剧。

黄冈山的植物群落是呈垂直状态分布的。当我们上到山腰时,混交林已为单纯的针叶林所代替。但万木争荣的现象仍有增无减。在陡峭的岩壁上,那密密匝匝的马尾松,几乎每一棵都是从石缝中崛起,而后紧贴着石壁笔直上升,各自以其最高的高度来争夺阳光的青睐。远远望去,如同孔雀开屏时那一根根历历可数的矗立的尾羽。而在一些阳坡和阴坡的交界处,那些奇特的南方铁杉,背阴的一面,不见寸枝片叶,朝阳的一面,却枝繁叶茂,如同一面面迎风飘扬的旗帜,怪不得人称其为"旗形树"。

适者生存,强者获胜。腐朽者必为新生所取代。黄冈山的原始森林,在我心

中留下了惊心动魄的印象。

然而,待我登上海拔2000米左右山顶的高山草甸地带时,仿佛这一切竞争全都缓和了,平息了,中止了。没有云,没有雾,甚至,也没有一丝风。眼前,只剩下一片绿地毯般的无节芒,顺着平缓的山势,在辽阔的、蓝湛湛的天幕下自由在地舒展着。金针花在阳光的轻吻中悄然开放。零零星星点缀其间,勉强可称之为"树"的,只有那一小丛一小丛的黄山松。那松,再也没有山腰或山脚它的同类或异类那样挺拔高大、气宇轩昂,相反,一棵棵全都浓缩、变小,变成了只及人们膝盖高的微型盆景。仿佛一下子由巨人变成了侏儒,显得可怜而又可笑。而它们的树龄,据说都已经在三五百年之上了。

空旷的地盘,充裕的阳光,无须与同类或异类争雄斗胜的优越环境,使它们不想长高,也无法再长高了。

我蹲在这些高山矮林的面前,勾下头,不由深深陷入了沉思:

假如,我也是一棵树……

原载《文学报》1985年3月7日

转载《散文选刊》、菲律宾《世界日报》,入选《中国科普佳作百年选》(上海科技教育出版社2001年版)、《中国散文大系·景物卷》(中国文联出版社2015年版)

南岳·北岳

南岳如飞

不知湖南人是因为爱吃辣椒才有了火辣辣的性格,还是因为先有了这种性格,才养成对辣椒不可一日无此君的特殊嗜好? 总之,每次到长沙,主人总要拉我到一个名叫"火宫殿"的小吃城去,在红梯、红栏、红柱、红梁红通通的酒楼里,在湘西名酒"酒鬼酒"的醇香里,品尝那搅满辣椒油的红烧肉、红烧蹄膀、臭豆腐、龙脂猪血之类,既分享他们引为自豪的三湘美味,又充分感受其热情、豪爽与好客。

"火宫殿"的历史大约已有 200 年了吧? 顾名思义,它是祭拜火神的地方,殿里香火至今还很旺盛。火神名叫祝融,传说他是黄帝身边一位很有才干的大臣,因能"以火施化",被黄帝命为"火正"官,主管火务,兼管南方事务。他在主事期间,曾以衡山为栖息之所,死后葬于山的最高峰,峰以他的名字命名,从此便有了祝融峰。

看来,一方水土养一方人,湖南人之所以红红火火、劲直勇悍、好胜尚气,出了许多以天下为己任的英雄豪杰,这与湖湘文化传统中的火崇拜不无关系吧?

我是在久雨初歇的一个夏日里攀登衡山的。在中华五岳中,衡山位居南岳,气候最为温润,水源最为丰沛,植被也最为茂盛,故有"五岳独秀"之美称。果然,一路上无峰不树,无树不青,忠烈祠的翠柏、玄都观的苍松、紫竹庵粉墙外的修篁,以及邺侯书院里爬满石碑、石阶的藤萝与苔藓,全都在叶稍处噙着一颗水珠,像繁星一般闪闪烁烁。穿行在林间的幽径里,简直就像在银河中游泳。

好不容易从林海碧涛中探出头来,却发现已置身于南天门的石牌坊之下。

这里,一岭横架,既是南岳前山后山的分水岭,又是通往绝顶峰祝融峰的唯一通途。刚看清石牌坊的横楣上刻有"行云""施雨"字样,便见雾波云浪从后山深壑中滚滚腾起,且翻越横岭山脊直泻前山,看上去宛如银河飞瀑,蔚为奇观。举目眺望祝融峰,峰尖早已插入云端,唯有长长的山体斜斜地拖了下来,仿佛一

只大鸟,把尖喙伸进云天,却把一边翅膀垂了下来。

近在咫尺的祝融峰,半隐在缥缈之乡难窥全貌,不能不令人感叹:"行尽千山与万山,衡山更在碧云间"!

此后,在向绝顶峰冲刺的征程中,我一直有一种奇妙的感觉,那是一种被驮在鸟翼上向天空升腾和飞翔的感觉。

一路上,慢慢回味古人咏衡山的名句,还是清人魏源的《衡山行》写得最为传神:"恒山如行,岱山如坐,华山如立,嵩山如卧,唯有南岳独如飞。朱鸟展翅垂云天,四旁各展百十里,环侍主峰如辅佐。"

同行的湖南文友还告诉我:南岳72峰中,祝融峰如同高高昂起的鸟头;吐雾峰等六峰是鸟冠上的羽毛;贴在前面的芙蓉峰等16峰,恰似壮实的鸟身;拖在后面的青岭等13峰,活像翘起的鸟尾;而南边从石廪峰到回雁峰共20峰,北边从紫盖峰至岳麓山共22峰,便是这只镇守南方的朱雀大鸟所展开的巨大的双翼了。要是天晴,运气好,站在祝融峰顶,举目四望,东边的湘江九曲,南边的五岭逶迤,甚至,连西边的皑皑雪山,北边的浩浩洞庭,也都能望见呢!

可惜,我没有这份好运气,祝融峰拥抱我的,依然是白茫茫的雾波云浪,只见峰巅高高耸起一方裸露的巨岩,岩上又托举起一座石墙铁瓦的巍巍宫殿来。天风在檐顶呼啸,浮云在阶下徘徊,不用说,那便是冠盖南岳、威镇南天的祝融殿了。该殿始建于唐,复建于明,重建于清,尽管年代久远,石柱、石梁、石墙、石檩全被香火薰得发黑,但老而弥坚,依然昂首挺胸,轩轩然接受来自四面八方的朝拜。绕到殿后环廊,凭栏俯瞰,但见云涛雾海浩浩荡荡,71峰皆匍匐在下,载浮载沉,若隐若现,如孤岛,如船帆,如大鱼巨鳌在扬波击浪。偶见一线阳光从云隙中筛落,左下方山坡梯田里那几丘熟透的早稻,顿时金光四射,一片辉煌。

祝融殿两侧,奇石嵯峨,摩崖题刻甚多。印象最深的,是刻在那有如鸟喙尖尖伸出部位的"云起峰流""青云满袖"两句,前者以动写静,后者化大为小,都把这绝顶峰的绝妙处写活了。

古人选在如此危乎高哉的风景奇绝处祭拜"火神",说明火与人类的关系实在太密切了。也许是火山爆发后的冲天烈焰,也许是雷殛古木后的熊熊树火,人类的祖先从自然火中得到天启,逐渐发明了钻木取火、击石取火、阳燧取火,从此才告别了茹毛饮血的蛮荒历史。火,光明的使者,文明的象征。火药的发明,更是炎黄子孙对人类文明的一大贡献。只是后来,西方列强却利用这一成果来侵略中国，来火烧圆明园，这才使国人如梦方醒，明白了"落后就要挨打"的道理。那位写过"南岳独如飞"的魏源，就曾高声疾呼要"师夷之长技以制夷"，面他心目中的西方三项长技，其第二项便是"火器"。如今，中国的火箭、卫星频频升空，作为"火神"的祝融，当为此而欣然微笑吧！

南岳之所以翩然欲飞，是借助 72 峰所集聚的地势；卫星之所以升空，是依靠火箭的推力；而一个国家、一个民族的腾飞，所凭借的，恐怕就不是对某方神明的崇拜，而是科学与民主的无穷威力了。

北岳的悬念

从大同驱车南下，越过桑乾河，地平线上隆起了一脉淡淡的山影。随着车轮滚滚向前，山影愈升愈高，山色也愈来愈显得浓重。这，便是西衔雁门、东跨幽燕、南屏三晋，在塞北高原横亘五百里的北岳恒山了。

公路从浑源县郊擦了过去，眼前那巨大的山影从中裂开一个豁口，如瀑的阳光泻落口内，光与影的强烈对比使两厢的山势旋即陡峭起来。这，便是金龙口，进出恒山的大门了。天峰岭、翠屏峰左右夹峙，一线浑河水从中夺门而出，似龙门，若剑阁，好一个兵家必争的绝塞天险！怪不得连见多识广的徐霞客也不能不为之倾倒，援笔惊叹曰："伊阙双峰，武夷九曲，俱不足以比拟也！"

车进口内，忽而左旋，忽而右转，忽而又钻进幽深的隧道。乍明乍暗之间，偷眼往车窗外望去，两边皆是万仞峭壁，但却与别处裸岩尽露的峭壁大不相同，这里是：一层赭黄色的风化岩，一层墨绿色的灌木丛，像多层宝塔一般，层叠而上，色调单纯，却不单调，干燥中透出朗润，雄浑中蕴含挺秀，如同一幅幅套色木刻版画，耐人寻味。

被徐霞客称为"天下巨观"的悬空寺，就危危然高悬在翠屏峰的断崖绝壁之间。当我从车上向它投去匆匆的第一瞥时，感觉到它是一只彩色的凤凰，经过万里长空的长途飞行，累了，暂时趴在此间小憩一番，随时准备重振双翼，再度凌空飞去呢！

下车步行，站在峡谷底部的浑河边抬头仰望，只能看见层楼叠阁及栈道的底面，由十几根细长如红木筷子般的木柱子轻轻地撑住。可能由于视觉上的误差，我仿佛看到整片山崖正微微向前倾斜，那木柱子也在山风中簌簌颤抖，崖上的危楼随时可能崩塌下来。我下意识地后退几步，闭起双眼，心中闪出了当地的一首

民谣:"悬空寺,半天高,三根马尾空中吊……"

顺着石蹬道,一步步攀崖而上,终于踏进了寺门。那门,与一般寺庙位居中轴线前端的大山门不同,它躲在紧贴崖壁的一个小角落里,狭窄得仅容一人通行。我猜想,如此设计,既是依山就势的需要,同时,也限制了入寺登楼的人数,以减轻总体建筑的负荷吧!

小心翼翼上天梯,登悬楼,过长廊,跨飞栈,但听脚下木板吱吱嘎嘎作响,头顶的楼台也似乎摇摇晃晃。在如此险峻逼仄的地方建寺,空间十分有限,但任何高超的艺术不就是在限制中求得创造与发展吗!也许,小中见奇,小中见巧,小中见精妙,乃至于小中见宏大,这正是当年——距今1400多年前,北魏时代能工巧匠们不朽的艺术追求和辉煌的艺术创造吧!

据说,全寺共有楼堂殿阁40间,有关儒、道、释三教的各类雕像凡80余尊。整个建筑群一半高高悬在空中,一半深深嵌入岩壁。有时,危崖碰鼻,仅有一架小梯把你引向上头的另一番天地;有时,巨岩挡道,却有一隙小窗让你钻入里头的另一窟石洞。就这样,在步云梯、钻天窗、穿石窟、上下左右盘旋之中,我才逐渐看清整个寺庙的主体建筑是左右对称的两幢三层殿阁,两阁之间,中隔断崖,一条栈道凌空飞架,像一根扁担把两端的高楼挑了起来。令人称奇的是,那扁担的中央,又压上了另一幢双层重檐的楼阁来,好比一个表演杂技的大力士,在一连串高难度的惊险动作中,不断展示其非凡的勇与智,力与美,让人在惊心动魄中获取最大的审美愉悦和满足。

然而,这一切艺术的创造又都是建立在科学的坚实基础之上。以栈道为例,其下方只有数条横木和数根立木支撑着。那横木,俗称"铁扁担",是用当地的特产铁杉木加工成方形的木梁,深深插进岩石里去的。据说还用桐油浸过,防腐,防白蚁。至于那些立木,每条柱子的落点都经过精心的计算,或起承重作用,或仅仅只是为了平衡栈道的高低。有人用手轻推其中的一根立木,它居然离开下方的落点,左右摆动起来,直看得人心跳不已。

没想到,这小小的悬空寺,内里却大有乾坤,高低错落的楼阁,屈曲勾连的栈梯,竟让我足足流连盘桓了一整个时辰。依依不舍下得楼来,返身回望,却又发现崖壁上刻有"巨观"两个大字,传说还是诗仙李白的留墨呢!

创建北魏王朝的鲜卑族真是个了不起的民族,它不仅开凿了云岗、敦煌、龙门三大石窟,而且又在恒山上建造起如此一座悬空寺,一座在中国古代木构建筑中稳居"第一把交椅"的悬空寺。

在中国的五岳名山中,其他四岳都是通过长长的山道,步步引人入胜,最终在山巅处推出览胜观景的高潮。唯有这北岳恒山,却把它最精华的部分,最得意的作品悬空寺,高高悬挂在大门口,给人以巨大的视觉冲击力和心灵震撼力。如果把名山的建筑视同一篇文章,那么,北岳恒山这篇文章,在布局上便是以先声夺人、起笔不凡而取胜。

悬空寺,高悬在绝壁上的悬空寺,你也高高悬挂起我对北岳恒山无尽的思念……

原载美国《中外论坛》2004 年第 3 期

阿里山神木

名山出名木。茫茫的林海托举起堂堂的高峰,这大概是许多名山之所以扬名天下的一大因素吧!试想,假若天山没有云杉,黄山没有奇松,岳麓山不见红枫,武夷山失却翠竹,它们,还能在万山丛中独领风骚吗!

古人对此早有领悟。如郭熙便在《林泉高致·山水训》中说过:"山以水为血脉,以草木为毛发,以烟云为神采。"但我以为,对台湾的阿里山而言,它那富有传奇色彩的"神木",绝不仅仅只是头顶上的几根毛发,而是全山的精魂之所在。

台湾山多,号称"百岳"。"百岳"之中,又有"十峻",其海拔皆在 3000 米之上。阿里山主峰祝山只有 2600 米,论高度,在全岛群山中,只能算是"第二梯队",它何以能成为宝岛山岳旅游的首选之地?显然,誉称"东亚树王"的"神木"功不可没。

我第一次拜识"神木",是在台北一家大图书馆里。那天,承蒙主人的盛情邀请,我们福建省文艺家代表团一行 14 人,鱼贯通过一扇其厚无比的金属大门,步入恒温、恒湿,设有自动报警系统的善本书库。一股浓浓的幽香扑面而来。那是书香,从元、明、清古籍上散发出来的书香;那又是木香,从一架架高大的书橱里渗透出来的木材的清香。主人自豪地说:"这些书橱,都是用阿里山神木——千年红桧制成的,防潮,防火,防蛀,永不变形。可惜——"他叹了口气,目光顿时暗淡下来,"这么高贵的木材,今后是再也找不到了。"

我用指尖轻轻触摸那些黄中透红,因不上油漆而呈现出天然纹理,保留木质本色的红桧木,一种敬佩之感伴随着一种惋惜之情油然而生。

数天之后,顺着地震后刚刚修通的新中横公路,我们登上了阿里山。上山后,这才知道,所谓"神木",并不只是一种树,而是"阿里山五木"——红桧、扁柏、亚杉、铁杉和松树的统称。其中,又以红桧为代表。但也并非每一棵红桧都能享受"神木"的美称,须知,能获此殊荣者,其树龄起码也要在 800 岁以上。天哪,800 岁!那时,荷兰"红毛鬼"尚未染指台湾,"国姓爷"郑成功也尚未收复宝岛,与茫茫林海相依为命的,只有阿里山的原舞者——头插禽羽、身披兽皮、以刀耕、火种和狩猎为生的高山族及其分支布农族和邹族的同胞！

潜入阿里山的密林，天暗了下来。潮湿的雾气，飘来树木或清新或腐朽的气息。除了一两声竹鸡的啼鸣，一小阵啄木鸟轻轻的敲击声，伴随着隐隐约约的涧水声，四周万籁俱寂。你似乎只能听见自己的心跳。你不由自主地把脚步放得很轻很轻，生怕惊醒绿色家族那长达数百年、数千年的酣梦。仰望身边那黑苍苍的树影，那顶天立地、轩昂矗立的树影，心中不能不升起一种庄严肃穆的敬畏之情。然而，你又分明感到它们正在呼吸，正睁开眼睛注视着你，正微微抖动树叶，要向你诉说有关风、雪、雷、电的故事，有关山林和人类的历史，有关它的欢乐与不幸，追求与希冀……于是，你又分明感到像是来自远方的子孙投入长辈的怀抱，有一种感应，一种默契，一种骨肉亲情的心频之共振……

红桧树，真不愧是阿里山绿色大家族中的尊者和王者。它具有最坚忍的意志，最顽强的生命力。它的主干，粗壮到需要七八人、十几人手拉手才能合抱。有一棵"象鼻木"，其盘根错节之状，就像一只巨象伸出长长的鼻子。有一双"夫妻树"，虽早已在雷电交加、天火焚烧中双双殉情，却依然并肩比立，遥对蓝天白云坚守它俩海枯石烂的盟誓。又有一棵"三代木"，第一代主干衰朽中空之后，其一侧长出了第二代，继而又在第二代的上方冒出了第三代。三代同堂，前仆后继，像叠罗汉一般，撑起一幢巍巍然、碧森森的绿色大厦！而这些有情、有义、有节的巨人，在死后不知多少年，树皮脱光了，甚至连焦黑的颜色也被雨雪风霜冲洗殆尽，只留下白生生的树干和枝丫，像骷髅一般，却也不肯訇然倒地，硬是在四围的无边翠色中，挺出一片"白树木"的奇观，为阿里山风光添上了一绝。其悲壮与惨烈，我想，只有新疆大漠瀚海中的胡杨木，才堪与之相媲美！

然而，比自然界的天灾更可怕的，也更令人痛恨的，却是人祸。一个多世纪以前，当甲午海战的硝烟刚刚在黄海飘散，日寇的铁蹄便踏上了宝岛。他们以在阿里山修铁路为借口，大肆砍伐我们的"神木"，并把它们一根根掠往东瀛。至今，林中漫步，还可以看到许多在浩劫之后所遗留下来的树桩，仿佛是一垛垛钢铁熔铸的雕塑。它们，或在痛苦中扭曲，或在惊恐中挣扎，依然保留着遇难时的姿势。从刀口流溢出来的鲜血虽已凝固结痂，但心灵上的创伤，却依然在滴血……

传说那时，阿里山满山都是愁云惨雾，每一棵树木，每一片树叶，都刮起了复仇的旋风。白天，强盗们一个个被突然倒下的大树压死；入夜，暴徒们又一遍遍

被噩梦惊醒。甚至,当他们打开饭盒时,那白米饭团中也会渗透出猩红的血丝!入侵者惊恐万状,不得不在林中建了个"树灵塔",朝夕焚香祭拜,请求宽恕。但我想,阿里山的"神木",连同海峡两岸的中国人民,对侵略者的罪行,是永远也不会宽恕的!

阿里山的"神木王",位于山顶铁路站的一侧。它身高53米,犹如擎天巨柱,历来是全山的标志。它的树龄,据推算,已达3000岁高寿。假若把它的躯干锯开横剖面,那么,我们可以读到3000圈奇妙的年轮。那3000个同心圆的圆心,大约是周公摄政的时代,因此,它也被称之为"周公桧"。又据说,它比北美加利福尼亚红杉的"世界爷"只略为年轻一点,因此,它又有"亚洲树王"的美称。

然而,就连这沐浴过周朝的阳光,秦时的明月,领略过唐风宋雨,经受过元、明、清电闪雷鸣的"神木王",也未能幸免于遍及台湾全岛的一场灾难。我们是1999年年底上山参拜的,那天,距"9·21台湾大地震"尚不足百日。铁轨因扭曲变形而尚待修复,红色小火车也只能暂时在站台停泊。上下的山道上,树周的土地上,处处留下地震时开裂、隆起或塌陷的痕迹。我们伟大的"神木王",已经轰然倒地,再也站不起来了。尽管,作为绿色家族中的堂堂伟丈夫,即便如此,也依然雄风犹存——它那筋骨尽露的指爪,还紧紧抓住培育它的泥土;它那霜皮龙鳞,还坚硬得如同铜浇铁铸;它那庞然的躯干,横倒在地之后也还比站着的人更高呢!它,就像一条巨龙,随时都可以挟雷携电,冲云破雾,腾空再起!

凭吊之余,举目四顾,我看见无数年轻的红桧树,正蓬蓬勃勃,冲天而起。再过八百年、一千年,又有多少"神木"将再创辉煌!三千年过后,又有哪一棵"神木"将成为新的、无可匹敌的"神木王"呢?

中华大地,万古长青;神木家族,生生不息。

原载《散文》2000年10月号
转载美国《中外论坛》同年第5期
入选《日月潭情思》(重庆出版社2001年版)

峨眉山天籁

　　与峨眉山相聚一昼夜,全在云里、雾里、雨里。晚间,夜色如墨;白天,山影空蒙。与其说是看山,不如说是听山。听一听峨眉的清音与雅韵,听一听峨眉的呼吸与心跳。

　　从乐山驱车抵达峨眉山时,已是入暮时分。在雄秀宾馆放下行李,便往报国寺方向走去。雨后空山,一片寂寥。幽深的楠木林中,隐隐传来晚钟的声音。钟声不紧不慢,沉稳而洪亮。一声声,余韵悠长,直透进五脏六腑,令人神闲气定,俗念顿消。仿佛此时此地,大千世界只有这钟声才是唯一的存在。

　　从报国寺出来,钟声消失了,暮色更加浓重起来。只有湿漉漉的山道,在黝黑的山林中微微闪着银光。只有小桥下琤琤淙淙的流水声,像古筝在弹奏。声音清亮,却也有点冷清。于是,不甘寂寞的秋虫声也啾啾唧唧地响起来了,蛙鸣声也呱嗒地响起来了,远远近近,高高低低,与水声相应和,组成多声部的峨眉山小夜曲。

　　听主人说,峨眉山是蛙类的天堂。树上有"树蛙",草丛中有"石鹅",溪涧里有长胡子的"胡子蛙"(学名"峨眉髭蟾"),池塘里,还有一种"弹琴蛙",能唱出八音阶的美声呢! 可惜,暮色苍茫,初来乍到的我们,在一片蛙声、虫声和水声的合奏中,实在分辨不出哪一类蛙鸣声才是那"弹琴蛙"悦耳动听的女高音美声独唱……

　　回到雄秀宾馆,雨又跟来了。于是,又听了半夜的雨声。

　　那雨声,先是细微而又匀称的沙沙声,像蚕食桑叶一般。蚕们的胃口渐渐大了起来,越吃越快,于是,沙沙声变成雨打芭蕉的咚咚声,敲击窗玻璃的当当声。接着,倾盆大雨来了,似有千军万马从屋顶上席卷而过。我赶紧拉上窗帘,钻进被窝。雷鸣般的雨声很快便把我送进了梦乡。

　　不料,电话铃声响了起来。一看手表,已是凌晨三点。为了赶到金顶看日出,看云海,主人催醒了我们。听听窗外,雨声已停,只有檐水滴落石板的声音,从容,凝重,富有节奏。

　　驱车上山,车窗外一片漆黑。分不清高峰低谷,辨不明远山近树。只有水声,大雨过后从悬崖上奋不顾身跌落下来的泉声、瀑声,从溪涧中奔突而出的山洪暴发声,挟带着风声、林涛声,在山路的急速旋转中,一阵阵迎面而来,擦身而过,给人留下惊心动魄的印象。

　　上了雷洞坪,水声消失了,气温却骤然降了下来,仿佛从盛暑一下子进入寒冬。我们租借了厚厚的羽绒服,离车步行登山。山道两旁全是黑森森的巨树。这时,天空中露出一线曦明,鸟声响起来了。

　　峨眉山,不愧为百鸟争鸣的乐园。不知是我们的脚步声搅碎了它们的酣梦,还是好客的它们一早便为我们亮开了歌喉?不见鸟影,但闻鸟声。那声音,圆润得就像朝露在树叶上滚动、滑落。

　　接引殿、卧云庵、舍身崖,连同高高矗立在金顶的华藏寺,全都被浓浓的朝雾吞没了,虚无缥缈,有如天上的宫阙。就连黑森森的冷杉林,也化成几抹淡淡的水墨痕,染在天地间这张白茫茫的大宣纸上。这里,自是神仙出没的地方,我担心,我们这些凡夫俗子,一不留神,身子也将化为一缕轻烟,随风飘逝呢!

　　云海无缘拜识,日出的盛典遥遥无期。"佛光"与"神灯"的奇观,更只能留在绮丽的想象之中。在这"岚雨逼衣寒似铁"的绝顶,不宜久留,我们还是掉头循原路搭车下山去吧!

　　好在天已大亮,层峦叠嶂全都从昨夜的铁幕中探出头来。水声依旧,一条条瀑布从头顶飘了下来,又从车窗外闪了过去。那瀑布,或飞流直下,酣畅淋漓;或一波三折,摇曳多姿;或瘦而坚挺,如玉柱笔立;或宽而柔美,似珠帘漫卷。而水声,自然也忽高忽低,有刚有柔,时急时缓了。激越处,如万马奔腾,雷电交加;舒缓处,又似柔情絮语,如泣如诉……

　　近午时分,我们停车五显冈,往清音阁方向徒步漫行。意想不到,太阳露出了笑脸,峡谷中腾起了紫雾,一道彩虹弯弯地从对岸跨了过来。头顶上,从树叶间坠落的雨滴也像珍珠一般闪闪发光。

　　这时,或尖利或嘶哑的蝉声也趁机响了起来,盖住了潺潺流水悦耳的音韵。这是峨眉山天籁中我唯一不喜欢的声音,因为它显得喧嚣而浮躁;就像当前文坛上一些哗众取宠的噪音,虽然不屑于与之争辩,却也令人心烦。

　　好在峰回路转,溪流湍急,从上游峡谷深处传来轰隆隆的巨响,又把蝉噪之声给淹没了。那是黑龙江、白龙江劈开巉岩峭壁的声音,是双江轰然会合的声音,是齐心协力向夹在两江中的巨岩"牛心石"发动冲击的声音。

我循声走进峡谷,久久徘徊在黑、白两江的两座石拱桥上,徘徊在"牛心石"顶上的"牛心亭"里。凭栏俯视,激流如箭,激浪如沸,飞溅的浪花升腾如雨如雾。震耳欲聋的声音,清亮而又宏壮,分明是勇敢者的呐喊,拓进者的呼号,充满着青春的激情与力量,洋溢着一往无前的壮烈和豪迈……

这誉称全山十景之一的"双桥清音",我以为,是峨眉山天籁中的主旋律,它盖过了虫声、蛙声、鸟声、蝉声,盖过了风声、雨声、林涛声和梵寺的钟声,是此行我所听到的最令人难忘的声音了。

原载《散文天地》2001 年第 1 期

京口三山

　　地处长江与运河交汇处的镇江,古称京口、润州。

　　"京口瓜州一水间,钟山只隔数重山。春风又绿江南岸,明月何时照我还?"王安石的这首诗,自小耳熟能详。如今,听说京口与瓜州之间,即镇江与扬州之间,"润扬长江大桥"即将横空出世,古城镇江犹如再生的凤凰,重展飞翼,自然就更令人神往了。因此,当我旅次南京时,便迫不及待要到与钟山"只隔数重山"的镇江一游。感谢两地文友的鼎力相助,使我在短短的一天时间里,便畅游了镇江城内最负盛名的"京口三山"——金山、焦山、北固山。

　　从地图上看,这三山皆属于江南宁镇山脉的余脉,只因为它们卓然挺立于长江江心或江岸,汹涌澎湃的江涛便为其增添上许多神秀的色彩。更何况,唐朝以前,这里还是长江的入海口,焦山口被称为"海门",人们还纷纷到此观赏海潮呢!此后,随着长江三角洲不断发育壮大,海岸线逐渐东移,沧海桑田,原先屹立江心的金山已与江岸连成一片。如今,三山之中,只剩下焦山仍需搭船引渡。但眼看长满水草的滩涂面积不断扩大,长江主航道日趋北移,总有一天,它也免不了要投入江南岸的怀抱了。

　　毕竟是江南繁华之地,"京口三山",每座山上都有名寺、名塔、名亭或名楼。金山上有金山寺、慈寿塔以及康熙皇帝题匾的"江山一览亭";焦山上有定慧寺与吸江楼;北固山上则有甘露寺、北固楼、祭江亭和那断了半截的宋代铁塔。寺也好,塔也好,亭台楼阁也好,全都沉甸甸地积存着许多风流人物及其风流故事。

　　有趣的是,三座山上的建筑格局各不相同。主人引用一句民间谚语加以概括:"金山寺裹山,焦山山裹寺,北固山寺冠山。"

　　原来,金山依山建寺,殿宇厅堂幢幢相衔,楼台亭阁层层叠加,远望金山,只见建筑群而不见山体,故曰"寺裹山"。焦山如中流砥柱屹立长江之中,且古木参天,满山苍翠,把建在山谷处的定慧寺遮蔽得严严实实,故曰"山裹寺"。北固山悬崖笔立,四壁陡峭,甘露寺如同帽子戴在它的头顶,因此便有了"寺冠山"的美称。

就自然景观而言,金山之端丽,焦山之雄秀,北固山之险峻,各具特色,各有千秋。明人王思任还把金、焦二山作了一番比较:"金以巧胜,焦以拙胜;金为贵公子,焦似淡道人;金宜游,焦宜隐;金宜月,焦宜雨。"虽寥寥数语,却也不失为我国古代山水比较美学的一则妙文。但我以为,就文化景观而言,"京口三山"其实也各领风骚,各臻其妙。

金山,可称之为"神话之山"。在中国,上至通都大邑,下到穷乡僻壤,谁不知道白娘娘与法海和尚斗法,从而"水漫金山"的传说!至今,山上还留有"法海洞",聊供后人之谈助。更何况,这里还有梁红玉击鼓战金山、苏东坡与佛印和尚、寺僧为岳飞预言"风波亭"的种种故事……仿佛山上的一砖一瓦、一草一木,都是某种神灵的化身,都有喜怒哀乐,悲欢离合。神话、传说、故事如此之多,背景如此之集中,流传又如此之广,在中国众多名山中,金山完全可以夺冠!

焦山,尊崇书道的日本人为其戴上"书法之山"的桂冠,我举双手赞同。从山之西麓浮玉岩起,经栈道岩、观音岩至山之北麓雷轰岩,沿江一线,六朝以来的摩崖题刻,达200多处。而定慧寺内的墨宝轩碑林,更汇集有历代碑刻400多方呢!从唐代的颜真卿,宋代的米芾、苏轼、陆游,明代的文徵明,一直到清代的郑板桥,可谓群星灿烂,异彩纷呈。其中,最著名的又数南朝风格的《瘗鹤铭》了。其作者,一说是南朝梁代的陶弘景,一说是晋代的王羲之,至今尚未有定论。其字撑挺劲健却又宽博舒展,如仙鹤低舞,仪态大方,被历代书家尊为"大字之祖""俊美严整之宗"。该碑原刻于雷轰岩上,常被江水冲击淹没,后则崩坠江中。清康熙年间,镇江知府派人下水寻找,好不容易才捞起了五块,粘合于石壁中,并立亭予以保护。正因为《瘗鹤铭》如此来之不易,焦山碑林被定为全国重点文物保护单位。怪不得东瀛书道家来此,一个个振衣敛容,顶礼膜拜呢!

至于北固山,自然令人想起古今诗人们对它源源不绝的题咏,称它为"诗词之山",似不为过。记得我前年到台湾访问时,一夕,曾与福建某同乡会的各位乡亲餐叙。席间,酒酣耳热之际,忽有一老者举杯吟诵起辛弃疾的《南乡子·登京口北固亭有怀》:

"何处望神州?"

首句既出,众皆齐声应和:

"满眼风光北固楼。千古兴亡多少事,悠悠,不尽长江滚滚流。"

一时,座上许多人泪光闪闪,心潮难平。看来,北固楼、北固山,连同既豪放

又悲壮的辛词,正寄寓着台湾同胞对祖国统一大业的无限渴望,此情此景,亦令我不能不为之动容。

当然,"京口三山",也不仅仅只是神话之山、书法之山、诗词之山,不仅仅只是三位风流倜傥的文人雅士。作为六朝古都南京的门户,作为古往今来的兵家必争之地,它们在不同的个性中也蕴含着相同的血性,它们,也是三位威风凛凛的大将军!

金山上,梁红玉抗击金兵的三通擂鼓声,至今还响彻宋史的字里行间。焦山上,第一次鸦片战争时期炮轰英国侵略者的古炮尚存。"如果英军到处都受到同样的抵抗,他们到不了南京。"恩格斯当年的赞誉,至今令人感动。北固山上,孙权的"铁瓮城""试剑石",太平军守城五年时所筑的"龙埂",犹历历在目。多少番腥风血雨,多少场金戈铁马,锻就了"京口三山"的铮铮硬骨。可歌可泣,可圈可点,可敬可亲,可悲可叹!

本文获《长江颂》全国游记征文一等奖

入选《长江颂》(作家出版社 2009 年版)

马洋溪，我的人生第一漂

福建山深林密，溪涧纵横，可漂流之处多矣！

泰宁的上清溪，犹如梦中的仙女；邵武的九节水，恰似顽皮的村姑。最骄傲的公主莫过于武夷山九曲溪，君不见三十六峰、七十二岩全都倾倒在她的石榴裙下！

在以上诸水中漂流，你都可以稳坐于竹排之上，任凭训练有素的撑排工为你保驾护航，为你指点江山。一路下来，身上一尘不染，脚上滴水不沾，虽然轻轻松松，逍遥自在，但总觉缺少了一点什么。

好在长泰县还有条马洋溪，像野马一般奔腾在天柱山峡谷间，漂流其上，自有另一番体验。全程八公里的水路，六十六道弯，七十七级跌水，全凭一只小小的橡皮筏，或一人一桨，独自撑持；或二人对坐，双桨并伐。在激流险滩中每前进一步，都要牵动你的每一根神经，每一块骨骼和每一块肌肉。你还必须穿上橘红色的救生衣，随时准备跌落水中，成为落汤鸡呢！这种全身心投入的水上旅程，自然更惊险，也更刺激了。

怪不得这里有"八闽第一漂"之美称，国家皮划艇训练基地在此安家落户，世界性的激流回旋比赛也在此开张。不谙水性的我，自然也视这里为真正意义的人生第一漂。

有时，飞流直下，筏如飞箭一般射出，何等淋漓痛快！有时，漩涡密布，筏如陀螺一般旋转，又多么令人心焦！有时，河道深深切入石槽之中，接连七八个急转弯，你需左冲右突，方能杀出重围；有时，河道状如悬空的石阶，巨浪把你高高托起，又连续五六次重重摔落，你须把心脏提到嗓子眼上，方能经受住这剧烈的颠簸！水平如镜，波澜不惊，皮筏子轻如鸿毛，飘飘荡荡，你尽可伸展四肢平卧其上，悠悠然仰观天光云影；突然间，奇礁怪岩如猛兽般迎面扑来，皮筏子一下子被恶浪掀翻，如同泰山压顶，把你倒扣在水下，让你全身湿透，让你像瞎子和聋子一样辨不清南北东西，这时，你能否立马从筏下钻出来，从水中爬上来，重整旗鼓，再上战场，就全看你十分的勇气和十二分的运气了。

这瞬息万变、惊险万状的水上旅程，既艰难又快乐，既紧张又放松，是大自然对你的恩赐，也是对你总体素质最严峻的考验。你的眼力如何？智力如何？能否在陌生而又复杂的环境中，审时度势，以最短的时间作出最准确的判断？你的臂力如何？体力如何？能否在惊涛骇浪间做到身躯俯仰自如，腰肢腾挪有度，手脚并用且又配合默契？你的耐力如何？毅力如何？长达三小时的征程，唇焦口燥的你，精疲力竭的你，能否一口气坚持到底，以夺取最后的胜利？

其实，马洋溪上的一次漂流，也是对你人生旅途的一次回眸和总结。坦途上的陷阱，危机中的生机；落水时的狼狈，上岸时的解脱；失败后的背水一战，成功后的大意失荆州；山穷水尽时的迷茫与困惑，柳暗花明时的喜悦与欢愉……世上万象，人间百态，尽在其中矣！种种人生际遇，你都在此重新体验；条条人生哲理，你都借此得以领悟。马洋溪水清兮，足以淘洗你的五脏六腑；马洋溪水浊兮，也可全然释放你的七情六欲……

马洋溪发源于天柱山，注入龙津江，再汇入九龙江北溪。其两岸，山不高而俊逸，林不深而秀丽。当你一路过关斩将，攻城拔地，安抵终点时，自有丛丛芭蕉扇来阵阵清风，青青竹林拭去满身汗水。当你浑身骨头散架，瘫倒在岸时，突然间，扑通一声，紧接着哗啦啦一响，一位光屁股的牧童从水中举起一条活蹦乱跳的鱼儿，更让你仿佛一下子年轻了五十岁！

本文获长泰漂流杯游记征文二等奖

原载《福建日报》2006 年 6 月 3 日

半山磨房

常言道:人不可貌相。其实,山川亦如是。

就说眼前这条磨溪峡谷吧!从鼓岭逶迤而下,出马尾借闽江入海,两厢的峰峦、悬岩与断崖,虽颇有气势,但哪有晋陕大峡谷的奇绝!峡谷中乱石横陈,虽不乏野趣,但也欠缺张家界十里画廊的宏阔;正值冬季枯水季节,从石缝中渗出的涓涓细流,与金沙江虎跳峡相比,只能算是小菜一碟了。

但世间万物,不论大小,往往各有妙处。况且,它与闹市咫尺之遥,对于福州市民来说,偷得浮生半日闲,来此享受片刻的宁静与清幽,倒也方便。谷口处那棵老榕树,站在水边的大石头上,像一位好客的乡村长老,长髯飘飘,正满脸笑容地恭迎你的到来,也让人感到盛情难却。它的造型,绝不比黄山的迎客松逊色,若称之为迎客榕,倒也名实相符。进了谷口,在龙泉寺的背后,又有一大片相思林等着你,这可是海峡两岸特有的树种,它没有"青松挺且直"的刚强,但却有"百炼钢成绕指柔"般的柔韧,任凭十二级台风来了,也能在风中俯仰自如。林中有一巨石耸立,上刻"南宫拜石"四字,我不谙翰墨,也没学过"米家山水"的绘画技法,不拜也罢,行个注目礼便擦身而过。崖下,却漾漾然冒出了一角小水库,虽没有长江三峡"高峡出平湖"的浩荡,但水质清纯,水色澄碧,倒也令人耳目为之一爽。

不久,山路升高了,库湖便沉了下去,渐渐淹没在丛林之中。峰回路转,但见前方有一大片三角梅,像紫红色的野火烧遍了半个山崖。传来了鸡鸣狗吠之声,定睛细看,花丛中竟出现了几幢小石屋,依山就势,参差错落,与累累相叠的山岩连成一体,难分彼此,倒也独具天工造化朴素之美。

钻进石门,方知这里是半山间的一家小店,专供游客遮风避雨,纳凉歇脚,并尝点土鸡水鸭之类的农家风味,倘若打电话预约,来点时令海鲜也并非难事,毕竟,这里逼近闽江口。有趣的是,每幢石屋前都有小小的观景台,上头搭着豆棚瓜架,下头摆着圆圆的石桌——仔细一瞧,那不是石桌,而是石磨盘,中间有孔,周围有几圈浅浅的波纹,大约因为年岁久远,快要被磨平了。

刚坐下来，便有山姑奉上一杯清茶，热气氤氲，让人感到心暖。正品茗间，耳边又传来了哗啦哗啦和吱嘎吱嘎的声音，遁声寻路而下，才看清是两架古老的水车在吱嘎吱嘎地旋转，从峡谷中引来的渠水，被哗啦啦地旋进了一旁的磨房，钻入一看，那巨大的石磨还在慢悠悠地转着，一圈又一圈，周而复始，仿佛时间已在此凝固，没有开头，也没有结尾。只不过石臼中空无一物，显然，这水车、石磨都是一种摆设，供游客观赏罢了。壁上，嵌入一方小小的石碑，我戴起老花镜一看，大吃一惊，原来这里还颇有点历史。据说，此间石磨，始于唐，盛于明清，最多时，整条峡谷上下，石磨房凡三十六座，福州城内市民舂米、磨面，大都有赖于此，怪不得，这峡谷中的山涧，被取名为磨溪呢！

钻出磨房，往峡谷中望去，从大大小小石头缝中渗出、冒出、旋出、漫出、奔涌而出、喷射而出的溪水，或低吟，或高歌，或平缓，或激越，或温文尔雅，或粗野狂放，组成了多声部的男女声大合唱。苍松肃立聆听，群山与之应和，我的心弦也随之猛烈颤动起来——前些年，我曾考察过黄河上游的诸多电站，从青海的龙羊峡、李家峡，甘肃的刘家峡，宁夏的青铜峡到河南的三门峡……对黄河水的梯级利用曾使我叹为观止，万万没想到，就在我的家门口，福州人的祖先也早就懂得利用地势落差、一水多用的道理。一条短短的磨溪水，竟然从上到下，从高到低，连续推动36架大水车，转动36个石磨盘，这高山流水间层层叠叠的壮观，上上下下的呼应，多么令人心驰神往！孔子曰"智者乐水"，老子曰"上善若水"，水的善良，水的灵慧，岂不在此发挥到了极致！

可惜，自从有了电，这一切，全都烟消云散。今天的孩童，只懂得从电饭煲里舀饭，从烤箱里取面包，哪知道当年秧怎么插，麦怎么种，米怎么舂，面怎么磨，溪水搅伴着汗水的艰辛和快乐，以及从中升华起来的诗情、画意和哲理呢！

其实，莫道君行早，更有早行人。这人就是这家小店的主人林奕灿。他本在此间的水库边种柑橘，常看见一些城里人来此远足，或临流垂钓，或攀岩健身，饿了，或就地摊开一条塑料布啃干粮，或用溪石垒灶进行野炊，若是山雨一来，便一个个都淋成了落汤鸡。为此，他灵机一动，便建起了这家半山小店，既为游客提供方便，也为自家赢来比种柑橘更为丰厚的收入。为了让更多的人知道磨溪的历史，他又溯溪而上，从乱石堆中寻找到一个个古老的石磨盘，并在店里再造出当年的景观。他还特地打造了一方小石碑，请人撰写了碑文呢！

可惜，这位山间的有心人，我们今天再也无缘拜会了。听他弟弟林奕淦说，前年夏天,山洪暴发,他为了抢救两位游客,在水库的坝上不幸被大水冲走了……

　　在福州市的百万市民中,他只是很普通的一员。他不是文化人,但却为保存福州悠悠数千年的文脉作出了特殊的贡献。他的灵魂已与磨溪的山水融为一体。因为有了他,短短的峡谷显得更深邃了,两厢的山峦、悬岩和断崖显得更峭拔了,那不大的溪水也顿时白浪滔滔,在我的心灵深处奔腾激荡……

　　下山时,途经水库旁边那片相思林,我深深为之一拜,不为米南宫,而是为他,为这位我来不及拜会的半山磨房的前主人。

原载《海峡时报》2005年1月20日

入选《马江情思》(福建音像出版社2006年版)

白云深处

很早以前——大约是三十多年前吧,我就听说永泰县有个白云乡,乡里有个白云村,村后的白云深处,藏有一座仙山,名叫鸡岩。说是古代仙人在此炼丹时,有五只天鸡飞来守护。后来,闽王王审知的一位爱姬葬身于此,香魂一缕,溶入白云,缠着山头久久不散,于是,鸡岩又改名成了姬岩。

三十多年前,最早写信邀我到姬岩一游的,自然是我的大妹夫了。他师范毕业后,被分配到永泰山区任教,不久之后,便当上白云小学的校长,对此间的山水,自然情有独钟,很想我能为之写篇文章。可惜今天我践约来此时,他却驾鹤远游去了。听大妹说,他临终时最放心不下的,是毕业班学生们的考卷……

车停山半的桃源山庄。但见一泓碧波,在峡谷间漫泛,雾气氤氲;四围山色,浮沉于云海之中,一片空蒙。忽想起两句唐诗:"昔人已乘黄鹤去","白云千载空悠悠",我不能不痛责自己来得太迟,心中戚然。

好在同行的永泰文友,有声有色地向我们介绍:姬岩虽地处永泰、闽清、闽侯三县交界处,山高路远,人迹罕至,但自古以来,山下的白云乡却是个英才辈出的风水宝地,自明至清,光黄姓的著名文人,就有黄文焕、黄任、黄图南、黄惠等一大串,他们呼朋唤友,吟诗作赋,在山上留下不少摩崖题刻。其中,可作为今日姬岩广告词的"天作高峰列五鸡,峰头咫尺与天齐"句,就出自明代进士、翰林院编修黄文焕之手。他这一说,大家游兴倍增,我心中的隐痛似乎也冲淡了些许。

山庄背后,就是九曲回肠的攀岩古蹬道。穿密林,越深涧,攀仙梯,过天门,钻岩洞,探石室……我终于明白,这"与天齐"高的姬岩,其山体本身就是一块硕大无朋的巨岩。只不过由于千百万年的日晒雨淋、雷劈电击以及可能发生的地震、火山喷发等等,终于把它精雕细刻成这千姿百态的神奇。

何况,又有云,又有雾。在古人心目中,变幻莫测的云雾,定然是神仙出没的家园。难怪这里的象形奇石——仙床、仙被、仙灶、仙梯、仙船等等,一应俱全。其中,最让我感到新奇的,是一大块船形的巨岩,岩顶犹如平坦的甲板,铺垫着一层由落叶化成的尘泥。不知什么时候,鸟儿衔来树种,风儿刮来草籽,于是,一棵棵树木就像桅杆矗了起来,像船帆张了开来,整块巨岩,就像满载花草树木的彩船,在云海中鼓浪扬帆。

福建沿海,磊磊相叠的石头山到处都有,但像姬岩这样,在山石之上有如此丰厚的植被,却较为罕见。当年,黄文焕攀登姬岩时,就曾在《与僧善缘书》一文中赞曰:"山体以石为本质,以林木为靓妆。林之滋生于石上者;艰辛殊甚。虽或一卉,皆可爱玩,如得珠玑。其略大者便若数丈珊瑚,烂然国宝,且其生长皆经数百年,神灵呵护,方有今日。"如今,被他称颂为珠玑、珊瑚等"烂然国宝"的树木依然健在,且老当益壮。举目四顾,我发现,凡能挺立于岩缝之中的,大都是南方绿色家族中的巨人,如栲树、槠树、柯树及红豆杉之类,粗大的树干,拔地而起,浓密的树冠,遮天蔽日。其间,最叫人啧啧称奇的是,在悬空的枝丫间,还垂挂有许多寄生兰,其绿叶葳蕤之丰姿,绝非城内花鸟市场上那些娇滴滴的盆栽兰花可比。

众所周知,在群芳谱中,兰花是位真正的隐士,唯有深山老林,最适合它修身养性。正巧,同行的永泰诗人郭永仙就是一位养殖兰花的高手。此刻,他站在悬崖边上一棵古树底下,那树,把老气横秋的主干斜斜地往山谷方向伸去,在万丈深渊的上方骄傲地展开一面绿色的旗帜。据说,前些年,他就曾凭借一根木棍,一条吊绳,像猴子一样攀上此树,采回一大把上品的兰花呢! 怪不得他人同其名,翩翩然而有仙气焉! 怪不得他那些抒写兰花的散文诗,特别受到我省文坛泰斗郭风的青睐。看来,只有知兰、爱兰者才能写好兰花,因为写作者心中,早就有一株花开多枝的素心兰了。

从姬岩返回桃源山庄,好客的白云乡主人已备好颇具乡野风味的午餐。席上,最受欢迎的是当地特产小白芋,其香糯可口的内囊上,裹有一层半透明的胶汁,黏糊糊、滑溜溜的,入口即化,妙不可言。遥忆当年,大妹夫就曾把它带回莆田,让我大快朵颐呢! 由此,我又陷入对故人的思念之中。

不料,刚提起他的姓名"陈友敏",主人立刻肃然起敬道:"他就是我的小学语文老师啊! 当年,他一再鼓励我们读课外书,爱读什么就读什么;一再鼓励我们写作文,爱怎么写就怎么写。他从外地来白云任教二三十年,老一辈乡亲全都忘不了他……"

一席话,让我大感宽慰。人生短暂,犹如一缕轻烟,一朵白云。但若能与姬岩的深山老林、幽谷馨兰相依相伴,也就得以永恒了。

原载《福建日报》2010 年 12 月 5 日

入选《走进永泰》(海峡书局 2012 年版)

仰望壶公山

一

面对家乡的壶公山,我始终保持一种仰望的姿势。

论海拔,壶公山并不高,只有 710.5 米,但它孤峰独起,卓立于莽莽苍苍的兴化平原之上,面对烟波浩渺的兴化湾、平海湾和湄洲湾,因此,显得特别高大,特别雄伟。

他所立足的兴化平原,又称莆田平原、南北洋平原,是福建省仅次于漳州平原和福州平原的第三大平原。发源于闽中戴云山的木兰溪,被当代莆籍著名作家郭风称为"蓝色的木兰溪",以她的千般柔情、万种风姿在壶公山下蜿蜒穿行,哺育着两岸织锦般的田园和果园,串珠般的城镇与乡村,使这一方热土成为全市水系最发达、耕地最集中、人口最密集、经济最发达、文化积淀最深厚的中心地带。正因为壶公山与木兰溪刚柔相济,阴阳互补,造就了物华天宝、地灵人杰的兴化平原,自古以来,人们就把两者的完美结合并称为"壶山兰水";把古兴化府的府郡、今莆田市的市区称为"壶兰雄邑"。清顺治年间,邑人林尧英始定"莆阳二十四景"时,自然也就把"壶山致雨"和"木兰春涨",作为当时莆田县境内最具代表性的山景与水景了。

如果说,木兰溪是莆田人公认的母亲河,那么,毫无疑问,壶公山高高耸立的形象,就代表着父亲的威严与仁慈,我们对他的仰望,就必然带有一种与生俱来的敬畏与感戴。

二

壶公山不仅高大、雄伟,且山有八面,每一面都能在世人面前展现不同的风姿和神采。在唐代诗人黄滔的笔下,壶公山"八面峰峦秀,孤高可偶然"。而他的十七世孙、明代《八闽通志》和《兴化府志》的作者黄仲昭则进一步阐释道:"山有八面,高耸千余仞,郡治正对之山。形方锐如圭首,峙立如展屏,秀特端重,盖郡之镇山也。"

当然,在壶公山多姿多彩的八面形态中,最具代表性的,还是在大晴天从荔城城区遥望他时所见到的模样:一个呈等边三角形的圆锥体,如同淡蓝色的剪影,紧贴在平原伸向大海的天幕上,像埃及的金字塔,更像日本的富士山。

是的,富士山。他与日本的富士山堪有一比:同样是处在休眠期的古火山,同样在山巅处削去一小角,同样拔海而起,雄镇于平原之上。由于山势突兀,地形复杂,对海洋上的暖湿气流或迎或拒,时收时放,晴雨不定的两山山头,常出现笠状云的奇观,成为当地天然的气象预报台。在日本民间,有句广为流传的气象谚语,说是富士山"笠云环山巅,天晴;笠云像横线,下雨;笠云沿山下,刮风。"无独有偶,在莆田也有句妇孺皆知的民间谚语:"壶公山戴笠,西北雨僻里啪啦!"据说,南北洋平原上的农民,每当夏收季节,只要发现壶公山上有状如斗笠的乌云压顶,便知大雨欲来,于是,所有的晒谷场立即热闹起来,人们一呼百应,扫的扫,耙的耙,赶紧把谷子扒进麻袋,装进箩筐,前脚刚搬进屋,后脚,西北雨就劈劈啪啪砸下来。因此,壶公山也就有了"壶山致雨"这一奇观。在莆田人的心目中,高高耸立的壶公山,耕云播雨的壶公山,仿佛就是一根顶天立地的晴雨计。

当然,壶公山与富士山也不尽相同。首先,从外表的主色调来看,富士山终年积雪,整个山体以白色与蓝灰色为主,给人以一种冷艳、孤傲、高处不胜寒的感觉。而壶公山就温润多了,亲切多了,他四季长春,满山皆绿。尤其是春日从山根处的平畴上步步登高,先是阡陌田园上一望无际的淡绿、粉绿与嫩绿,再是大溪小渠之畔、低丘浅山之间,荔枝林、龙眼林和枇杷林那层层叠叠的鲜绿、翠绿与浓绿。穿越果林驰车上山,一路上峰回路转,扑进车窗的,又有榕树、杉树、桉树、杜楹树和相思树那团团簇簇的苍绿。到了山肩处的凌云殿,更有一棵千年古樟,在云雾中升起一面绿色的旗帜,那古意苍然的绿色,只能用"墨绿"来形容。此后,再往上直至山巅的电视台,银色的巉岩峭壁间,也还间杂有星星点点的灌木丛和柔美和顺的高山草甸,有一次,我甚至看见有一丛百合花在草丛中悄然开放。听电视台的人说,他们还经常在云雾中听见鹧鸪的啼鸣,看见七彩雉鸡从高山名泉蟹眼泉旁忽剌剌飞起,整座壶公山始终充满生机和活力。

不仅仅如此。壶公山与富士山还有一点最本质差别,即在于他始终稳如泰山,镇守在滨海的一方。而富士山却多少显得有点躁动不安。早在 1992 年,笔者随中国文联代表团访问东瀛时,就听说日本是个火山、地震和海啸等地质灾害

频发的国家,就连富士山也不例外。当地科学家经过精细的科学观测,发现富士山每年都发生 10 次左右微小的"火山性地震",估计其震源深度仅有 10 公里。为此,我曾在《飞临富士山》一文中忧心忡忡地写道:"你,还会失去理智再度疯狂地喷发吗? 还会以浓烟、烈火、炽热的岩浆流、惊天动地的火山雷和遮天蔽日的火山灰吞没大地,遗祸人类吗? 我说不准,我有点担心……"

相反,面对壶公山,我始终感到他是那样安详与沉稳,淡定与从容。我查阅许多资料,全未发现有关他疯狂爆发的具体记载。自从先民把长满蒲(莆)草的滨海湿地改造成良田沃野,从而在地图上创造出"莆田"这一专有名词以来,他始终护境安民,厚物载德,以"壶山致雨"泽被大地,以"壶公山下千钟粟""荔城无处不荔枝"施恩于山下的子民,永保一方之富庶与平安。

孔夫子有句名言:"仁者乐山。"

我以为,壶公山本身,就是仁者的化身。他的崇高与伟岸,他的坚毅与沉稳,他的厚重与宽容,他的深邃与富有,他对人类的无私奉献,他的自尊、自强、自爱与自律……这,难道不就是历朝历代莆田人道德的楷模吗!

毫无疑义,壶公山的高度,就是莆田人精神与理想的高度。

我们对他,只能仰之弥高,敬之弥深。

三

孔夫子在说"仁者乐山"的同时,还说过:"智者乐水。"

对此,我家乡的父老乡亲却有些不同的看法。其最典型的表述,就是一句我从小耳熟能详的民间谚语:"看见壶公山,聪明花就开了。"

据说,此言最早始于明代。山下有位书生柯潜,小时生性迟钝,久学不开窍,塾师甚至视其为"孺子不可教也"。后来,他上壶公山祭拜山神,顿时聪明花盛开,从此,读书过目成诵,下笔有如神助,学富五车、满腹经纶的他,终于金榜题名,高中状元。有趣的是,这一传说如今还与时俱进,演绎出一种最新的现代版。笔者此番采风途经山下的青垞村时,就亲耳听说该村孩子最会读书,连续九年,年年都有人考上北大、清华,其原因,就在于村中家家户户门窗正对壶公山,年年岁岁,聪明花盛开不败。

把登山与益智作为因果关系直接联系起来,这真是莆田人有别于孔夫子教导的一大发明创造。仔细想想,还真有道理。因为山与水相依相伴,密不可分,山得水而活,水得山而媚,乐山的仁者必同时乐水,乐水的智者难道就不喜欢登山吗!山和水一样,都应该是智慧的源泉。

众所周知,莆田号称"海滨邹鲁""文献名邦",自古以来,英才辈出,俊彩星驰。光是宋代,壶山兰水就走出了蔡襄、刘克庄、郑樵等一大批享誉全国的贤臣名宦、鸿儒硕士、诗文大家。与此同时,在民间传说中,还有公而忘私、治水有功的巾帼英雄钱四娘,护佑海上渔民安全航行的女神妈祖……他们的精神与操守,才华与智慧,人品与文品,不就是山与水的交相辉映,仁与智的完美结合吗!怪不得当年,就连孔夫子最有出息的弟子、理学大师朱熹途经莆田,望见壶公山时,也不得不赞叹曰:"莆人物之盛,皆兹山之秀所钟也。"

那么,壶公山又是如何钟灵毓秀,让古往今来的莆田人聪明花盛开不败呢?

遥忆 27 年前,1985 年初秋,我随郭风先生第一次攀登壶公山时,就曾与他并肩伫立在山巅电视台的露台之上。是时,天高云淡,海天一色,俯瞰兴化平原,木兰溪有如蓝色的飘带,翩然远去;远眺大海,三湾诸岛的岛影,有如朦胧巨舰,拔锚启航……这时,郭风先生深有感触地说:"一个人,眼界开阔,心胸也就开阔;心胸开阔,文思自然也就开阔了。"

如今,郭风先生虽已作古,但他这句话却依然言犹在耳。我想,莆田之所以出人才,出大批优秀人才,就因为高高的壶公山,为他们提供了一个观察世界、思考未来的制高点。因此,他们视野开阔,胸襟坦荡,思想开放。他们任凭多元文化在壶公山下、木兰溪畔风云际会,任凭来自中原的中华传统文化、植根本土的莆仙地域文化、由三湾潮水席卷而来的海洋文化,与当代中国大陆的各种先进文化,在兴化平原这块极具包容性的大地上相互碰撞,相互交流,相互吸收,相互融合,从而,造就了莆仙文化犹如连绵不绝的群山,奇峰林立;犹如广纳百川的大海,波澜壮阔……

因此,在所有莆田人的心中,都有一种浓得化不开的壶公山情结。高高耸立的壶公山,你,既是仁者,又是智者;既是道德的楷模,也是智慧的源泉。作为你三百万子民中的一员,我不能不满怀敬畏之心、感恩之情,以最谦卑的姿态,抬头向你仰望……

原载《莆田文学》2012 年 3 月号

入选《走进荔城》(海峡书局 2012 年版)

三探鲤鱼溪

我相信,人与人之间有缘分,人与山水之间也有缘分。

比如,高高在上的周宁县鲤鱼溪,宛若云中的童话世界。而我此生,已有三次拜识它的机会。

一

第一次与鲤鱼溪结缘,是 1983 年春。那时,我是《福建文学》的一位年轻编辑,因到周宁组稿,这才听说城郊有座浦源村,村中有条鲤鱼溪,溪里流淌着人鱼相亲的种种美丽传说。于是,我不顾旅途劳顿且感冒低烧,当天下午就赶往浦源村一探究竟。一路上,但见城郊的山间盆地一马平川,春水汪汪的水田,如明镜一般闪闪发亮,不时有三五成群的白鹭腾空而起,翩翩然没入远山,更觉此间风景不俗,有一种清奇而又飘逸的神韵。

刚进入屋瓦毗连、人烟稠密的浦源村,就听见潺潺的流水声,就看见一条小溪流,弯弯曲曲穿村而过。溪上,横着许多小桥——有平架于水上的独木桥、石板桥,也有弓起腰身的石拱桥。伫立桥头或沿溪边的鹅卵石路漫步,随处可见大大小小的鲤鱼,丹红色的、金黄色的、荷绿色的、灰黑色的,以及杂色斑斓的鲤鱼,它们成群结队,熙熙攘攘,或游动于水波之间,载浮载沉;或出没于菖蒲丛中,时隐时现。它们不但不怕人,反而"闻人声而来,见人影而聚",一旦听见有客人的脚步声,便争先恐后鼓腮奋鳍,冲浪而至,如迎宾队伍在水中展开彩旗,挥动花束,手舞足蹈,欢呼跳跃。最有趣的是,当我掰一块光饼贴近水面时,鱼儿们一拥而上,幸运者抢走饼块,吞咽之声唼喋可闻,后来者似乎心有不甘,还跳上来触碰、吮吸我的空手指。我仿佛变成欧洲中世纪的贵妇人,正有许多骑士在向我跪拜、行吻手礼呢!那淡红色的鱼唇,滑滑的,黏黏的,冰凉冰凉的,简直妙不可言。细看指尖下的鱼儿,小的一二斤,大的四五斤。听说,还有条重达二十多斤的黑鲤鱼,被人称为"鱼王"。可惜我恭候许久,深居简出的王者,却始终不肯赏脸接见一下我这远方的不速之客。

尽管鱼王有点架子,但浦源村的村民却古风淳朴,热情好客。那些在屋檐下晒太阳、烤火笼的长者,那些在溪边挎着竹篮子洗洗刷刷的妇女,那些在桥上桥下追逐嬉闹的幼童,纷纷围拢过来。一位中年汉子不无自豪地告诉我们:这就是我们的鲤鱼溪了,别看它流经村中长不过五百米,宽也不过丈余,但却聚集着成千上万条鲤鱼呢!自古到今,我们的村民严守老祖宗立下的规矩,对鲤鱼绝不捕食,绝不伤害,鱼死了,还要隆重举行鱼葬仪式。而鲤鱼们也通人性,洪水一来,纷纷钻进溪岸的洞穴,或用小嘴紧紧咬住绿菖蒲的根部,绝不随波逐流,离村远去。偶有被洪水冲走的,一旦听不见人声,无论如何,也要拼全力逆水洄游,连蹦带跳,回归我们这浦源村老家呢!

一席话,听得我目瞪口呆。在我们的国土上,有许多森林保护区、鸟类保护区,但像这样由群众自发创立的鲤鱼保护区,我平生还是第一次亲眼所见。回到县里查阅资料,方知该村村民多为郑姓,在溪中放养鲤鱼的习俗,始于南宋末期,其首创之功,当归郑氏八世祖晋十公,是他召集村民订立乡规民约,禁止垂钓捕捞,违者严加惩处。越数日,他还故意唆使孙子下溪捕捞一尾鲤鱼,随即宣布其违约,鞭笞示众,以儆效尤。从此之后,护鱼之风,代代相传,距今已有八百多年了。

八百年风风雨雨,其间又有多少天灾人祸!而可敬可钦的浦源村村民却一以贯之,人与鱼相亲相谐,这是何等绚丽的一种文化景观!于是,我不揣浅陋,在福建日报上发表《鲤鱼溪小记》一文,以此广而告之。1989年,周宁县旅游局编选《鲤鱼溪诗文选》由福建人民出版社出版,在书中所收录的当代作家诗文中,我这篇拙作虽然肤浅,但却是发表时间最早的一篇。因此,我在汗颜之余,尚可聊以自慰。

二

时隔23年之后,2006年春,我再次来到周宁山城。听说旧游之地鲤鱼溪已开发成游客云集的鲤鱼溪公园,有关人鱼相亲的故事,早已上了中央电视台的屏幕,写进北京市小学的语文课本,正走遍中国,成为人与自然和谐共处的绝妙教材呢!

对此,我不免喜忧参半。喜的是,古老而又寂寞的鲤鱼溪,终于走出周宁,走出闽东,得到全国范围的广泛认可与喜爱;忧的是,它会不会由此横遭无节制的

开发、建设性的破坏，而丧失原先的纯朴与宁静？于是，作为退休老人的我，怀着忐忑不安的心情，走进我年轻时的旧游之地。

幸好，古色古香的浦源村旧貌依然。小桥流水依然在，锦鳞鱼儿依然在，鲤鱼溪两岸，那些明清时期留存下来的古民宅依然在，屋檐底下，捂着火笼晒太阳的老人们也依然健在，只是我不知道他们是否就是我23年前所见到的那一群？23年前，我血气方刚，风华正茂，如今，也过了花甲之年，到了该到屋檐下和他们一起晒晒太阳的时候了。时光，犹如桥下的流水，总在悄无声息地流淌着，流逝着。

幸好，到了鲤鱼溪的下游，展现在我面前的鲤鱼溪公园，占地只有五亩，船形的郑氏宗祠依然在，高耸的柳杉依然在，柳杉下的鱼冢依然在，只不过在它们之间，增添了一泓碧波，一架拱桥，一尊鲤鱼仙姑的雕塑，以及在新栽的花木丛中，点缀有若干亭台楼榭。为方便游客停车，另有一条新修的便道悄悄绕到公园围墙的背后。其总体布局还算得体，还算错落有致，并未破坏延续八百多年的原始风貌。

看得出来，整个鲤鱼溪风景区得到了科学的规划、良好的保护，并没有用钢筋、水泥、玻璃、瓷砖和铝合金、不锈钢之类的时尚建材，来改变村容村貌的质朴和古雅，更没有用工业化的废气、污水和垃圾把人们所钟爱的溪流和鱼儿染黑、熏臭、赶跑……

那天，游客不多，而村民中的青壮年也很少看到。村子里静悄悄的，几声鸡啼，几声鸟鸣，更显得有点冷寂。我正为此纳闷，当地导游却一语道破其中的玄机。原来，随着开放改革的春风吹进周宁山区的崇山峻岭，村民们再也坐不住了，再也不满足于日出而作、日落而息，只在自己的家园躬耕垄亩的传统农业生活了。近些年，光浦源这一行政村，就有两千多位年轻人，离乡背井，走出山门，义无反顾地闯天下去了。他们北上温州、上海，南下广州、深圳，或经商，或务工，或办起大大小小的民营企业，一个个都成为商品经济大潮中的弄潮儿。只有到了每年临近春节时，他们才开着小轿车，从各地衣锦还乡、满载而归……

显然，浦源村的新一代人，再也不像鲤鱼溪里的鱼儿，每逢发大水时，总要紧紧咬住溪边菖蒲的根部，舍不得离开自己的家园。他们，倒像是源源不绝的溪水，老是哗啦啦地往外流……

我忽然想起一个问题：假如我是一幢老宅，是伸展双臂，把儿孙们紧紧揽在怀里，让他们留在家乡，几代同堂地厮守着田园和鱼儿呢，还是挥一挥手，放他们远走高飞,到山外面去发展,哪怕从此定居在外,成为城里人,甚至漂洋过海,成为异域他邦的新一代华侨呢?

这个问题,正是当下许多农村,尤其是东南沿海农村老人们所共同困扰的难题,但却没有统一的答案,更没有十全十美的答案。

溪边,那座古老的、建构形制有如船形的郑氏宗祠,还依然像一条大船,静静地停泊在夕阳的斜晖之中。门口那一株高大的柳杉,也依然像一根桅杆,高高地升入天光云影。人们常把人生比作风波浩荡的水上航程,而把家乡当成平静、安宁而又温馨的港湾。但港湾再好,也无法阻挡船儿再次拔锚启航。也许,这就是浦源村的先民们,为帮助子孙们破解难题,所留下来的一种暗示,一种隐喻?

我想,不管儿孙们浪迹天涯海角,远走异域它邦,只要家乡还有老宅,老宅前还有一条小溪,溪里还有鲤鱼,溪边还有一位或一群老人,正心平气和,悠然自得地晒着太阳,这就够了。因为他们走得再远,也走不出亲人们的视线,走不出对家园的温馨记忆。"直挂云帆济沧海"的船队,总有一天,还要驶回始发港,在亲情的沐浴中重新获取前进的动力。古人云"上善若水",诚然,信然。

于是,我以《扯不断的鲤鱼溪》为题,在《福建文学》上发表我对鲤鱼溪新的观感,并对远走四方的郑氏子孙们表达最美好的祝愿。

三

又过五年,2011 年 12 月 9 日,我第三次来鲤鱼溪时,已是年近七十的古稀老人了。我拄着拐杖,由同伴搀扶着,亦步亦趋走进古村老街。时令正是寒冬,天气预报今天雨夹雪,村中晒太阳的老人不见了,鲤鱼们也大多钻洞取暖去了,但它们仍然派出一队勇敢的代表,像坚持冬泳的运动员一般,到桥下载歌载舞欢迎我们,那五颜六色的泳装依然光彩夺目,让人从心里感到温暖。

为了避免跌倒,我走走、停停、看看,向这些久别重逢的老朋友不断行注目礼。不知不觉间,已落在采风团的最后头。这时,前方传来了鞭炮声和鼓乐声,有人过来招呼:今天正好有鱼葬,你们快去看啊! 于是,我加快步伐,赶上前去,好不容易见到那两棵挺拔的千年古柳杉,但树下的"鱼冢"早已被人群围得水泄不通。这时,鞭炮声和锣鼓声停了下来,喧闹的人声也随之消失了,只见许多手臂高举着各式照相机在人群头顶上晃动。我好不容易登上鱼冢的石阶,从人缝中挤进一看,原来是一位身穿长袍马褂的白胡子老人,正神情凝重地把置放已故

鱼体的木盘,缓缓地放在鱼冢之上,再点上三炷香,洒上三杯酒,三拜九叩之后,开始吟诵起《祭鱼文》来。我虽然难以听懂这用方言所诵读的文言文,但全场听众屏声静息,还是让我感受到一种难以言喻的敬畏之心,悲恸之情。诵毕,重新燃放鞭炮,敲响锣鼓,木盘上的亡鱼终于被放入鹅卵石垒砌的鱼冢中,告别阳世,入土为安。整个仪式持续约20分钟,其场景之隆重,氛围之庄严肃穆,丝毫不亚于为亲人下葬。

事后,我讨来一份《祭鱼文》,细加品读。我不禁遥想起平生所读过的许许多多古之祭文、今之挽悼散文,但所祭者,所挽悼者多为圣人、贤人、先人、亲人,而专为某一种动物所写的祭文,却还是第一次读到。此《祭鱼文》文长虽不足三百字,但却写得声情并茂,文采斐然,令人爱不释手。请允许我全文抄录如下,并添加标点,与读者共赏之。

祭鱼文

时维公元某年某月某日,鲤鱼溪人谨以三炷馨香、三卮清酒致祭于鲤鱼之亡灵而祷告之曰:溯吾先祖为澄清溪水而放养汝类,蚕期繁衍,遂以涧里鳞潜而蜚声遐迩,迄兹八百春秋。人谙鱼性,鱼领人情,患难与共,欢乐斯同。洋洋乎吹萍唼藻,悠悠哉喷沫扬鳍,聚水族之精英,钟山村之秀丽。纵来吕尚,不敢垂纶;倘莅冯獾,无由弹铗。罔教竭泽,若个敢烹!仁看云海飞腾,奋三千之气势;正待龙门变化,开九万之前程。奈何天不永年,遽尔云亡,人非草木,孰能忘情,衔悲忍痛,瘗汝魄还招尔魂兮,以表吾侪博爱,惟祈汝裔蕃昌。伏惟尚飨。

浦源鲤鱼溪人同挽

此文不知出自何年何代何人之手,但代代相传,朗朗上口,文简而意赅,语短而情长。其状写鲤鱼之可爱:"洋洋乎吹萍唼藻,悠悠哉喷沫扬鳍,聚水族之精英,钟山村之秀丽",堪称可圈可点之生花妙笔。更可贵的是,字里行间,我们还可以读出先人的许多智慧,许多在当今世界也算是超前的先进意识。

诸如:环境保护意识。先人在八百年前就放养鲤鱼,目的很明确,是"为澄清溪水",是为保护饮用水之水源,不受污染。此其一。其二,生态文明意识。人鱼之间,人与地球、生物圈之间,完全可以和谐共处,达到"患难与共,欢乐斯同"的境界。其三,平等意识。鲤鱼溪的鲤鱼严禁捕食。不管你地位多高,名气多大,哪怕是中国历史上最喜欢钓鱼的姜尚(民间俗称姜太公),也不许你来此垂钓;最爱吃鱼的冯獾(又作冯谖,战国时齐人,为孟尝君手下食客),也不许你在此因吃不到鱼而弹铗(剑)唱歌发牢骚。保护鲤鱼,人人有责,谁也不能例外。其四,可持续发展意识。鱼祭的目的,是"惟祈汝裔蕃昌",鲤鱼如此,浦源村的子孙后代又何尝不如此!

当然,此祭文毕竟滥觞于古代,"鲤鱼跳龙门"的儒家思想难免贯串其中。"奋三千之气势","开九万之前程",表面上说的是鱼,实际上,也是先人对子孙后代科举仕途所寄寓的厚望。儒家文化的精髓是"孝"。曾子曰:"慎终追远,民德归厚矣"。对此,朱子解读说:"慎终者,丧尽其礼;追远者,祭尽其诚。"这一观念在民间深有影响。人在墓地,脚踩阴阳两界,必然会思考灵与肉、生与死的终极命题。人生在世,有生必有死。死亡是生命的一部分。凡热爱生命者,也都不必惧怕死亡。只有超越死生,才能领悟生命的意义。季羡林说:"如果人生真有意义与价值的话,其意义与价值就在于对人类发展的承上启下,承前启后的责任感。"如此说来,生者为死者举办某种送别仪式,是完全必要的,它既是对已故生命的尊重,也是对未来生命的希望,不论对鱼对人,一概如此。

屈指算来,我从41岁到69岁的28年间,先后三次来到鲤鱼溪,每次都有不同的感受,并先后写出三篇不同的文章。然而,在我的心目中,源远流长的鲤鱼溪是读不尽,也是写不完的。如今,我已垂垂老矣,且诸病缠身,步履蹒跚。鲤鱼溪,我还能有第四次拜访你的机会吗?我不知道。也许,只有溪里的鱼儿们才知道。

原载《宁德文艺》2012年第2期

入选《走进周宁》(海峡书局2012年版)

从仙耙溪到白水洋

　　中国历来以农为本。在汉语中,带有农耕文化色彩的动词比比皆是。譬如,云是可以"耕"的,叫"耕云";雨是可以"播"的,叫"播雨";西岳华山上有一条险道,传说是太上老君驾着青牛在悬崖上"犁"出来的,故称"老君犁沟"。无独有偶,在福建屏南,也有一条山溪,传说是仙人用铁耙在层峦叠嶂中"耙"出来的,故称"仙耙溪"。

　　仙耙溪是白水洋上游的一条支流。白水洋之名,早已如雷贯耳,但仙耙溪之名,我却是第一次听闻,且一听,就被镇住了——想想,那腾云驾雾、力大无比的仙人,其手中的铁耙该有多大,耙齿该有多粗!这一耙,就耙出了一条深深的峡谷,溪流在峡谷底部千回百转,其气势,其声响,自然不是俗世间一般的小溪涧可以比拟的了。

　　说来惭愧,写过《一个人·九十九座山》的我,直到 72 岁,才有机会随采风团来白水洋一游,实在是来得太迟了。如今的我,双腿麻木僵硬,不但不能像年轻时那样"见山就爬,一爬到顶",就连在平地上,每进一步或每上一级台阶,都要借力于一条腿的拐杖和四条腿的助步器。今天,自号"七腿翁"的我,尽管通过了景区的剪票口,倒退着下了十几级大石阶,又坐上了通往目的地的电瓶车,但最终能否走"进"白水洋——或者,只能走"近"白水洋,远远地望它一眼?我心中毫无把握,只能是听天由命、随缘罢了。

　　好在中国有句古话,叫"来得早不如来得巧",巧就巧在今天,为我充当导游的,是当地的青年散文家禾源,他的作品近年来连获全国孙犁散文奖和在场主义新锐散文奖,对此,我慕名已久,今天,能在他的引领下,分享他笔下精彩纷呈的家乡山水,何乐而不为!这充满童话色彩的"仙耙溪"一词,就是他赏给我的第一件礼物。

　　这时,扩音器里传来了悠扬的歌声:"白水洋,神秘的白水洋……"听说,这首歌的词作者,就是同车的女诗人黄锦萍。今天,她旧地重游,双眸炯炯有神却又静默不语,想必,又有许多清词丽句在她心中翻腾激荡吧!

电瓶车沿着弯弯曲曲的山道徐徐向下滑行,峰回路转之中,仙耙溪在一侧的山谷间躲躲闪闪,时隐时现。山高,林密,谷深。我想聆听它的歌唱,但双耳总是灌满团友们的欢声笑语以及呼呼的林涛声;我想一瞻它的风采,但高高低低的山峰,远远近近的绿树,又总是把它遮蔽得严严密密。只有在车子急转弯时,它才偶尔一露真容:或是从峭壁的岩隙中射出,如乱箭穿云;或是从溪床的高处跌落,如白练翻卷;或是与滩头的险礁相搏,高举起一束束盛开的白莲花;或是在幽暗的谷底聚成一汪深潭,在阳光的强烈照射下,如同反光镜一般大放光芒……面对山崖、礁岩与森林的重重封闭与阻拦,它,总是随物赋形,不断调整、变幻自己的形态,在左冲右突,上蹿下跳中,自由自在、无拘无束地一路向前,向前……坚定不移的方向、精心挑选的路径与万般灵活的步调,在这里取得了最佳的组合。柔弱者胜刚强。也许,这就是溪流在生存与发展中的一种智慧吧!

不知在下行的山道上转了多少弯,电瓶车终于降到了峡谷的底部,在一块略为平旷的地面上停住了。眼前,是一条横架于仙耙溪上的木桥。下车,上桥。于是,我第一次看清了它的容颜——最让我吃惊的,是它的溪床,平平展展、坦坦荡荡的溪床,简直就是一整块裸身平卧的巨岩,"神龙见首不见尾"的巨岩。岩面呈古铜色,如同古代美人手中的铜镜,打磨、拭擦得干干净净、亮亮堂堂。没有一丝青苔,没有一粒细沙,没有一块碎石,甚至,也找不出一条较为明显的沟纹与裂痕。整条溪床向下略略倾斜,保持一定的落差,白花花的流水,纯净、透明,有如新疆天山雪水一般亮闪闪的溪水,就这样浅浅地从上面淌过去,滑下去,且一路"潺潺"作响。潺潺,潺潺,其声之清亮、之流畅、之舒展,让人心里觉得轻松、舒坦。

听禾源说,白水洋发源于闽东北的鹫峰山麓,其上游分为上洋、中洋和下洋三个溪段,眼前的仙耙溪就是注入中洋的一条主要支流。

前头不远,就是双水汇流处,溪面陡然变宽,成为可同时容纳两万人亲水、戏水的水上大广场,因此才有"天下绝景,宇宙之谜"的美称。

经他这么一说,我对白水洋自然就更加向往了。但他所说的"前头不远"处,到底有多远?我不敢细问,生怕大大超过我平日步行的极限,从而失去继续前进的勇气。

好在过桥之后,沿溪的道路,用水泥板铺砌,还算平坦,且又有潺潺的溪水声做伴,我倒也轻松自如地走了大约百来米。但接下去,溪流一拐弯,路面由水泥

变成了鹅卵石，我就有点紧张了。为了减轻我的负重，禾源取走我的背包和拐杖，让我专注于脚底下的路面。于是，我就在鹅卵石与鹅卵石的缝隙中，为助步器的四条脚细心挑选四个平衡的支点，就这样一步一停，慢慢向前挪进。这种走法，虽然稳妥，但速度太慢了，原先走在同一拨的团友们，便渐渐在前方消失了，就连许老——现年86岁的许怀中教授，也只留给我一个渐行渐远的背影。我生怕掉队太远，心里一急，大汗就湿透了 T 恤。正好路边有张石凳，禾源叫我坐下稍事休息。这时，一位景区的保洁员走了过来，他放下扛在肩头的扫帚，指了指树下的摩托车说："老先生，让我载你一程好吗?"面对他真诚关切的目光，我心生感激，但转念一想，人家已经劳累了大半天，岂能加重他的负担! 于是，便借口自己"胆子小、怕摔下来"，婉辞了。

不料，更大的考验接踵而至。溪流再次拐弯处，连路面上的鹅卵石也消失了，脚下的道路，是石匠直接在岩岸上开凿出来的，岩面凸凹不平，且凹处还有潴留的积水，很容易让人滑倒。对此，我心中不免发怵，因为我已经摔倒十几次了，每次卧床休息，少则十天半月，多则"伤筋断骨一百天"，我这把伤痕累累的老骨头再也经不起意外了……

然而，白水洋在前方召唤，团友们的背影在前方召唤! 天下事往往"行百步者半九十"，美景当前，欲罢不能，我岂能半途而废，放弃这一生中很可能是最后一次参拜白水洋的机会?

正犹豫间，禾源君的一句话，如同醍醐灌顶，来得太及时了。他轻描淡写地鼓励我说:只要转过这个山脚，白水洋就可以望见了!

好一个禾源君啊，今天，你不仅是我的向导，我的保镖，也是我最佳的心理医生! 于是，我不再犹豫彷徨，不再自卑气馁，一心一意举步向前。说来奇怪，决心一下，办法也就有了，我发现石匠在开凿此路时，有意在紧靠山崖的底部，刻有一条供排水用的凹槽，我只要把助步器左边的两条腿往槽中牢牢一插，就可以履险如夷，再也不怕打滑了。于是，在禾源强有力臂膀的搀扶下，我终于稳稳当当地通过了这一段险径。

这时，耳边传来了很不一样的流水声。一路上轻声慢语的"潺潺、潺潺"，陡然间变成洪亮而又激越的"堂堂，堂堂"。这到底怎么回事? 我停步往前一望，才知道溪流已转出了山脚，狭小的水面豁然开朗，平坦的溪床上也隆起了一道道明显的皱褶。于是，水声变大了，节奏加快了，堂堂，堂堂，如鼓在敲，如钟在响……此时此地,此声此景,让我脑海里突然闪出"堂堂溪水"四个大字——那是杨万里的诗吧!

万山不许一溪奔,拦得溪声日夜喧。

到得前头山脚尽,堂堂溪水出前村。

这"堂堂"二字,太好了,它既形容出山后的溪流,堂堂正正,滚滚奔流的一种气势,一种境界,同时,也是一个绝佳的象声词,堂堂,堂堂,带有金属般的穿透力,让山为之鸣,谷为之应,人之血脉为之贲张!

前方,只有一箭之遥的白水洋已遥遥在望。此时,我就像当年翻越六盘山的长征红军,因胜券在握而余勇倍增。更让我惊喜的是,一时间,仿佛麻木的双腿醒了过来,僵硬的膝关节和踝关节也变得灵活了,一种返老还童的奇妙感觉像电流一般穿透了我全身心。前方峡口处,临水的木栈道出现了,观景的亭台楼阁出现了,早到的许怀中教授正在上方向我招手。扩音器里又传来黄锦萍的歌词:"白水洋,神秘的白水洋!天下绝景深藏在秘密婀娜,宇宙之谜期待着你的探索……"

终于,我就像一朵小小的浪花,投入了白水洋欢乐的海洋。堂堂白水洋,浩浩白水洋,令人魂牵梦萦的白水洋,我终于第一眼望见了你……

今天,2014 年 6 月 11 日,是仙耙溪和白水洋一起征服了我,而我,也同时征服了自号为"七腿翁"的自己。当然,这是在禾源君的鼎力相助之下。遥想 20 多年前,当我陪恩师郭风先生游金湖,在甘露岩下舍舟登岸时,我曾趋前轻轻扶了他老人家一把。他回过头,轻声对我说:"你还年轻,还有许多书可读,许多路可走,许多文章可写啊!"今天,我对一路陪伴我的禾源君无以为报,便把这句也许是很普通的话转赠于他。

但愿普天下比我年轻者,来白水洋亲近大自然,一定要趁早!

2014 年 6 月初稿

入选《走进屏南》(海峡书局,2014 年版)

人与山的对话

爬山难,读山更难。写山,则难上加难。

一

中国乃多山之国。

冰山,雪山,火山;石山,土山,沙山;孤峰峭拔的山,群峰林立的山;寸草不生的山,密林郁闭的山;远绝人迹的山,跻身闹市的山;随漠风飘移的山,与海涛共舞的山……其数量之多,品类之繁,分布之广,恐怕,只能以大海的波涛来比拟吧!

苍山如海,而人生苦短。

任何人,要想踏遍青山,都只能是痴心妄想。

每当我花费九牛二虎之力,爬上某一座大山,喘息甫定,举目四望,远方的地平线上,总还会有重重叠叠的山影,在无声地向我召唤。此时,我的耳畔常常会响起一首歌,一首由弘一法师填词的令人惆怅的歌:

"夕阳山外山……"

面对如海的苍山,我常想,既然一个人终其一生也不可能遍踏群山,那么,就把范围缩小到那些非爬不可的名山身上吧!

然而,在我的心目中,因自然景观或人文景观或二者兼而有之而独领风骚的名山,至少也有 300 座之多。我这短暂的一生,能有幸参拜其中多少座呢?

我相信,人与人之间有缘分,人与山之间也有缘分。

这种缘分,一半来自天赐,一半来自人为。

也许,是从小受中国传统文化的熏陶吧?李白的"五岳寻仙不辞远,一生好入名山游",杜甫的"会当凌绝顶,一览众山小",石涛的"搜尽奇峰打草稿",乃至于诗人领袖毛泽东的"踏遍青山人未老,风景这边独好",都使我对山产生无穷无尽的向往。

大学时代，受恩师黄曾樾教授的启迪，我把爬山作为读书的另一种方式，并以福州城内的于山为起点，开始养成见山就爬，并尽可能一爬到顶的习惯。

毕业以后，适逢"文化大革命"及其所派生出来的"大串连"，免费到全国各地旅行突然成为一种可能。不是说"看万山红遍，层林尽染"吗？于是，从韶山、岳麓山到北京城里的景山，一系列与国家命运息息相关的山影，在我心屏上刻下了最初的红色印记。

人到中年，我对山的痴迷程度始毫不减当年。

不论是在繁忙的工作之余，还是在大病初愈之时，我总是以望见地平线上一抹陌生的山影，视为人生最大的快乐。

1994年，中国作家协会组织几位华东沿海的作家赴大西北采风，我有幸奉召前往。我们沿唐蕃古道、青藏公路、兰新铁路西进，沿着当年筑路大军、石油大军、生产建设兵团和支边知青的道路前进。我们西出日月山，翻越祁连山，途经敦煌的三危山、鸣沙山，远达新疆的天山、火焰山……一路上，汽车、火车、马、驴、骡、骆驼，还有黄河上游用13张羊皮扎成的羊皮筏，几乎所有的交通工具全用上了。

正是大西北的巍巍群山为我壮胆，52岁的我，终于为自己暗暗确立了一个目标，一个在有生之年经过努力兴许可能实现的目标：

爬99座大山，写99篇有关山与人的文字。

从此，我倍感年岁和时间的紧迫。

就连梦里，也不断听见远山在向我遥遥呼唤。

我把每一次爬山的机会，都当成是我与某座山之间唯一的一次：既是初次相逢，也可能就此永别。

因此，我不能不倍加珍惜。

我不敢因一时犹豫而交臂失却，更不敢因半途而废而抱憾终生。

哪怕死神刚刚与我擦肩而过，我也要继续向山走去。摘除胆囊之后，我成为攀登张家界天子山的"无胆之士"；遭遇车祸之后，雁荡山的融融月色，是对我全身心最好的抚慰与治疗。

也许是心诚则灵吧？慷慨的群山，总是以它宽广的怀抱接纳我，并且，往往在气候骤变之时，险远幽深之处，在我精疲力竭、饥寒交迫之际，突然展现它转瞬即逝的异常之美，给了我意想不到的惊喜。

大地震后玉山的冰雹，大雷雨中青城山的幽冥之色，以及玉华洞豪雨过后挂在出洞口的那一圈彩虹——361°最完整最绚丽的彩虹，不都是造物主对我的一种奖赏吗！

晚年自号"半山老人"的王安石尝言："世之奇伟、瑰怪非常之观，常在于险远，而人迹所罕至焉。"（《游褒禅山记》）

我想，最能印证这一名言的，非徐霞客莫属。

徐霞客在其闽游日记中，曾有一段自我写照的神来之笔：某年春末，他途经闽西北将乐县某山村时，适逢天降大雪，村民们纷纷怀抱火笼烤火御寒，而他看了，却故意脱掉鞋子，赤足在雪地上狂奔，并自谓"良大快也"。其一腔热血，万丈豪情，至今，犹令人无限神往而望尘莫及。

尽管我无法仿效他徒步旅行的壮举，也很少采用他那种日记体的写作方法，但他不畏山高路远艰难险阻的精神，却始终在支撑着我，鞭策着我。

感谢画家刘兴森先生，感谢徐霞客研究会，他们先后送给我的徐霞客画像和竹雕胸像，一直在我的案头，默默地注视着我……

年过花甲，我这和山有关的小小愿望总算勉强得以实现。

然而，回眸来时之路，更多的仍是遗憾。

在滇西北高原，总算登上玉龙雪山半山腰的云杉坪，但对附近的哈巴雪山、梅里雪山、碧罗雪山、白马雪山、子午雪山……囿于体力、精力、财力及时间的种种限制，只能望山而兴叹了。

宝岛台湾，因山多而号称"百岳"，"百岳"之中，又有"十峻"，其海拔皆在3000米以上。就是台湾本土的登山健将，也很少有人能穷其究竟，更何况我们这些来去匆匆的大陆观光客！

万山丛中，古人曾选取五岳作为中央帝国疆域的空间坐标。就是这五座海拔不算很高，在今天也都不算僻远的名山，我对它们的朝拜，从50岁初登华山到60岁终游衡山，竟也先后历经11年之久。

许多神交已久的名山，如北疆的大、小兴安岭，海南的五指山，已列入世界遗产名录的龙骨山、武当山等等,至今心向往之而不能至。至于挑战中外登山健儿的中国七大冰峰,尤其是让所有炎黄子孙引为自豪的世界屋脊珠穆朗玛峰,此生,怕是再难承欢其膝下,只能在梦中遥瞻它的风采了。

何况,就是业已拜谒过的名山,我也大多是借助于现代交通工具之便,作走马观花、蜻蜓点水式的匆匆一游,虽然节时省力,却也失却了与大山长相厮守、休戚与共、水乳交融的亲密接触,失却了在大自然怀抱中那种生命的高峰体验和主观性灵的自由解放,更不可能达到天人合一、物我两忘的更高境界……

因此,我特别羡慕旅途中所见到的那些年轻的背包族,他们还年轻,还有许多路可走,还有许多山可爬,而且,他们选择了徒步旅行这一与山亲近的最佳方式。希望在他们身上。总有一天,中国游记文学中许多最重要的空白,古今中外作家都尚未涉足的空白,诸如珠峰游记、江河源游记等,将由他们加以填补。

请允许我借用《古兰经》中的一句话,为他们壮行:

"假如你向山呼唤,山不应,你就向山走去。"

二

对于人类来说,山,绝不仅仅只是可供审美的风景。

每一座山,都是一部百科全书,一部卷帙浩瀚的百科全书。

它囊括自然科学、人文科学和社会科学的所有学科。

它承载着人类迄今为止一切文明——包括物质文明、精神文明,兴许,还要加上生态文明的所有成果。

与某一座山的某一次邂逅,你仅仅只是瞻仰了它的封面,浏览了它的目录,信手翻阅到它某一卷某一页中的某几行文字而已,你怎么可能对全书博大精深的内容能有全面而透彻的理解呢!

怪不得苏东坡说过:"看山一日,读山数载。"

"夫山,万民之所观仰,草木生焉,众物立焉,飞禽萃焉,走兽休焉,宝藏殖焉,育群鸟而不倦焉,四方并取而不限焉。"(刘向《说苑·杂言》)

山,大地的脊梁,江河的源泉,生命的摇篮。作为大自然的主体,它包罗万象,涵盖一切,却又慷慨无私地向人类奉献出它的一切。

正因为如此,早在两千多年前,孔夫子就谆谆告诫我们:"仁者乐山。"

山,毫无疑义,它是人类道德的楷模。

面对山的崇高与伟岸,人,显得多么低矮而渺小;

面对山的坚毅与沉稳,人,显得多么脆弱而浮躁。

与山的厚重、宽容相比,难道你不觉得自己是多么浅薄,多么狭隘;

与山的深邃、富有相比,难道你不觉得自己又是多么幼稚,多么贫乏!

巍巍群山,仰之弥高。山的高度,只能是人类理想的高度。

孔夫子还说过:"智者乐水。"

对此,我家乡的父老乡亲却有些不同的理解。

小时候,我在海边长大。海边的小平原上只有一座小山,一座圆锥状的正处在休眠期的火山,名叫壶公山。

大人们常说:小孩子只要能"爬上壶公山,聪明花就开了。"

长大后,我才知道这是家乡的一句民谚,它直接把登山与益智作为因果关系连接了起来。仔细想想,还真有点道理,因为山与水相依相伴,密不可分,山得水而活,水得山而媚,乐山者必同时乐水,仁者也未必不智,二者难道就不能兼而有之吗!

因此,在我的心目中,山和水一样,都是人类智慧的象征。

没有一种哲学,不是从山水中得到启迪;

没有一种宗教,不是以山林作为它的载体;

没有一种文学艺术,不是把山当作它永恒的主题和灵感的源泉。

山,国家统一的基石,民族团结的家园;万里长城依山而筑,丝绸之路穿山而过;它既是百业勃兴之所,商旅必经之途,又是兵家必争之地。它既是人类活动的历史舞台,又是人类思想的宝库,情感的寄托。它贮存着人类迄今为止的全部记忆。

山的厚度,就是人类文化积淀的厚度。

因此,每一座山都是圣山、灵山、仙山。

我们向山走去,就是向我们的父亲母亲,我们的列祖列宗走去;

我们向山走去,就是向我们的良师益友,我们的恩人和亲人走去。

在神圣而又威严的大山面前,在慈爱而又博学的大山面前,不论你年龄多大,学历多高,阅历多深,全都是幼稚无知的小孩,求知若渴的学生,你只能捧着一颗童心,一颗拳拳赤子之心,赤裸裸一丝不挂地向它走去。

山与人的关系,只能是父与子的关系,师与徒的关系,源与流的关系,本与末的关系。人,只有遵循这种关系中的伦理道德,对山满怀敬畏之心,感恩之情,才能与山和谐共处,完美结合,才能接受山的馈赠,山的教诲,不断充实自己,完善自己,并在山所许可的范围内,求得自身的生存与发展。

山,只可仰瞻而不可轻视,只可亲近而不可亵渎,只可皈依而不可反叛,只可感恩而不可强行索取。

与山为敌者必遭山之严惩;

损毁山者必被山所报复;

妄言征服山者,最终必被山踩在脚下,化为一小撮微不足道的尘土。

面对大山这部百科全书,愚笨如我者,虽然读得很慢,很吃力,所读的篇章很有限,许多地方读得似懂非懂,或根本就没有读懂,但我仍然乐此而不疲。

因为,它总是让我开卷有益。

三

常常有朋友问我:你爬过那么多山,到底哪一座最美?

对此,我惶惶然不知该如何作答。

人有妍媸之分,美丑之别;但在我的眼里,每座山都是可爱的,都是美的,只不过美的形态不同罢了。

林木葱茏、野花烂漫、泉瀑高挂、藤蔓低垂的山固然赏心悦目,但那些赤身裸体、寸草不生的荒山,不也独具一种荒凉之美、野性之美乃至悲壮之美吗!

当然,在我的笔下,有时也不免会写到山的丑陋。

比如,好端端的青山绿水会沦为荒漠,活生生的飞禽走兽会濒临绝境,毒瘤在大自然的肌体上潜滋暗长,美妙动听的天籁中也会夹杂上那么一些不谐和的噪音……

标点人生

但那都不是山本身的罪过,而是人类无知与贪婪所种下的恶果。

常常有朋友问我:天下山那么多,你为什么每座山都想爬,每座山都想写呢?

我以为,世界上,没有两座山是一样的。

同一座山,没有两棵树是雷同的。

同一棵树,没有两片树叶是重复的。

山,拒绝克隆,无法仿造。

每座山都有它独立存在的意义,都是他山所不可取代的。

最佩服惜墨如金的古人,他们常用最简单的一个字来概括一座山与众不同的美,诸如泰山天下雄,华山天下险,峨眉天下秀,青城天下幽等等。

最不明白某些导游书,何以要把泰山之雄、华山之险、峨眉之秀、青城之幽全都"兼具"到它所要介绍到同一座山上。把各种各样不同形态的美人工堆砌起来,岂不抹杀了这一座山最难能可贵的个性之美、独特之美?

尽管平生最佩服徐霞客,但他那句"五岳归来不看山,黄山归来不看岳"的传言,我却万万不敢苟同。

山的多样性,包括山体本身的多样性,山上生物的多样性,矿物的多样性,人物的多样性,组成了世界的多样性。

假如所有的山都一样高,都长一样的树,在天际都画出一样的轮廓线,那这世界也就未免太单调了。

正因为如此,每一座山,都值得写,都值得大书特书,大写特写。

有些山,之所以没能写出来,只是因为我一时还找不到某种感觉,某种理解它的切入点,某一把能"芝麻开花",把它的宝库打开的钥匙。

我生怕委屈了它,亵渎了它,因此,迟迟不敢贸然动笔。

还有一些朋友劝我:大凡名山,古往今来都有不少脍炙人口的传世之作,你何苦吃力不讨好,步人后尘呢?

是的,这正是几十年来如影随形、时时困扰我的难题。尤其在我身心疲惫、文思阻滞之际。

我这不是在班门弄斧吗?我这不是为自己选择了一个注定要失败的创作母

090

题吗？我犹豫，我彷徨，不知多少次想打退堂鼓。然而，当我看到窗外隐隐约约的山影，看到墙上徐霞客炯炯有神的目光，我又鼓起了勇气。

还是柳宗元说得好："夫美不美，因人而彰。"

在西方，人们常说，一百个人的眼中，有一百个哈姆雷特。在东方，一万个游客的眼中，不也有一万座泰山吗！

前人的名山游记，固然群峰林立，星汉灿烂，但与名山本身的美比起来，仍然还有许多未被涉足的领域，未被发现的空间，何况，风起云涌，山奔海立，名山本身也在不断运动变化之中。

我想，我所能写的，仅仅只是我眼中的山，我心中的山，与前人无关。我只忠实于自己对山的感受与发现，思考与理解，或者，我只借山水之酒杯，来浇我胸中之块垒。我不可能也不想超越前人，但只求尽量避免与前人重复，如此而已。

何况，就是同一座山——
因视角不同，"横看成岭侧成峰，远近高低皆不同。"（苏轼语）
因气候不同，"水光潋滟晴方好，山色空蒙雨亦奇。"（苏轼语）
因季节不同，"春山澹冶而如笑，夏山苍翠而如滴，秋山明净而如妆，冬山惨淡而如睡。"（郭熙语）
更何况，就是同一个人攀登同一座山，也往往因年龄的差别，阅历的深浅，境遇的顺逆，心情的好坏，乃至于旅伴的相异，而产生决然不同的感受。

山的千姿百态，山的博大精深，为每一篇读后感的写作都提供了无数新的选择，因此，每座山都常写常新，一如游客之承前继后，源源不绝。

也正因为如此，在本书行将出版之际，我要向读者如实禀报：

一，千万不要以为，你最值得爬的山，全在我这本书里头了。天外有天，山外有山，世界上，还有许许多多我不曾涉足过，因而也无从下笔的名山，正等待你的光临呢！何况，"山不在高，有仙则名"，还有一大批虽然现在还默默无闻，但将来必定一鸣惊人的山，正等待着你去发现呢！

二，千万不要以为，我笔下这九十九座山，其好处妙处尽在其中了，那仅仅只是我个人眼中所能看到的，有关某座山的某一个小小的局部，有时，甚至只是山

上的一小片绿叶罢了。我的眼睛不能代替你的眼睛,你还是自己到山上看看去吧,你肯定能比我看得更多些,更透彻些,不但能弥补我的不足,而且还能校正我的谬误呢!

　　我之所以要写这本书,唯一的目的,只不过希望能多少增添一点你对山的敬畏,增添一点你爬山的兴趣,果能如此,我就十分满足了。
　　那么,就请撂下我这本无足轻重的书,戴上你的遮阳帽,背上你的旅行包,穿上你的登山鞋并绑紧你的鞋带,向远方的山影走去……

本文为《一个人·九十九座山》一书的后记,该书简体字版本 2010 年由海峡文艺出版社出版,繁体字版本 2011 年由台湾尔雅出版社出版。

辑三　心灵感应篇

"诗仙"与"诗圣"

一

1998 年的一个秋夜,在遥远的巴尔干半岛,在幽深的东喀尔巴阡山腹地,在古城比斯特里察的市文化中心,五位中国作家与 30 多位罗马尼亚同行,围绕"世纪末的文学"这一共同感兴趣的话题,进行了一场热烈而又坦诚的对话。

我发现罗方朋友中,以诗人居多。与我共同主持这一场对话的罗方主人,留有两撇八字胡的格则格瓦,幽默地介绍说:"在我们罗马尼亚,诗人有一火车,小说家有一车厢,而剧作家只剩下两排座。"原来,自东欧剧变以来,罗马尼亚文学市场很不景气,作家们出书,都要自己掏腰包。诗集薄,出钱少;小说厚,耗费多;剧本要是不被剧场采用,等于白写。所以,在年轻作家中,写诗的人也就特别多了。一席话,在幽默中却也包含着许多辛酸与无奈。

也正因为如此,在他们所提的问题中,多与诗歌有关。

比如,一位正在模仿日本俳句,致力于短诗写作的诗人发问:

"请问,在中国,人们喜欢长诗还是短诗?"

这问题简单,我立马回答:"诗的好坏与长短无关,只要写得好,读者都喜欢。在中国古代,屈原的长诗《离骚》,洋洋洒洒 372 行,2400 多字;李白的五言绝句《静夜思》,只有寥寥四行,20 个字,但都是流传千载的名篇。正如你们罗马尼亚诗坛,虽然当下流行的是短诗,但并不影响你们对前辈诗人埃米内斯库的尊敬和热爱,他的代表作《金星》,不就是一首长诗吗!"

这时,会场上响起了笑声,笑声,如同他们的目光一样明亮。我想,他们大约已经认同我的观点了。

又有一位戴眼镜的学者站起来发问:

"听说在中国,李白和杜甫,都是家喻户晓的诗人,请问他俩哪位更伟大?"

广东作家吕雷脱口而出:"他俩一样伟大。李白是伟大的浪漫主义诗人,杜甫是伟大的现实主义诗人,好在汉语的词汇十分丰富,我们可以用不同的方式加

以表述,因此,我们称李白为'诗仙',称杜甫为'诗圣'……"

掌声热烈地响了起来。我知道,这是东西方之间,欧亚之间,一个民族对另一个民族精神财富的理解与尊重。

二

从罗马尼亚返国后,我常常扪心自问:同样伟大的李白和杜甫,你到底更喜欢哪一位呢?

也许,这个问题,在不同的年龄有不同的答案。

在青少年时代,毫无疑问,李白是我心目中最崇拜的偶像。不仅仅因为他天才的诗歌语言,"清水出芙蓉,天然去雕饰",明白晓畅,易学易记,背诵起来朗朗上口,更因为他的浪漫,他的潇洒,他的狂放,他那天马行空的想象,他那"黄河之水天上来"的才华,"飞流直下三千尺"的激情,更适合年轻人张扬的个性和对未来五光十色的梦想吧!

在李白的诗句中,对我一生影响最大的,莫过于他的"五岳寻仙不辞远,一生好入名山游"了。因为它从小诱导我对远方,对遥远的地平线,对祖国的大好河山,对大自然中的一切美丽与神奇,产生无穷的好奇和无限的向往。因此,像李白那样,杖剑远游,走遍全国,便成为我一生最大的愿望。

然而,中国太大了,实践起来,却一点儿也不容易。就拿五岳来说吧,尽管它们在当今的中国版图上,并不处于边远的角落,交通也十分便捷,且海拔高度都不算太高,但因为它们毕竟处于不同的五个方向,分属五个省份,因此,我从50岁初登西岳华山开始,直到61岁终攀南岳衡山为止,前后历时整整11年!记得我登华山时,可以一口气直上千尺幢、百尺峡,甚至,还可以搀扶一位患有恐高症的同伴直上苍龙岭,但等我登衡山时,虽然只是在下山途中弃车步行两小时,却不免步履蹒跚,汗流浃背而气喘吁吁了。跟亘古不变的山岳相比,人的青春转瞬即息,而生命又是何等短暂、何等脆弱!

当然,在李白的诗中,更为难能可贵的,还有他的"安能摧眉折腰事权贵,使我不得开心颜!"年轻时,不知天高地厚,我也曾以此作为人生的座右铭,作为今后为人处世的最高原则。然而,在经历了许多磨难、许多挫折、许多失败之后,尤其在"文化大革命"中,经历了失恋、挨批、扫地出门、"下放"劳动,被迫学会"夹着尾巴做人"之后,棱角早已磨光,个性惨遭扭曲,再也无颜重温李白这一掷地有声的警句了。

李白与生俱来的傲骨与傲气，只能是心向往之而不能至。正因为如此，人到中年之后，我也就和他的诗歌作品渐渐疏远了。

三

与此同时，过去难以接近的杜甫，却似乎变得亲近起来。

杜甫的诗，其内容多为忧国忧民之作，其形式又有极为严谨的格律。青少年时代，涉世未深，我在接触他的诗作时，总感到过于苦涩，过于沉重，也过于深奥，登堂入室的门槛似乎太高了。

比如，在我家老屋的厅堂里，老祖宗曾留下一对楹联："红豆啄余鹦鹉粒，碧梧栖老凤凰枝。"只听说它出自杜甫律诗中的一个对子，但内容如何解读，却始终丈二和尚摸不着头脑。询问一些长辈，谁也都说不出个所以然来。直到我读大学中文系时，请教教古典文学的陈祥耀教授，方知此句为杜甫律诗中最典型的倒装句，若按逻辑顺序把它读成"鹦鹉啄余红豆粒，凤凰栖老碧梧枝"，尽管不合乎仄格律，但内容就好理解多了。

杜甫的诗，素以沉郁著称。没有经历"文革"的十年动乱，没有对国情民情有所了解，对大众疾苦感同身受，你就无法贴近他矛盾而又痛苦的心灵，你就无法明白他的《兵车行》，他的"三吏""三别"，他的《自京赴奉先县咏怀五百字》写得有多么深刻。同样，没有一定的人生阅历，没有经历悲欢离合，尝遍酸甜苦辣，你也就无法与他的《赠卫八处士》产生强烈的共鸣。只有在与劫后余生的亲友阔别重逢时，你才能品出"人生不相见，动如参与商"的况味；只有在与青丝变白发的老同学们聚会时，你才会猛然醒悟"昔别君未婚，儿女复成行"；同样，也只有到了晚年，你才会痛感"访旧半为鬼，惊呼热衷肠"！

1999年，我58岁那年，有幸到成都拜谒杜甫草堂。然而，几经扩建之后，拥有华堂美厦、回廊水榭、荷池梅坞的所谓草堂，犹如一座大观园，其占地之多、规模之大、陈设之豪华，处处透露出官家园林的富贵气息，早已不是当年贫病交加、穷困潦倒中的杜甫，在一亩见方的荒地上所临时栖身的寒舍了。在绿树婆娑、花香弥漫中临流照影的那幢茅屋，也绝非当年被秋风所摧折的破屋了。唯一存留的，只有诗，只有诗人在《茅屋为秋风所破歌》中那一声惊天裂地的呼喊："安得广厦千万间，大庇天下寒士俱欢颜！"

这一声呼唤，就是到了今天，也仍然余音不绝，让许多人的心灵为之震颤。因为他这种善良而又美好的愿望，还远远未能成为现实。君不见今日之中国，包括蓉城在内的全国 600 多座城市，一个史无前例的住房建设高潮正方兴未艾，何处不是烟尘滚滚的大工地？尽管新楼林立，广厦连云，但楼价之高，也随之日日飙升，许多市民也仍然只能望楼而兴叹。在土地资源日益紧缺的中国，贫富悬殊有增无减的中国，拥有 13 亿人口的中国，实现居者有其屋的梦想，谈何容易！

我想，这也是千载之后，来杜甫草堂的游客，之所以络绎不绝的一大原因吧！

四

始料未及的是，63 岁那年，我又一次与李白不期而遇。那是我远道到安徽芜湖看望姨妈时，忽然得知李白《望天门山》诗中所写的长江天险就在市郊的当涂县境内，不禁喜出望外。于是，由表妹夫开车，我们立马奔向长江。从东岸的铜佛寺拾阶登上陡峭的东梁山，站在高高耸立的越江电缆铁塔下，透过茂密的树丛，发现自己正站在深不可测的悬崖边上。脚下，是一条条巨轮，拉响汽笛，从江流中往北驰去。隔着江面向西岸望去，刀劈斧削的西梁山，也如同东梁山一样。东西两山，犹如铁钳一般紧紧扼住了长江的咽喉。

此时此际，林涛声、江涛声，连同轮船上的汽笛声，仿佛也都在弹奏着李白悠悠千古的绝唱："天门中断楚江开，碧水东流至此回。两岸青山相对出，孤帆一片日边来。"

碧水，青山，红日，白帆。诗中的"日"，指的是朝阳还是夕阳？诗中的"帆"，是诗人站在岸上极目所见，抑或他本人自己就坐在船上？李白从 25 岁到 63 岁，曾 7 次到过当涂，他这一首诗，到底写于哪一次？评论界历来众说纷纭，至今没有定论。对此，我也不太感兴趣。我只是想，有李白"孤帆一片日边来"这千钧笔力的一句，也就够了，因为它一下子就凸显出诗人的自身形象，使之与自然景观同等壮观，这种精神上的优越与自负，绝非我辈凡夫俗子可以望其项背。

有趣的是，从芜湖返闽不久，我又重新沉浸在久违了的李白诗境之中。这，完全要归功于我的小外孙女。她小名妞妞，今年七岁半，出生在美国，为了学汉语，特地远涉重洋回国，来到我的身边。要学汉语，那自然要从唐诗入手，而李白的《静夜思》《望庐山瀑布》等五言、七言绝句，自然是最好的教材了。

于是,在妞妞纯真的目光中,李白的诗,又如同日光、月光和星光一样大放光芒。返老还童的我,欣欣然,陶陶然,仿佛又回到了童年,回到了青少年时代,捡回了五光十色的梦想,以及对未来人生一往无前的勇气与信念,心中,洋溢着一种难以言喻的幸福之感。

五

史载李白 62 岁因患腐肋疾卒于当涂,民间传说他因酒醉捞月而殁。

史载杜甫 59 岁舟行于湘江之中,接受耒阳县令所馈之牛酒,因天热肉腐,不幸中毒而死。

天妒其才,巨星陨落。千载之后,犹令无数读者深感痛惜!

如今,不知不觉间,我的岁数都已超过他俩的寿数了。但在我心灵的苍穹中,他们依然是照耀我生命的最明亮的星辰。他们是天上的神仙,是人间的圣贤,他们的才华,他们的成就,他们无与伦比的人格魅力与巨大影响,如同"江河万古流",并将超越时间和国界,永远流传下去。

"在中国,李白和杜甫,谁更伟大?"

"同样伟大的李白和杜甫,你更喜欢谁?"

我想,这些问题,不仅仅罗马尼亚同行感兴趣,全世界越来越多的读者,都会产生越来越浓厚的兴趣。

原载《海燕·都市美文》2008 年第 4 期

赤足在雪地上狂奔的人

一

距今300多年前的一个暮春时节,具体说来,是明崇祯元年(公元1628年)农历三月十九日清晨,一向很难见到雪景的闽中将乐县高滩铺刚刚下完一场大雪,一轮旭日喷薄而出,耀眼的光芒迅速驱散了阴霾,让晴朗的天空如同洗过一般洁净,让四围群山顶上白皑皑的积雪,更如同冰雕玉砌一般晶莹剔透。村里的老爷爷、老奶奶们纷纷走出门来,裹着棉袄,捂着火笼,乐陶陶地享受起这难得的日光浴。这时,村道上来了一位不速之客,一位行李虽然简单,但却身强力壮的中年汉子,只见他友善地和乡亲们笑了笑,便突然间脱下麻鞋,赤着双脚,在雪地上狂奔了起来。

在众人惊异的目光中,他的背影很快消失了,但这一行脚印,这一行在雪地上深深浅浅的脚印,却永远留在中国的文学史上,留在少年时代我的心屏之上。

他,就是写出"千古奇书"的"千古奇人"——明代大旅行家徐霞客了。当年,43岁的他,在第三次闽游途中的这一段小插曲,见于《徐霞客游记》卷一(下)的《闽游日记·前》:

十五里,至将乐境……又十五里,为高滩铺。循水南行三里,阴霾尽舒,碧空如濯,旭日耀芒,群峰积雪,有如环玉。闽中以雪为奇,得之春末为尤奇。村氓市媪,俱曝日提炉;而余赤足飞腾,良大快也!

这一段文字虽然简短,但奇景、奇俗、奇人三者兼具,可谓一石三鸟。尤其是很少在日记中直抒胸臆的他,居然发出了"良大快也"的朗朗笑声,如此健壮,如此勇敢,如此豪迈,如此潇洒,其胸襟、胆气、个性,全都跃然纸上,展示了一个大旅行家无与伦比的体力、精力与人格魅力,真是神来之笔!

从此,在我人生的旅途中,每逢山穷水尽处,风雨交加时,精疲力竭之际,眼前总会浮现出他的这一行脚印。正是这一行写在雪地上的脚印,不断地召唤我,激励我,鞭策我鼓起余勇,继续赶路,无论如何,都不能半途而废……

二

有一句当下流传甚广的话:"每一个成功的男人背后,都站着一位女人。"徐霞客的寡母,就是这样一位女人,一位在封建时代特别了不起的女人。在儿子应试失败后,她十分理解并坚决支持徐霞客"问奇于名山大川"的远大志向,而全然不理会孔夫子有关"学而优则仕"和"父母在,不远游"的古训。为此,她还特地给儿子缝制了"远游冠",以壮行色。

就在母亲的鼓励下,徐霞客从 22 岁初游太湖开始,至 55 岁时因重病不得不离开云南丽江返回江苏省江阴老家,在总共 33 年的时间里,他仅凭一根竹杖,一双麻鞋,一床棉被,困了,"以釜岩为床席";渴了,"以溪涧为饮沐",先后徒步游历了现今中国版图上包括华东、华北、西北、中南和西南在内的 19 个省、市、自治区。

其中,我的家乡福建,是徐霞客情有独钟,游历次数最多的省份之一。从《徐霞客游记》以及一些书牍与题赠来看,他至少五次来闽。第一次为万历四十四年(1616 年),31 岁的他取道赣东北,由汾水关入闽,至建宁府崇安县,作武夷山三日之游,写下了《游武夷山日记》。第二次为泰昌元年(1620 年),35 岁的他从浙南翻越仙霞岭,专程到兴化府仙游县九鲤湖,为病中的母亲祈梦求签,并留下《游九鲤湖日记》。此后,崇祯元年(1628 年),三年(1630 年),六年(1633 年),年龄分别为 43 岁、45 岁、48 岁的他,又先后三度由浙南入闽,目的地都是闽南的漳州府及其所属的南靖县,因为,他的族叔徐日亮在当地为官,能为他"发兴为闽广游"提供某些方便。其中,第三次闽游历时最久,游程也最长,在半年多的时间里,他以南靖为基地,不但涉足福建的七个府,结识了包括漳浦人黄道周、漳州人张燮、晋江人张瑞图、侯官人曹学佺在内的一大批闽中名儒和名宦,还南下广东,"登罗浮,谒曹溪",实地考察了珠江水系中的东江和北江。可惜,徐霞客的日记多已散失,我们只能在现存的《闽游日记·前》《闽游日记·后》中见到他的部分游踪。

徐霞客闽游是否仅此五次?学术界另有一些推测,至今尚难有定论。但就已有文字可查的这五次游程来看,徐霞客的福建之旅也算是硕果累累,满载而归

了。他不仅完成了探亲访友、祈梦求签的任务，还沿途考察了以武夷山、桃源洞为代表的丹霞地貌，以玉华洞为代表的岩溶地貌，以九鲤湖为代表的飞瀑流泉及晶洞花岗岩景观。与此同时，他还亲临闽江支流建溪和九龙江支流宁洋溪上游的激流险滩，对两溪的水系源头、流程及流速等，作了准确的类比判断，得出科学结论："宁洋之溪，悬溜迅急，十倍建溪。盖浦城至闽安入海，八百余里；宁洋至海澄入海，止三百余里。程愈迫，则流愈急。"。

况且，在徐霞客闽游日记中，有关"福建三绝"——武夷山、九鲤湖和玉华洞的三篇日记，其篇幅之慷慨，记叙之详细，描写之精微，文采之缤纷，都堪称徐霞客游记中的精品，其文学价值有目共睹。

今年，是徐霞客首次入闽游武夷山的392周年，笔者重新品读其日记中的字字珠玑，仍不胜钦羡之至，神往之至！

三

钱谦益在《徐霞客传》中言："穷闽山之胜，皆闽人所未知。"诚哉斯言！且不说他笔下闽、浙、赣三省交界处的浮盖山，以及建溪、宁洋溪上游的黯淡、石嘴、溜水、石壁诸险滩，笔者至今未能涉足，就说我最熟悉的九鲤湖吧，我年轻时在仙游县挂职任副县长两年期间，曾先后九次或专程或陪客漫游的九鲤湖，却至今也不敢步其后尘，续写出一篇当代的《游九鲤湖日记》来！

原因何在？我仔细想来，至少有如下两条：

其一，景不如前。九鲤湖之奇景，不在湖，而在于漈。漈者，瀑布也。九鲤湖湖水下泄之后，在重重叠叠的悬崖间，在曲曲弯弯的峡谷中，一共形成九级形态不一的飞瀑。而众所周知，瀑的源泉，全在于水，无水则无瀑可言。当年，在20世纪80年代，县里为发展地方工业，尤其是乡镇企业，湖源之水早已截流发电，每逢旱季，九漈飞瀑或成涓涓细流，或干涸消失，乃至一位仙游籍台胞返乡寻根时，跪对空瀑，掩面痛泣。当然，有时为招待贵宾，县里也命电站停电放水，以暂时重现飞瀑奇观。但毕竟水贵如油，白花花的瀑布，似乎每一朵浪花都是一张百元大钞，在飘散，在流失，因此，估计客人参观到第四瀑时，便匆匆收水而止，再往下的其余五瀑，也就顾不上了。旅游业与工业，与县、乡两级财政收入的矛盾，一时无法解决，作为县里的一名当政者，我心里自然不好受，岂能闭着眼睛，昧着良心，为人工操控的所谓瀑布高唱赞歌！

其二,人不如前。当年,徐霞客游湖时,年仅35岁,身强力壮,血气方刚,尽管"三漈而下,道已久绝",但他还是决心"下穷九漈",于是,或"攀跻"于"危矶断磴间""飞架"之木板,或"涉涧""乱流而渡",或"每下一处,见有别穴,必穿岩通隙而入。"如此坚忍的意志,顽强的毅力和惊人的体力,绝非区区我辈可望其项背。何况,当年已届45岁的我,还身患胆结石、胆囊炎、甲状腺亢进诸症,因此,九次游湖,我都只是在观赏上游的四漈——雷轰漈、瀑布漈、珠帘漈和玉箸漈之后,便半途而止,怅然而返,下游所余的石门、五星、飞凤、棋盘、将军等五漈,因无路可通,且估计亦无水可观,便不得不忍痛割爱而倍感怅然。

当年的徐霞客,能用两天时间,"下穷九漈",且浓墨重彩,精工细描每一漈飞瀑的神奇与壮丽,每一汪潭水的深泓与澄碧,以及两岸山峦"斜插为岩,横架为室,层叠为楼,屈曲成洞"的千奇百态,如今的我,连他的一半游程也无法坚持,面对他,我自叹弗如,岂敢班门弄斧,在他的名篇佳作之后,画蛇添足!

四

晚年徐霞客的云南之旅,历时四年,是他一生中最后、最长、也最艰难的一次旅行。途中,他三次遇盗,四次绝粮,结伴同行的僧人不幸客死他乡,他不得不背着他的骨灰继续前行,而他的仆人又中途背叛,把他所剩无几的财物席卷而去。最后,55岁的他,在丽江全身出疹,重病缠身,连双脚都不能下地,被纳西族土司派人抬回远隔千万里之外的江苏江阴老家……

一个年轻时"捷如青猿,健如黄犊","能徒步走数百里",甚至可以赤足在雪地上飞奔的人,到了晚年,却双脚瘫痪,就像画家瞎眼、音乐家失聪、钢琴家断指一样,那该是多么令人痛苦而又无奈的一件事!然而,走遍千山万水、历尽千难万险的他,在临终前气息奄奄之际,却对前来探视的朋友说:我一介布衣,仅凭一根竹杖,一双麻鞋,能和汉代的张骞、唐代的玄奘、元代的耶律楚材一样"穷河沙,上昆仑,历西域,题名绝国,与三人而为四,死不恨矣。"这是何等坦荡的胸襟,何等达观的天性,何等浩浩然之正气!

余生也晚,只是从小受徐霞客的影响,养成了见山必爬,一爬到顶的习惯。积以时日,到我年过六旬之后,总算爬了国内外的130多座名山。尽管我的游程甚至超出徐霞客当年的范围,但那都是借助现代交通工具以及公费旅游之便,不值一提。尽管我的游记作品已不下他所留存的60多万字,但结集出版尚待时

日,其文学性与科学性,更是乏善可陈。如今,66 岁的我,因双膝骨质增生,韧带钙化,医嘱不宜再多爬山了。但在我的心目中,徐霞客依然是我毕生仰视的偶像,他的日记以及诸多研究资料,依然高踞我书架上最显要的位置;画家刘成森为我绘制的徐霞客像,依然始终与我朝夕相对;篆刻家陈远赠我的"山之缘""章武写山"两方印章依然让我爱不释手。山,是我一生中最美好的记忆,我为我能追随徐霞客爬山、写山,而无怨无悔,尽管他的人品与文品,我只能心向往之而不能至。

万分庆幸的是,我也有一位和徐霞客母亲同样了不起的母亲。她从小喜欢运动,前些年,八十高龄的她,还能兴致勃勃地登八达岭长城,并和年轻人一起到闽东的杨家溪漂流呢!每当我出门远行时,她总是送到门口反复叮咛:"记住,多穿衣服,带上雨伞!"

谨以此文,纪念徐霞客入闽游历 392 年。

注:本文所有引文均出自钱谦益的《徐霞客传》。

原载《炎黄纵横》2008 年 6 月号

入选《徐霞客研究·第 18 辑》(地质出版社 2009 年版)

童年的后花园

每个作家都有童年,但并非每个作家的童年都有一座后花园。

后花园,一个带有边缘性质的名词。它介于家庭与大自然之间,既是作家培育情感、爱好和审美情趣的温床,也往往决定他一生性格发展和艺术追求的方向。有后花园的作家是值得庆幸的,因为在他的作品中,总能时隐时现地见到后花园的影子。不管童年时代的他,在后花园中所看到、听到和想到的,是鲜花还是荆棘?是喜鹊的欢歌还是乌鸦的聒噪?是绚丽的朝霞还是阴沉的暮云?

最有名的后花园,自然是绍兴鲁迅家的百草园了。有了那篇《百草园与三味书屋》,全中国小学生都知道,那里有桑葚、皂荚树和人形的何首乌,有蟋蟀、麻雀和"张飞鸟",有儿时的好伙伴闰土,也有长妈妈口述的民间传说……总之,那是鲁迅童年的乐园。

对于南方的读者来说,最遥远的后花园,当数萧红在《呼兰河传》中所写的位于北国的后花园了。这位深受鲁迅器重,但却红颜薄命的女性,在忧郁的童年时代,极力想象自家的后花园处处充满阳光和自由:"花开了,就像花睡醒了似的。鸟飞了,就像鸟上天似的。虫子叫了,就像虫子在说话似的。一切都活了。都有无限的本领,要做什么,就做什么。要怎么样就怎么样。都是自由的。"然而,在家庭的桎梏中最不自由的她,最终却选择了逃离:"我离家出走,不就为了呼吸一份新鲜空气,争得一份自由吗?"

无独有偶,在福建的另一位女作家,命运与萧红同样不幸的庐隐,在她的祖籍地闽侯县南屿镇岭东村,也有一座童年的后花园,如今只剩下一架水车、两个石臼、几竿翠竹和爬满围墙的薜荔,聊供后人之凭吊。刚出生时就因失去外婆而被视为"不祥之物"的她,两岁时全身长满疥疮的她,不管是否在此住过,哭过,显然不会对这后花园留下任何美好的印象。

然而,对于郭风和蔡其矫来说,童年的后花园却始终是他们的精神家园。郭风的后花园,位于莆田城内,是他的六世祖郭尚先留下来的,取名芳坚馆,显然与先祖自号"兰石"有关。这里,不但有兰花,有石头,还有蝴蝶、蜻蜓、蚂蚁、蜗牛、

斑鸠、黄鹂等许许多多可爱的小生灵,它们赐予"人之初"阶段的郭风"许多的灵气",他一生崇尚自然,追求朴素和淡雅,也许正发端于此吧!诗人蔡其矫的后花园,位于晋江县园坂村,前些年,他曾兴致勃勃带我前往参观,可惜几十年过去,此园早已易主,我们只能趴在围墙的窗台上朝内窥视。园内,那"寄生着花蛇的如盖的大榕树"早已不在,唯剩"龙眼林中遍地的青苔、蕨草以及静静飞舞的金龟子。"但80多岁的他,依然像一位8岁的小男孩那样,翘着屁股,聚精会神地聆听他久违了的昆虫唧唧嗡嗡的低吟声,呼吸他熟悉而又陌生的泥土和树叶的气息……正因为他对童年的后花园难以割舍,晚年的他,拿出自己的全部积蓄,在他家的后山上建起了一座农民公园。如今,他虽然走了,但满山的相思树都在随风摇摆,似乎正等待他的诗魂荣归故里……

以盛产香蕉著称的漳州市天宝镇,有个名叫五里沙的村庄,是林语堂的祖籍地。有趣的是,那里有一棵人字形的榕树,就像一条汉子,挺着胸,又开双脚,站在十字路口。我忽然想起,这棵榕树的造型和姿势,不就是先生最传神最写意的绿色雕塑吗!因为他曾经用两句话概括自己的一生:"两脚踏东西文化,一心评宇宙文章。"

至于笔者的童年,是在莆田与福清交界处一个贫穷、闭塞的小山村里度过的,没有鲜花,哪来的后花园!好在老宅的背后有一片龙眼树林,林中,常常可以看见小松鼠出没。有时,它们还会俏皮地朝我翘起大尾巴,吹胡子瞪眼睛呢!这是家乡留给我的童年最美好的记忆了。

前些年,我和我的小外孙女妞妞同游美国的科罗拉多大峡谷,深深迷上了在悬崖峭壁上活蹦乱跳的小松鼠。我告诉她:在中国,在外公的老家,也有好可爱好可爱的小松鼠。可是,等到去年夏天我带她回老家时,却再也找不到小松鼠的任何踪影了。尽管龙眼林还在,但失去小松鼠的童年,还能算是童年吗?

对此,我只能感到深深的失落和悲哀。

原载《福建日报》2007 年 5 月 29 日

童心不老

在我的印象中,有些作家老长不大,有些作家永远不会老,有些作家即便老了,也是活泼天真的老顽童一个。

比如冰心,我第一次到中央民族学院拜望她时,她家的大门敞开着,一阵我所熟悉的花香和茶香从里头飘了出来,让我心里特别暖和。果然,进门后,她的第一句话就是:"知道老家来人,我就先泡好茉莉花茶等着你们。"我刚端起茶杯,揭开杯盖,突然间,"咪"的一声,她家的波斯猫"咪咪"扑了上来。我毫无思想准备,手一抖,茶水溅了出来。这时,冰心就像安慰受惊吓的幼儿园小朋友那样安慰我:"别怕,咪咪不会抢你的茶喝,她只是好奇,想闻闻。"接着,她把咪咪抱在怀里,夸她说:"我们家的咪咪可出名了,前几天,天津的《新晚报》刚刚登出了她的照片呢!"我发现,她这时的表情和语调,就像一位姥姥在表扬她的小外孙女。冰心爱猫,果然名不虚传。

郭风和蔡其矫同龄,两人到了80岁以后,还都保持着从小养成的收藏癖好。郭风对蝴蝶情有独钟,蔡其矫把海螺视为至宝。到他们家里,他们总像小朋友展示心爱的玩具那样,让我分享他们的最爱。有一年,在金湖举办散文笔会,请郭风致开场白时,恰好一只蝴蝶从窗外飞了进来。于是,他的目光和谈话全都离不开蝴蝶——每只蝴蝶身上与众不同的斑纹、色彩以及翩翩的舞姿,不正是每位散文家最可贵的艺术个性吗!当蔡其矫为我讲解两大玻璃柜里来自世界各地的海螺时,我发现他那一头蜷曲的头发,也和他的眼神一样神采飞扬,就像他的诗句:"风在水上跑,浪在海面跳。"

2006年深秋,全国文艺界"两会"在人民大会堂召开,我有幸坐在陈祖芬的后排。看她剪着齐耳短发的背影,好像一位中学生,其实,她的年龄也不小了。大会结束时,人们全都起立,一边鼓掌,一边鱼贯出场。但陈祖芬却似乎另有打算,只见她先把自己座位上垫茶杯的衬纸收了起来,又把同排的其他衬纸收了起来,然后,还转过身来,把我们这后一排的许多衬纸也一一收了起来,细心地放进她的小书包。对此,我大为不解。细看那衬纸,只不过是很普通的一张白纸,剪

成圆形,有锯齿形的花边,上面印着"人民大会堂"五个蓝色的小字。陈祖芬是要收藏作为纪念品吗?但也无须一下子收集那么多啊!

好在一旁的诗人舒婷帮我揭开了谜底。原来,陈祖芬一向喜欢洋娃娃,家里来自国内外的洋娃娃成百上千,若排成方阵,简直就是一个大军团。每当写作疲累时,她就来给洋娃娃们梳头啊,洗澡啊,打扮啊,不厌其烦,乐在其中。刚才,她忽发奇想,要用这些衬纸为洋娃娃们制作白色的遮阳帽,"人民大会堂"五个蓝色小字,不正好可以放在帽檐上吗!

这就是陈祖芬,老长不大,永远是中学生模样的陈祖芬,尽管她写了那么多脍炙人口的报告文学。

"吾爱童子身,莲花不沾尘。"这是高僧八指头陀的诗句,被丰子恺刻在他的烟斗上。如今,这只烟斗还完好地保存在他的老家"缘缘堂"。我曾在这只烟斗的展柜前默立良久。我想起丰子恺的许多作品,许多充满童心、童趣、童真的儿童漫画和儿童散文。丰子恺自称是"儿童的崇拜者",而我从小到大到老,始终是丰子恺的崇拜者。

拥有一颗童心,并常为孩子们写作的作家,一般都会长寿,如冰心、郭风、蔡其矫。要不是十年动乱的摧残,长髯飘拂、风神潇洒的丰子恺也不至于只活到77岁。当然,我所说的长寿,不仅仅指肉体生命,更应该包括他们的作品,以及体现在作品中的一种爱,一种精神,那是永远都不会老去的。

原载《福建日报》2008 年 6 月 1 日

巴金的手稿

一个早有预感,但却突如其来的噩耗,出现在 10 月 17 日晚间人民网的首页上:"当代文学巨匠巴金 19 时零 6 分在上海逝世"。

我仿佛回到了 1999 年春天送别冰心时的情景。如果说,冰心是我们文坛上公认的老祖母,那么,比冰心小五岁,一直被冰心亲切地唤作"巴老弟"的他,就是我们的老舅公了。这位老舅公,在病榻上痛苦地辗转了那么多年,如今,终于解脱了,但他留给我们的,却是巨大的失落、无尽的哀思和深沉的悲痛。因为,他的书,是爱,是火,是希望,他那坚持"说真话"的勇气,他那敢于自我否定的人格力量,是 20 世纪中国的良知,是所有作家为人与为文的楷模。

在我的心目中,巴金虽不是福建人,但他对福建情有独钟。20 世纪 30 年代初,他曾多次来闽南旅行、访友、写作,厦门鼓浪屿的海滩上,曾留下他年轻的足迹;泉州古城黎明高中的大榕树下,曾回荡过他给学生们讲故事时的朗朗笑声。据专家统计,他的著作中,内容涉及福建的达 20 多篇。其中,有长篇小说"爱情三部曲"之三的《电》,中篇小说《春天里的秋天》《星》,短篇小说《亚丽安娜》及散文《南国的梦》等。在散文《黑土》里,他曾用温情脉脉的笔调,回忆旅居闽南的生活:"的确,我们南方的土地上给我的印象太深了,我一生中最快乐的日子(可惜非常短暂),就是在那样的土地上度过的。"

巴金生前的最后一篇作品,是《怀念振铎》。而郑振铎和冰心一样,都是他一生中最好的朋友,祖籍福建的朋友。前些年,一听说福建要成立冰心研究会,早已谢绝一切社会兼职的巴金,毫不犹豫地一口答应出任会长。于是,在他的旗帜下,冰心研究会连同冰心文学馆的筹建工作一路绿灯,一帆风顺。记得冰心馆开馆时,大家不约而同想起巴金评价冰心的一段名言:"她是一盏明灯,照亮我前面的路。"后来,这段话就成为《冰心生平与创作展览》的前言,因为,再没有其他人,能对冰心有如此深刻的理解与高度的概括了。

余生也晚,无缘拜见巴老,亲聆他的教诲,但却有一次难得的文字交往。那是 1982 年,我在《福建文学》编辑部担任散文编辑的时候。在郭风的指导下,我们组织了一期散文专辑。向巴金的约稿信发出不久,他便托上海文艺出版社的

一位编辑为我们寄来了他的一篇新作,题为《干扰》。

这篇长达 3000 多字的散文,是他在右背囊肿感染发炎,刚刚动完手术,"坚持着每天写两三百字""一笔一画地慢慢写出来的"。他先是用圆珠笔在方格稿纸上一笔不苟地写着,后来,大约是嫌圆珠笔笔芯的墨汁太淡,怕我们看不清,又特意用钢笔在原有的字迹上重新一笔一画地描写得更浓些,更清楚些。一位在国际上享有盛誉的文学大师,一个病中的八旬老人,为我们这些普通编辑想得多么周到! 捧读这份珍贵的手稿,整个编辑部沉浸在一种节日的气氛之中,大家是既高兴,又感动。可惜当年编辑部尚无复印机,这份珍贵的手稿,我们只能请人抄写一遍,当即遵命奉还,以供中国现代文学馆收藏。

今天,重温巴金的这篇力作,这篇首发于《福建文学》1982 年 10 月号,后收入上海文艺出版社出版的《随感录》第三集《真话集》里的力作,仍然感慨良多。当年,对于巴金来说,所谓"干扰",不仅仅有病痛的折磨,更多的是:"我像是旧社会里的一名吹鼓手,有什么红白喜事,都要拉我去吹吹打打。我不能按自己的计划写作,我不能安安静静地看书,我得为各种人的各种计划服务,我得会见各种人,回答各种问题。我不能做自己想做的事,却不得不做自己不愿意做的事。"这种来自四面八方的"干扰",对于一些人来说,甚至当成一种"荣誉"而孜孜以求,但对于巴老这样一位只想"在安静的环境里奋笔写作,把心掏出来交给读者"的作家来说,却不堪重负,以致他在文章中大声疾呼:"这难道是正常的现象?"

然而,这种不正常的现象,却很难根除。比如前些年,在北京一次文学界大会的预备会上,我就听见主持会议的同志宣布巴金为第二天大会的"执行主席"。这虽然是依照以往的惯例,表示对巴金的敬重,但众所周知,此时的巴老还躺在上海的病榻上,根本无法晋京出席明天的大会,更不可能去"执行"繁重的会务。好在老作家袁鹰当场举手起立,在发言中恳求大会实事求是,这才免去病中的巴老又一次去承当他无法承当的任务。

如今,巴老终于解脱了,终于可以不受任何"干扰"地安息了。毕竟,中国只有一个巴金,世界也只有一个巴金。如何引导广大读者,特别是青少年读者从大师的著作中去学习探求真理的精神、文化创造的精神,树立富有良知的正直的人生品格,这才是我们纪念巴金的至关重要之举。

原载《福建日报》2005 年 10 月 24 日

将军、诗人与树叶

2006 年 11 月 13 日下午,北京,人民大会堂。

温家宝总理为全国文艺界"两会"作经济形势报告。在这场"谈心"式的报告中,他满怀深情地回忆起他和许多文艺家之间的友谊和交往,其中,有关诗人李瑛的一段话,让我倍感亲切。

温总理说,他曾经写了一首诗,托范敬宜向诗人李瑛请教。李瑛悄悄问范敬宜:"总理那么忙,他还知道我?"于是,总理亲自写信向李瑛致谢说:"先生的诗作和为人,我早已景仰,今日相识,引以为豪。"

此时,会议主持人插话说:"李瑛同志今天也来了。"

于是,老诗人李瑛将军从台下站了起来,挥手向总理示意。

满脸笑容的总理带头为他鼓掌……

其时,我坐在李瑛右侧不远处。我发现,在全场三千双目光的热切注视下,将近 80 岁高龄的李瑛似乎显得有点腼腆,我注意到他的右手也因激动而颤抖起来。我想起 1992 年春天他在日本访问时,不论举杯祝酒,或执笔题词,他的右手指总会微微地颤动,只是今天,似乎颤动得更厉害了。

那正是日本列岛樱花盛开的暮春时节。作为中国文联代表团的一名成员,我第一次走出国门,跟随团长李瑛到一衣带水的东瀛访问。早在读初中时,我就从《诗刊》上读到他的诗作,他的名字自然如雷贯耳,如今,又听说他是一位执掌我军文化事务的将军,自然在尊敬之中又难免带有一种忐忑不安。没想到见面以后,却发现他更像一位宽厚的长者和儒雅的学者,他待人谦和,平易近人,毫无架子。因此,当我们从上海登机飞往东京,他要把靠窗口的位置让给我时,我就毫无拘束地接受了。后来,我们从东京飞往九州时,我也照样坐上了靠窗的位置。没想到,这下子可急坏了日方的陪同小暮贵代小姐。她立即走过来干预:"对不起,陈先生,你坐错了,这是李团长的位置。"然后,她又向李瑛 90 度大鞠躬,仿佛她和我一起,犯了个大错误,恳求宽恕。见她如此认真,我如梦方醒,十分尴尬地站了起来。但李瑛却把我按了下去,笑着说:"是我让陈先生坐这里的,

他第一次来日本,我要他好好看看日本海的风光。"小暮贵代无可奈何地瞪了我一眼,这才悻悻然离去。

此后,在九州,在大阪,在京都,在浓烟滚滚的樱岛火山,在热气腾腾的别府温泉,在鉴真和尚"沧海遥来之地"的坊津港,李瑛和我们朝夕相处,共同度过美好而紧张的 12 天。作为团长的他,一路上要不断致辞、题字,并接受记者的采访,自然比我们忙碌多了,但他始终精力充沛、游刃有余地从容应对。只是在参观游览途中,他常常独自一人静静地陷入沉思,尤其在海边,在海鸥的鸣叫声中,他总会眯着双眼,久久地凝望一望无际的大海。海风掀动他斑白的鬓发,海浪在他脚下一层层呼啸而来,又一层层席卷而去。我想,作为诗人将军的他,心中的诗情,也像这千军万马的波涛一样汹涌澎湃吧?

返国之后,军务繁忙、文事蓬勃的李瑛,没有忘记我这位远在福建的团友,先后给我寄来了他新出版的六本诗集。其中,最令我爱不释手的,便是他两度访日的诗作合集《纸鹤》。我算了一下,他在第二次访日期间,即与我同行的短短 12天时间里,共得诗 16 首。尤其在南日本九州的五天时间里,他诗如泉涌,一口气写下了九首诗,平均每天将近两首。在他眼里,樱花是诗,大海是诗,火山、温泉、龙骨水车以及夜半一声布谷鸟的叫声都是诗。他的诗,用他自己的话来说,"虽然只是我个人访日的感情记录","但它们确是真挚而又平常地发自我的内心,像自己的呼吸一样,它们是我生命自然流动生长的结果。"当我捧读这些既清新流丽,又深沉凝重,在精巧的构思、精细的观察和精美的语言中,饱含寰球意识、充满英雄气概的诗章,几乎每一行,每一节,都引起我对日本之旅的难忘记忆。

也正是在与李瑛朝夕相处的日子里,我得知他有一个特殊的爱好,即喜欢树,并热衷于收藏树叶。作为将军的他,每年都要多次深入基层,深入兵营,和战士们在一起生活;而作为诗人的他,每次外出,总要采回当地的一片草木叶子,并装进镜框,悬挂在他家里,以作纪念。这些来自北国南疆、雪域大漠、边塞海岛的树叶,还常常激发起他的灵感,走进他的诗作。比如,他的两部获奖诗集,就分别题为《我骄傲,我是一棵树》《生命是一片叶子》。他曾就此向读者敞开他的心扉:"亲爱的读者,让我把这些诗歌献给你们,让我把我的怀着对生命的热爱和尊敬所写的这些诗歌献给你们,我想我是把我的心、我的像一片闪射着自由光芒的叶子一样的心,高高举起献给你们,这里有我纯洁的感情、我的理性思考、我的全部智慧、我的爱和我的美。"

　　李瑛曾多次对我谈过，他喜欢美国诗人惠特曼的《草叶集》，喜欢日本画家东山魁夷的风景画。他认为，他们的作品体现一种人与大自然的和谐之美，一种清澄静谧之美，不论写诗，写散文，都大有借鉴价值。那天，我们应邀到东山魁夷先生家做客，他在途中悄声告诉我：上一次来访时，是1988年秋天，东山先生特地在花园的甬道上洒上几片红叶，以示欢迎。在我眼里，这可是比铺上红地毯更隆重的迎宾仪式啊！今天，正值春光明媚，不知艺术大师又将用什么特殊的方式来欢迎我们？他叮嘱我，到时，你可要好好留意啊！

　　果然，在东山先生的客厅里，迎接我们的是一只装满清水的大玻璃缸，水面上，飘浮着主人刚刚从后花园里采摘下来的各色鲜花。后来，东山夫人为我们奉上茶点，那垫年糕的托盘上，有一枚墨绿色的树叶，据说，这是他家茶花的叶子。于是，征得主人同意，我细心地把它夹进笔记本，带回祖国。这一片墨绿色的茶花树叶，是我平生第一次有意识收藏的树叶，而且，是在李瑛的目光赞许之下……

　　2006年12月8日，李瑛迎来了他的八十华诞。作为他远方的一位读者，一位曾在他鞍前马后跟随12天的士兵，如何表达我对这位将军诗人的敬贺之意呢？我想起他对树叶的一往情深，便寄上一枚枫叶，一枚经霜之后红中透紫的枫叶，一枚我从美国瓦尔登湖畔梭罗故居前采集的枫叶……

　　他立马驰函称谢："这是大自然的杰作，似比绘画更美。"他的笔迹虽然有点颤抖，但每一笔，每一划，依然端肃、坚挺而富有力度。他说："我年纪大了，但心灵不老。"

　　迄今为止，李瑛共已出版诗集54部，可谓诗作等身。毫无疑问，热爱大自然的李瑛本人，就是中国当代诗坛上的一棵常青树，一棵与黄河、长城同在的常青树。

原载《福建日报》2007年3月18日

秦牧的临终绝笔

近年,福建省炎黄文化研究会和福建省作家协会联合组团赴福建各地采风,并编撰出版"走进海西"大型纪实文学丛书。我虽腿脚不便,但也每每随团出行,从中感受时代的脉搏,拓展写作的空间。与此同时,我还主动参与部分专集的编审工作,如《走进湄洲岛》一书。一来,我是莆田人,有关家乡的文事,自当效力。二来,妈祖有恩于我,1982 年,我第一本散文集出版时,书名就叫《海峡女神》,此番有机会编书,也算是知恩图报,何乐而不为!

《走进湄洲岛》为《走进海西》丛书的第 12 本专集。按丛书编委会领导要求,本书除选编作家、记者们的采风新作外,还需收录全国名家有关妈祖及湄洲岛的一批美文佳作。幸好莆田市文联郑国贤君是个有心人,平时对此早有积累。我一看他所提供的篇目,第一篇就是秦牧先生《国际女神的光圈》,不由得连声叫好。因为,包括本人在内的许多作家,在写妈祖时,总是称其为"海峡女神""海峡和平女神"或"东方护航女神",而秦牧先生一下子就把她定位为"国际女神",不但比我们站得高,看得远,也十分符合妈祖文化研究的最新成果:据统计,目前全世界的妈祖庙(或称天后宫),共有 5000 余座,分布 28 个国家和地区,其信众已突破两亿。况且,"妈祖信俗"已列入人类非物质文化遗产名录,显然,她的影响,早已超过"海峡"或"东方"的范畴。

可惜,国贤君所提供的文本,篇末未注明作品的创作时间及首发报刊。按出版体例,这些都应补上。于是,我上网代为查找。好在秦牧毕竟是我国当代散文名家,尽管他生前来不及换笔,不曾用电脑写作,但他的大量作品及研究资料在网上却比比皆是。令人始料未及的是,此《国际女神的光圈》一文,竟然是他的临终绝笔,弥足珍贵。据其亲友回忆,1992 年 8 月 18 日,秦牧沉疴在身,但仍披衣起床,写就《故乡的女神庙》一文。10 月 13 日下午,他又将此文改名为《国际女神的光圈》,并修书一封,寄往上海《文汇报》。不料,仅隔 10 多个小时,他就与世长辞。10 月 25 日,《文汇报》将此文和他给报社的信件一并发表,以志追念。

我细读秦牧先生的这篇遗作,见其主要篇幅写的是作者故乡的女神庙,即广东澄海的妈祖庙。字里行间，丝毫未见一位重病老人强弩之末的衰微之气，相反，在回忆儿时生活时，他的笔端依然跳荡着鲜活的童真童趣："供桌上摆满了祭品，整个猪头，大盘的海鲜，拔光了羽毛、却任屁股上留下几条尾羽的熟鸡……""当年我是个好吃贪玩的少年，不懂得有那么多天神地煞，子丑寅卯，有时趁了热闹，也跟着大人到那儿叩几个响头。你肯叩头，大人们就高兴了。在功德完满，分享祭品的时候，一只鸡腿是稳拿的。"接着，他笔锋一转，写起妈祖庙在台湾、在东南亚、在全世界的分布情况，并特别标明："福建莆田湄洲岛上的妈祖庙，是全世界大量妈祖庙的鼻祖"。文末，他援笔赞叹："1000 多年前，福建一个小岛上一位善良的姑娘，风云际会，随着华人的足迹，印遍地球各地，竟以一种独特的方式，走向世界了。"

看来，秦牧先生生前从未到过湄洲岛，但他写起湄洲岛上的妈祖祖庙及其祭典，却左右逢源，一点儿也不显得生涩。这其中到底有什么奥秘？

记得 20 世纪 80 年代，秦牧携其夫人紫风女士（儿童文学作家）来榕时，郭风先生、杨际岚先生和我曾在海山宾馆为他俩接风洗尘。席上，有两件事我记忆犹新。一是我在当天的《福州晚报》上发了篇杂文《蔡襄、蔡京、蔡卞及其他》，感叹仙游姓蔡的人都自称是蔡襄的子孙，而无人承认是蔡京的后代，可见"文革"中所流行的血统论至今阴魂未散。没想到，刚一见面，秦牧就对我说：你写"仙游三蔡"的杂文，我刚才读了，深有同感。我心想，他从未到过仙游，但对"仙游三蔡"一点儿也不陌生，幸好我没写错什么，否则就贻笑大方了。另一件事是，当闽菜"西施舌"上桌时，秦牧显得特别激动："这就是长乐樟港的海蚌吧？久闻其名，今日终于尝到了，万幸万幸！"然后，他侃侃而谈：世上的海蚌，最好的就是意大利的威尼斯和中国长乐的樟港，可惜，威尼斯的海蚌早已被污染，没想到，樟港的海蚌依然如此鲜美！

一席话，听得我目瞪口呆。久闻秦牧博闻强记，无所不知，今日相见，果然不同凡响！看来，一个作家的成功，兴趣的广泛、知识的渊博与融会贯通，是何等重要！因此，妈祖这一"国际女神"封号，最先出自秦牧笔下，也就不奇怪了。

原载《炎黄纵横》2012 年 1 月号

华君武画兔

兔年又到了。此时此际,我特别怀念华君武先生。因为,在中国当代漫画家中,他是最喜欢画兔的一位了。他属兔,常以"老兔"自居,而朋友们又都戏称他为"兔老爷子"。

第一次看见华君武所画的兔子,是 1992 年,在新建成的福建省画院。那时,他应老朋友丁仃之邀,来闽举办漫画展。我陪省文联主席许怀中教授赏画时,被一幅《兔上虎下图》深深吸引住了。画面上,有中国人所熟悉和喜欢的 12 生肖,即 12 种动物。他们按顺序排队,轮流上主席台。作者作画时,正值辞别虎年、迎接兔年的日子,于是,画中的主席台,兔子上去了,老虎退下来。旁边又有题词曰:"兔上虎下,此乃自然之规律也,故上不必骄傲,下亦无需悲怆。"这幅画,对到年龄而准时退休的老同志,是一大安慰,对刚上台的年轻干部是一大警示,同时,对某些虽到年龄却千方百计不愿交班让贤的人,也是一大讽刺。华君武得知即将退休的许怀中主席喜欢此画,就慷慨地送他一幅复印件。

后来,我从华老处得知,他特别喜欢画兔子,不仅因为自己属兔,还因为活蹦乱跳的兔子身上有着旺盛的生命力。而且,兔子耳朵长,尾巴短,眼睛红,又长有特殊的兔唇,形象和心态十分复杂,又可爱,又滑稽,大可入漫画。于是,华君武就常常从兔子身上找到灵感。

比如,改革开放后,他对邓小平同志的名言"白猫黑猫"十分赞赏,就画了一群白兔黑兔在赛跑,并题词为:"白兔黑兔,跑出成绩来就是好兔。仿邓大人意。"

又比如,为了讽刺有人在福利分房中营私舞弊,多占住房,就画了幅《狡兔三窟》,画中,一老兔在三窟前指一窟道:"谁说我多占住房,这一套是我快要出世的孙子的。"

再比如,为了讽刺旧城改造中的大拆大迁,他又画了一对兔子父子在兔窝前对话。小兔问:"爸爸,我们要搬到哪里去?"兔父答:"大概搬到西郊动物园附近。"没想到,连西郊动物园附近,也被高级公寓楼占领了。

2001年春,听说华老摔倒,正在家里养伤,我便趁晋京开会的机会,到他府上拜访。没想到他居然亲自给我开门,并详细介绍了摔伤的经过:去年在家练太极拳,不慎跌倒,摔坏了股骨头,开刀动了手术,换了钛金属的假骨头,还好,只躺了40天,现在全好了。说着,他还以兔子自居,笑吟吟地念起了一段打油诗:

龙腾新千年,兔断股骨头。

开刀动手术,喜遇新华陀。

卧床四十天,下地学走路,

轮椅靠边站,拐杖也可丢。

龟兔再竞走,我也不落后。

当年,华老对待伤病,如此乐观,如此坚强,令人敬佩。而打油诗中的最后一句,更是令人开怀大笑,因为我想起了他的一幅漫画,题为《转败为胜》,是专门为兔子翻案的。过去,人们在说"龟兔赛跑"的老故事时,总是说兔子骄傲,中途打瞌睡,让慢吞吞的乌龟先爬到终点。如今,乌龟也骄傲起来了,它以为胜券在握,便在途中潇潇洒洒抽着烟斗,而兔子接受过去的教训,不再打瞌睡,一口气跑到终点,正捧着奖杯等着乌龟呢!

华老在世时,每逢兔年来到的时候,总要画上几幅以兔为主人公的喜庆画,例如《兔年婚纱照》《兔年还是只生一个好》等,都是为兔年结婚的新郎新娘祝福的。

如今,兔年又来到了,又有许多新郎新娘要办喜事了。可惜华君武先生已去世半年多了,不知哪位漫画家还能以他为榜样,继续为全国读者画出更多更可爱的兔子来?

原载《福州晚报》2011年2月6日

闽海金蔷薇(三题)

寻找庐隐

在郁达夫笔下,闽江是中国河流中秀逸的代表,因为"扬子江没有她的绿,富春江不及她的曲,珠江比不上她的静"。如此秀逸、美丽而又娴静的闽江,自然是孕育才女的摇篮了。

冰心、庐隐、林徽因,犹如三颗明亮的星星,闪耀在 20 世纪初中国文坛的苍穹之中。然而,尽管她们祖籍都在福州,在文学艺术上各有建树,但三人不论在生前,还是在身后,其境遇却大不相同。

作为名门之后的贵族少女,冰心和林徽因都曾远渡重洋,留学美国,毕业后,她俩又都找到称心如意的郎君,拥有美满、幸福、稳定的婚姻与家庭。其中,与世纪同寿的冰心,晚年还被尊奉为中国文坛的"老祖母",在北京、在山东的烟台、在福州的长乐,都有她的纪念馆,以她名字命名的"冰心文学奖"多达 3 项,她的著作年年重印,年年畅销。而林徽因,她的诗文虽然较少被人重新提及,但她所参与设计的国徽,却永远高悬在天安门和人民大会堂的前额,由她主持设计的人民英雄纪念碑的碑座浮雕,也永远镌刻在亿万公民的心中。前些年,随着电视剧《人间四月天》的热播,由周迅所饰演的她,高贵而又高雅,美丽而又多情,不知倾倒了多少情窦初开的少男少女!

相形之下,我们的庐隐就寂寞多了。

她的童年最为不幸:刚出生时,外婆便弃她而去,因此,她就被视为"不祥之物"而遭人白眼;六岁时,她失去父亲,从此便饱受寄人篱下的悲哀,自称"我简直是悲哀的叹美者"。

她的爱情、婚姻最为不幸:初恋失败后,她好不容易找到志同道合的同乡郭梦良,但郭却是位有妇之夫,使她"备受奚落之苦"。婚后两年,夫君病故,她怀抱幼女扶柩返乡时,只能在《寄燕北故人》中对天哀号:"唉!马江水碧,鼓岭云高,渺涉幽暝,究竟何处招魂!徒使劫余的我,肝肠俱断。到家门时,更是凄冷鬼境,非复人间矣!"其后,她虽与比她小十岁的李唯建再结连理,但好景不长,四年之后,她就因临盆难产殁于日本。英年早逝的她,35 岁短暂的生命,犹如流星从天幕上一闪而过。

家乡福州对于她来说，"又似眷恋又似嫌恨"。因此，她在《庐隐自传》里，对童年生活少有正面提及，甚至，连自己的籍贯、出生地、父母亲的名字也都语焉不详。这就为后人对她的研究留下了许多谜团。比如，她的出生地，即她黄姓父亲的"黄宅"，只知道是"在城里的闹市上"，但是在南后街，在黄巷，还是在别的什么地方？至今众说纷纭，难有定论。人们只能从她的笔下，约略知道"街市狭小"，"店铺的伙计和老板""横七竖八地睡着"，"不但是鼾声吓人，那一股炭气和汗臭，直熏得人呕吐"，家中庭院，"污浊破烂的洗衣盆，汲水桶，纵横交错"……至于她的夫家"郭宅"，大约地处盖山吧？既是她面见公婆时忍辱负重的尴尬之所，也是她伴夫养病和扶柩归葬的伤心之地，人们自然也不忍心对此多加涉足了。

唯一公认的，是她的祖籍地闽侯县南屿镇的岭东村。村中的小溪边，有一幢大门两边墙体呈八字形的旧宅，这是她父亲、曾在湖南当过知县的黄宝瑛先生的祖居。但小时的黄英（庐隐原名），是否曾来此住过，也还是未知数。据说，出生在城内的她，脾气拗傲，且爱啼哭，两岁时又长了一身疥疮，遭父母及众兄嫌恶。奶妈见她可怜，抱回乡下抚养，半年后，始得痊愈。但这"乡下"，是此间的乡下，还是奶妈家的乡下，也就无从考证了。不久前，笔者与几位文友前往寻访，但见宅院中仍有农民居住，天井里晒着衣服，后院里摆着石磨、石臼，还有一架蛛丝缭绕的老水车。四周的围墙上爬满薜荔，只有几丛翠竹，给这多少有点颓败的旧宅院，衬上了一抹浓绿的背影。遥想两岁时的庐隐，即便来此治过疥疮，对此也不可能留下任何印象。

也许，在福州，多少能给庐隐带来些许慰藉的，只有鼓岭了。那是她在葬夫之后，上山避暑和写作的日子，也是她暂时回归自然，赢得心灵自由的日子，尽管只有短暂的两个月。庐隐在《寄梅窠旧主人》文中曾写道："两个月间之中我得到比较清闲而绝俗的生活"，"那里住着质朴的乡民和天真的牧童村女，不时倒骑牛背，横吹短笛"，微风穿林，涧底流泉，"别成音韵，更使我怔坐神驰。我往往想，这种清幽的绝境，如果我能终老于此，可以算是人间第一幸福人了"。

当年，鼓岭是福州的避暑胜地，山林间，既有许多外国人建的别墅，也有一些简朴的农家小院。庐隐的住处，到底是某一幢"爬满青藤"的石砌洋楼，还是在一个名叫三保埕的村落中某一幢农家小木屋？对此，专家们也各有各的猜测。只是如今的鼓岭，早已是高楼比肩、新厦连云的新市区了，昔日的旧屋老宅，或蜷缩其中，或倾圮坍塌，已经很难重睹风华，寻见前人的遗踪了。

偌大的福州城，至今找不到一个角落，一个证实庐隐当年生活过的角落，供后人凭吊之、纪念之、研究之，这，不能不说是我们城市的一个欠缺，也是我们这些文学晚辈难以偿还的一笔心债。

好在喜欢庐隐的读者毕竟还大有人在。就在2007年的清明节，杜鹃花和鸢尾花盛开的清明节，位于西北郊的三山陵园上，新增了一尊庐隐的露天铜像。当然，在她身边同时出现的，还有冰心和林徽因的铜像。这三位闽江母亲孕育出来的才女，终于聚首到这里来了。

冰心手执她最喜欢的玫瑰花，目光中充满爱心的微笑；

林徽因，一副为人师表的学者模样，目光中闪射出智慧的灵光。

而庐隐呢？双眉紧蹙，神情凝重，目光中是忧郁，是悲哀，是苦痛，是愤懑，也有无尽的惆怅……

蕉海中的林语堂

九龙江流贯我动荡的青年时代。

当年在漳州，我是一所师范学院的年轻助教。从校园所在地蝴蝶山和芝山西行不远，便是盛产天宝香蕉的天宝古镇。十里平畴，万亩蕉园，犹如无数妙龄女子在蓝天白云底下挥动翠绿色的衣袖，翩翩起舞。我常与三五好友骑车来此饱尝闽南佳果的甘甜美味，却始终不知道，你这位文学大师的生命之根，就深深扎在蕉海深处。

尽管，从鲁迅的著作中，你的名字早已耳熟能详，但在"文革"期间，大凡被鲁迅批评过的作家，哪怕曾是鲁迅的好友，也全被打入另册，你的著作未能在大陆重新出版，因此，我们这些后学晚辈也就无缘拜识你的庐山真面目了。

如今，时过境迁。你在中国文坛上的地位，海峡两岸都有共识；你的著作，也和鲁迅、胡适的著作一样，成为全球华文书店的长销书；在台北阳明山，有你的故居"有不为斋"，而在这里，在你的祖籍地漳州市天宝镇，父老乡亲们为你所建的"林语堂纪念馆"，自2001年问世以来，也已成为漳州市一张含金量最高的名片了。

如今，旧地重游，我已是年过花甲之人了。我痛感我对你的拜访，实在是太迟太迟了。

眼前，依然是十里平畴，万亩蕉海，依然有无数青衣女子在艳阳底下翩翩起舞，只不过在舞台中间，多了一条向山坡上延伸的台阶。用花岗岩砌成的台阶，总共81级，中间嵌入五个平台，象征你81岁的寿命和人生道路上的五次转折。拾阶而上，首先进入眼帘的，是沈鹏所书的"林语堂纪念馆"六个金色大字，然后,便是一幢与你台北故居相类似的双层小楼:朱瓦,粉墙,西班牙式的半圆形楼体,配上中国式的门庭与小院,与你中西合璧的建筑理念相吻合。你生前最喜欢的,不就是"宅中有园,园中有屋,屋中有院,院中有树,树上有天,天上有月,不亦快哉"吗?当然,加上故乡这无边无际的蕉海,想必你更是双倍的"不亦快哉"了。

登堂入室,到处都是你的眼镜、你的烟斗、你的微笑;到处都是你的笔迹、你的手稿、你的著作。据说,你的著作在全世界已有20多种文字,700多种版本,这里,当然只能是小小的一部分。

其中,有一些我所熟悉的大陆版本,比如,《苏东坡传》。你写了整整三年,我一口气读了三天三夜。读罢,我恍然大悟:古往今来,中国可敬的作家很多,但最可爱的作家只有两个:一个是本书的传主,另一个,就是你——本书的作者。又比如,《京华烟云》,当年,它与诺贝尔文学奖交臂失却,只能说是瑞典皇家文学院有眼无珠。

当然,也有一些我从未见过、令人喜出望外的珍藏,这都是你的次女林太乙和三女林相如专程返乡祭祖时所捐赠的,想必,都是你的传家之宝吧?比如,你的那幅书法立轴:"七八个星天外,两三点雨山前"。又比如,你那本署名"老子著,林语堂译"的中英文对照本《道德经》。听说,林太乙在捐赠现场,还为此幽了一默:"把我父亲和老子放在一起,说起来也是大不敬"。此语一出,立即招来哄堂大笑,你这位"幽默大师"的传世家风,不也由此可见一斑吗!

你的青石雕像,安然端坐在纪念馆前方的一侧。你身穿长衫,脚着皮鞋,显然又是一副中西合璧的模样。你坐东朝西,是身在台湾,心向大陆吗?你手不离烟斗,是因为"烟斗神奇,有助灵感"吗?你神闲气定,陶然、怡然、悠然地靠在藤椅上,是因为这里"清风徐来,若有所思,若无所思,不亦快哉"吗?

站在你的身边,举目西望,在蕉海顶端浮出一座小岛,细看,却是屋瓦鳞次栉比的一座小村庄,那就是你的祖籍地五里沙了,那就是你的父亲林至诚,一位乡村牧师"生于斯长于斯歌哭于斯"的地方了。听说,他老人家常常教育六个孩子要笑口常开,因此,取名"和乐"的你,从小就在兄姐们含笑的目光中长大,因此,你一生的无数照片上也都绽开一种和善与快乐的微笑。

我从蕉海中破浪前行,村道上,一辆辆拖拉机迎面开来,一串串碧绿的香蕉堆得像小山一样高。你的祖居只是一幢普通的红砖厝,与四周的农家小院毫无两样。据说,你的童年并不在这里渡过,因此,这里不可能留下你的任何遗踪。只是你双亲的墓地,还静静地躺在村后的蕉海深处,墓碑上镌刻着"龙溪林公至

诚牧师暨原配杨夫人之墓"。

拜谒你的祖居,唯一的发现是:屋后有一棵榕树,一棵枝繁叶茂的榕树,就像一条身材魁伟的大汉,叉开双腿,站在村道的十字路口。这棵人字形的榕树,使我怦然心动,它的造型,它的姿势,不就是你形神兼备的绿色雕塑吗!因为此时此际,我想起了你对自己一生最好的概括:

"两脚踏东西文化,一心评宇宙文章。"

邓拓与第一山房

旧时,福州城的地标为"三山两塔"。三山者,于山、乌山和屏山三足鼎立也;两塔者,于山上的白塔与乌山上的乌塔,一白一黑,遥相对峙。

邓拓的故居"第一山房",就坐落在乌山北麓、乌塔西侧。步入院门,首先进入眼帘的,是右侧一大块飞来石,状如卧牛,上刻古人题咏:"花鸟结成风月友,诗书留作子孙田。"于是,一股浓浓的书卷气便扑面而来。

卧牛石背后,是几丛芭蕉,是乌山北坡的一小片山崖,在爬满常青藤的岩壁上,刻有古人的"第一山房"几个隶字。面对石崖,坐北朝南的,是一幢三开间的两层楼,雪白的粉墙,与油漆成黑色的梁柱和栏杆,黑白分明,既淡雅,又凝重。透过榕树和棕榈树的树荫,可望见唐代古塔乌塔的塔影,就紧贴在东边的围墙外。在山崖与楼屋之间,是一小块狭长的平地,光洁的花岗岩条石上,晃动着斑斑驳驳的树影,夏秋之际,还不时可闻到白玉兰和桂子飘来的清香。

这位居市中心、在花香鸟语里闹中取静的小庭院,自然是读书人最喜欢的地方了。早在南宋绍定年间,这里就是状元黄朴的故居,此后,元代的黄济,清代的陈轼、叶观国和林材等著名学者,也先后居此著书立说。到了清末光绪年间,山房归严家所有,邓拓的父亲邓仪中入赘严家,中了举人,从此便继承了这一份产业,同时,也继承了这一方风水宝地诗书传家的传统。

邓仪中生有四男三女,邓拓排行最小。光靠父亲在福州师范学校当国文教师的薪金收入,家庭生活还是相当拮据的。因此,邓拓幼时也常常跟哥哥们上山搂树叶,拣柴火,钓蟛蜞,挖竹笋,以补助家用。每逢南街孔庙祭祀的日子,他还去当役生,为的是得到一点微薄的报酬。但这一切,都是为了读书,为了能有条件读更多的好书。

邓仪中先生对儿女们的教育十分严格。每天天色微明,他就把小儿子邓拓叫醒,让他在洒扫庭院之后,坐下来练字。为了节省纸墨,邓拓用麻草扎成"扫帚笔",蘸着清水在大方砖上写字,这种方砖,吸水性能好,随写随干,可以不停地写。父亲常站在他背后,指点他的悬腕功夫。练完字,就开始背诵古文,从《诗经》《楚辞》到唐诗宋词,从《论语》《史记》到唐宋八大家,父亲循序渐进,耐心进行辅导。后来,邓拓对中国的经史子集、诗词歌赋那样熟悉,其根底就深深地扎在这一方小小的庭院里。"风送塔铃遥自语,月沉鸟梦静初圆",这便是邓拓对幼时晨读最美好的回忆。

本来,邓家藏书不少,以诗集和子部居多,也有不少晚清和五四运动前后的书刊,如康有为、梁启超的文集,陈独秀主编的《新青年》,鲁迅经常发表文章的《晨报副刊》,甚至,还有俄国十月革命后传到中国的一些马列主义著作,如《共产党宣言》等。然而,兴趣极为广泛、求知欲极强的邓拓,家里的藏书再多,也满足不了他旺盛的胃口。于是,他时常跑到附近的乌石山图书馆浏览。据他侄女回忆:"每到吃晚饭的时候,我总到那里去找他,他读书老是忘了时间。"为了增长宗教知识,他不但通读了新旧约全书,还常到基督教堂听牧师布道。甚至,他还长途跋涉,到鼓山听圆瑛大法师讲解佛经呢!他嫌课堂上英语教学的进度太慢,便利用课余时间到老师家里补习。据说,他还向一位体育老师专门学习过中国的拳术呢!

福州是座英雄辈出的古城。三山两塔间,积淀着一大批先烈前贤的历史遗迹;三坊七巷里,留存着许多闽海精英的故居和祠堂。从正气浩然的文天祥到抗倭英雄戚继光,从爱国诗人林昌彝到"戊戌六君子"之一的林旭,从严复的译作《天演论》到黄花岗烈士林觉民的《与妻书》……全都是邓拓从小所崇仰的人物、所喜爱的读物。当然,与他家近在咫尺的林则徐祠堂,更是他经常前往凭吊之所。他后来常用的笔名"左海",就是对"左海伟人"林则徐最诚挚的纪念。一大批闽海精英的胸襟、胆识和气节,铸就了邓拓刚正不阿、宁死不屈的性格。然而,也正因为如此性格,决定了他此后多灾多难的悲剧命运。

如今的"第一山房",已成为邓拓纪念馆,门口的横眉上高悬着萧克将军的题匾。登堂入室,你可以从众多的老照片上,从各种各样的著作版本上,从"笔走龙蛇"的一幅幅书法真迹上,看到主人如何从一个穿长衫的英俊少年,穿西装的大学生,成长为一个骑战马的八路军战士,以及在中山装上围一条围巾挥毫泼墨的一位诗人,一位作家,一位记者,一位政论家,一位历史学家,一位书法家,一位艺术品收藏家和鉴赏家,一位主编过第一部《毛泽东选集》的编辑家,一位被称为"党内才子"的战士和革命家。

但纪念馆内最引人注目的,却是他的笔,一把钢笔,一把绿杆金帽的钢笔。笔帽已经打开,却再也流不出一滴墨水。而摊放在钢笔下方的,正是他的绝命

书,1966 年 5 月 16 日至 17 日,他写了一天一夜的绝命书,他在精神和肉体双重折磨下,含着血泪,咬着牙齿,一笔一画所写下的绝命书。

其时,一场史无前例的所谓"无产阶级文化大革命"正以铺天盖地之势席卷全国。而首先被拿来祭旗的,作为这场"大革命"的第一冤案,便是邓拓、吴晗、廖沫沙的所谓"三家村反党集团"。这一天,对他来说,最致命的一击终于降临了,全国报纸同时刊载了戚本禹的文章,硬说邓拓是"叛徒",是"资产阶级右派方面一个摇羽毛扇的人物"。

看到这莫须有的罪名,邓拓大喊一声"卑鄙!"便重重地把报纸摔在地上。大半辈子从事报业工作的他,自然知道这篇文章大有来头,自然知道心狠手辣的"四人帮",欲加之罪,何患无辞!他再也不能忍受这种凌辱!士可杀而不可辱,宁为玉碎,不为瓦全!他决定用生命来维护自己的人格,证明自己的清白与无辜。于是,他写了一天一夜,给党组织写了这封申诉书。然后,在极度疲劳和伤感中,望着熟睡中的妻子儿女,他再给相濡以沫的妻子丁一岚写了虽然简短、但却充满无限爱恋的诀别信,信的最后一行是:"永别了,亲爱的!"

就这样,年仅 54 岁的他,"文章满纸书生累"的他,永远放下了伴随他一生的笔。

邓拓自 1934 年秋离家,至死都未能返回他朝思暮想的家乡。后人把他怀乡言志的一首七律镌刻在山崖的石壁上,如今读来,似乎是作者提前为自己的一生作了高度的概括与总结:"当年风雨读书声,血火文章意不平,生欲济人应碌碌,心为革命自明明。艰辛化作他山石,赴蹈从知壮士情。岁月有穷愿无尽,四时检点听鸡鸣。"

1979 年 9 月 5 日,邓拓逝世 13 年之后,他的追悼会终于在北京八宝山举行,党和国家领导人邓小平、叶剑英、李先念、陈云送了花圈,胡耀邦主持了追悼会。

1986 年 5 月 13 日,邓拓逝世 20 周年前夕,邓拓学术思想讨论会在福州举行。次日,福州三山诗社在第一山房举行了宅居诗会。是日,雨丝绵绵,哀思绵绵。深沉婉转的吟诗声,回旋在黑白分明的小楼间,回荡在生生不息的满山满坡翠色里。在追思邓拓的大量诗篇中,最让我铭心刻骨的,是"三家村"唯一的幸存者廖沫沙先生的诗句:

每见遗容肠欲断,遗篇一读一伤情。

多才自古终为累,屈贾于今岂独吟。

原载《香港文学》2007 年 11 月号

郭风与何为

春雨霏霏,春寒料峭。89 岁的郭风躺在福州省立医院的病榻上,得知我要到上海开会,一再托我向何为问好。86 岁的何为独居沪上老宅,双目视力衰微,又反复叮嘱我代向郭风请安。一样深情,两地相思,俩老垂暮之年的友谊,感人肺腑。

在 20 世纪后半个世纪的闽海文坛上,郭风与何为,可谓双峰并秀。他俩同样以文学为生命,同样因散文而驰名,晚年又双双荣获首届鲁迅文学奖之散文大奖,相同之处多矣!

但他俩的个性却毫不相同,文章风格更是迥然相异。

比如穿戴,郭风极为随意,就像一位淳朴的老农。夏天到他家,他甚至打赤膊见我,说是老乡之间,不妨"坦诚相待"。何为却始终保持衣冠楚楚的绅士风度,任何时候都不马虎,以至于在访问日本的两个月时间里,因为每天扎领带,扎得脖子都硬了。此番见面,他还批评我:来上海开会,怎么能不穿西装!

比如写作,郭风多产,快,有时一篇千字文,他可以像海明威那样站着一口气写完,简直到了倚马可待、立等可取的地步。有一年秋天,他就像一位站在晒谷场上,满怀丰收喜悦的老农那样,颇为得意地告诉我:今年,我写作的篇数已突破百篇大关。而何为却讲究慢工出细活,一篇文章,从立意、谋篇到每一个字、词、句的推敲,到每一个标点符号的精心挑选,往往要花费一整个月时间,可谓煮字烹文,呕心沥血。郭风经常找不到自己的手稿,而何为每一篇文章的初稿、二稿、三稿……全都保存完好,并细心收藏在一个特制的立柜里。

在选材上,郭风爱花,何为爱树。郭风自称"爱花的人",笔下花团锦簇,给人以"一日看遍长安花""踏花归来马蹄香"之感。而读何为的作品,仿佛走进幽深的大森林,枝繁叶茂,浓阴蔽日。郭风出过一本《献给爱花的人》,何为出过一本《小树与大地》,堪称佳木繁花,相映生辉。

在标点符号的选用上,郭风爱用问号,何为偏好句号。在郭风的笔下,各种疑问句纷至沓来,美不胜收。他总是那样亲切地,有时甚至是羞怯地、腼腆地用猜想、询问和商讨的口吻,向读者提出种种问题,而从不把自己的结论——哪怕是深思熟虑的真知灼见强加于人。何为的文章以凝练、含蓄著称,特别善于断

句,别人要三句话表达的意思,他往往浓缩成一句,留下没说出来的两句,让读者在句号中慢慢品味。记得多年前,他就曾经指出我文章的毛病是:感叹号太多,句号太少;热情有余,精深不足。从此,这句话便成为我的座右铭。

业余时间,郭风喜欢赏画,尤其是中国画。而何为爱听音乐,特别是西方古典音乐。郭风的作品,犹如一幅幅笔墨简约的写意水墨画,山阴道上,小鸟枝头,常有薄薄的霜雪,意境高洁而悠远。在何为的字里行间,总有音符在跳荡,旋律在流转,和声、复调、多声部合唱,音乐的元素,比比皆是。《春夜的沉思与回忆》,是怀念周总理的,却巧妙穿插了贝多芬的《命运交响曲》;在曾被用作全国高考试题的名作《第二次考试》中,那位报考合唱训练班的女主人公,"宛如春天早晨一株亭亭玉立的小树"的陈伊玲,其原型,不就是他的已故夫人、原上海合唱团的团员吗!

尽管个性不同、文风不同,但两老的散文观却异曲同工。多年前,有人认为福建已涌现颇为壮观的散文创作群体,应该成立诸如散文学会之类的社团时,俩老都不以为然。何为说得比较含蓄:艺术创作重在个体,而不在群体。郭风则说得通俗易懂:你写你的,我写我的,只要大家写得都不一样,福建的散文就真正繁荣起来了。

求同存异,和而不同。我想,这也许就是两老之间的友谊老而弥坚的奥秘之所在吧?

原载《新民晚报》2006 年 4 月 16 日

我心目中的郭风

接到郭风先生仙逝的电话,仿佛一瞬间,时光倒流,半个多世纪的往事,全都涌上心头。

我第一次知道他的名字,是 1957 年。那年,我 15 岁,正在福清渔溪读初中三年级。在我所订阅的文学期刊中,有我终生难忘的《人民文学》三月号,那上面,刊登了郭风的《散文五题》。我第一次发现:散文原来可以这样写,写得"像民歌那样朴素,像抒情诗那样单纯,比酒还强烈"。当语文老师告诉我,作者郭风就是你们莆田人时,我又第一次发现我的故乡原来这样美,美得"像一朵花,开放在蓝色的木兰溪旁边"。一种对乡土的挚爱之情,伴随着叶笛声声,像一粒神奇的种子,落在我的心田上,使我为之深深陶醉……

我第一次见到他本人,是 1962 年,当时,我在福建师范学院中文系就读。那天,省作协有一场诗文朗诵会,我有幸作为学生代表应邀参加。那天,郭风十分低调。他弯着腰,缩在台下的一角,静听别人朗诵他的散文诗作品,显得有点腼腆,有点局促不安,似乎比台上的人更紧张。我绕到他的侧面,望过去,发现他眉宇间似乎有一丝忧郁,但双眼十分明亮,而且,还有一个正直而又高高隆起的鼻子,这在莆田乡亲中并不多见。当掌声响起来时,他的脸也突然间红了起来,似乎很不好意思。后来,主持人要他说话,他大概只讲了不很连贯的几句,内容我全忘了,只记得他的口音完全是我最熟悉最地道的莆田腔,听起来特别亲切。原来,操浓重乡音的莆田人,也可以写出那么好的文章,也可以荣登文学的大雅之堂,这一重大发现,对于像我这样一只正在做"天鹅梦"的"丑小鸭"来说,至关重要,因为他使我的信心为之大增。

我第一次成为他的部下、他的邻居,是在 1978 年。当年,我是《福建文学》的新编辑。从此,我在他身边工作、生活了 30 多年。30 多年来,在我的心目中,他到底是怎样一个人呢?

我曾经在题为《穆如清风》的万字长文中,用以下一段话,对他加以概括:

一位温柔敦厚的长者。一位学贯中西的智者。一位白发苍苍的儿童。一位勤劳俭朴的老农,一位爱吃地瓜稀饭的老乡。一位喜欢早起"开窗的人",一位

爱花、爱蝴蝶、也爱榕树的人。一位充满幻想的诗人,一位"五官开放"的旅行者,一位使用问号最多的散文家,一位一辈子为孩子们精心制作"点心"的厨师。一位平易近人的老领导,一位循规蹈矩的小公务员。一位从不请人写序,却为许多青年人写序的人。一位不善交际而朋友遍天下的人,一位不爱在公众场合讲话,但却常常妙语连珠,语惊四座的演说家。一位把生命牢牢钉在"文学十字架"上的人,一位著作等身但却拒绝炒作的成功者……

以上这段话,每一句都有故事,每个故事发生时,我都在场,都有幸从中受到教诲,受到启迪,受到鼓舞,受到鞭策……

如今,他的书还在,故事还历历在目,但写书的人,故事的主人公却走了。我最可敬仰的老师,最可信赖的朋友,最可亲近的老乡,终于走了,走向一个遥远的不可知的世界。

我望着他的遗照,望着他的遗著,泪眼一片模糊……

原载《福州晚报》2010 年 1 月 9 日

丁仃一"骥"超万金

丁仃早年,在《福建日报》及《人民日报》工作时,曾以漫画家、版画家的双重身份闻名于世。调任省文联、省美协领导后,他对水墨画移情别恋,常以《闽江烟雨图》及《唐代仕女画》馈赠友人。此后,他兼任省画院首任院长,又以大篆称雄八闽书坛。

丁仃之大篆,自诩是"前人的法度、感情的自由度和线的力度的统一",其笔墨酣畅,气势豪壮,且书画结合,时出惊人之笔。他最爱写的是"骥"字。骥者,骏马也。其无拘无束,天马行空之状,倒也符合丁仃快人快语、狂放不羁的个性。丁仃对"骥"字常写常新,每有得意之笔,便高悬于办公室,邀人共赏之。其时,我与他隔邻办公,常常先睹为快。

一日,我见其最新出炉的"骥"字,势如骏马在草原上狂奔,其右上方几笔——几簇迎风飞扬的鬃毛,更如黑色的闪电,兜头劈来,令我全身心为之一震。

丁仃见我入神,问道:你也喜欢"骥"字?

我答曰:我属马,自然爱马。幼时家贫,与弟弟章汉蜗居乡下九平方米土屋,曾得友人奔马图一幅,为荣宝斋水印木刻之徐悲鸿作品。念马儿一能负重,二能致远,故异想天开,命书斋为"骥斋"也。为此,兄弟俩还郑重相约:将来若结婚生子,为孩子取名时,皆要取"马"字的偏旁呢!

丁仃听罢,含笑不语。我借机向他求字,他也慨然允诺。

不料,没过几天,我和他却因一件小事发生了争吵。他倚老卖老,对我吹胡子瞪眼,甚至还拍起了桌子。一向息事宁人的我,忍无可忍,竟也斗胆反唇相讥。事后心想,与老丁这位不拘小节的老大哥,争吵几句倒也无妨,只是他为我题匾的事,说不定要泡汤了。

但意想不到的是,不久之后,丁仃却主动从画院打来电话:我这辈子给人题写斋号,从未写过两幅相同的,今天一早,我忽来灵感,一气呵成,给你和章汉各写一个"骥"字。好了,你就过来拿走吧!

听他口气,我和他口角的事,早已抛到九霄云外去了。

如今,丁仃这一席话,这一席令人倍感温暖的电话,似乎言犹在耳,但说话人却是"昔人已乘黄鹤去","十年生死两茫茫"。好在他为我所书的这个"骥"字,

这幅落款为"丙子岁丁仃欣闻佳话并篆"的一大"骥"字,依然挂在我金山新居的客厅里,与我朝夕相对,与我日夜厮守。其右上方的几笔,墨浓如新,依然如骏马扬鬃,迎风飞舞……

某日,一画家来访,见之惊奇不已:"此为丁先生真迹?"

我据实回答:"货真价实,一式两份,另一份存章汉处。"

来客喟然长叹:想当年,某日本客商托我以三万元向丁仃求一"骥"字,却始终未能得之。

如此看来,人世间有些东西,并不是金钱可以换来的。

可惜,1999年春天,如此一位轻金钱,重友情,多才多艺,个性鲜明,精力充沛的艺术家,却在一场车祸中骤然辞别人世。他的艺术才华,犹如熊熊燃烧的火焰,也过早地熄灭了。而其蒙难地点,地名恰与"西天"有关。莫非,一向快乐的他,就此驾鹤飞往"极乐世界"去了?

谨以此小文,点燃心香一瓣,为丁仃先生作十年祭。

原载《福建日报》2009年3月15日

与云里风垂钓延寿溪

　　2008 年 10 月 17 日,为期三天的第二届莆田文学节进入尾声。应主人之邀,中外宾客同游荔城。没想到,短短半日游程,却让我有了三次与文学有关的巧遇。

　　到工艺美术城参观时,刚在第 15 届云里风文学奖中夺魁的青年女作家陈雪珠笑吟吟迎了上来。原来,她就供职于此,举凡木雕、玉雕、石雕,全都如数家珍。遥忆当年,当她还是一名怯生生的师范生时,第一部长篇小说《师范生》的初稿送到省作协,我和我的同事们意识到这部充满青春气息的作品十分难得,便向省少儿出版社举荐,很快得以出版。此后,她笔耕不辍,此番获奖的新作《蛇》,其构思之精妙,运笔之老到,对人情人性剖析之深刻,皆令评委们刮目相看。而今,这偌大的工艺城,既有莆田古老的文化积淀,又有与世界市场接轨的新领域,作为文学素材的富矿,又将激发她多少新的灵感!

　　到荔林水乡游览,在赤溪桥畔下船时,又有一位文质彬彬的年轻人迎了上来。经他自报家门,方知他就是青年诗人钱庆灿,正好在此任职。多年前,我在《湄洲日报》上偶然读到他有关李瑛诗作的一篇评论,一时心血来潮,便顺手剪寄给远在北京的李瑛。没想到,赫赫有名的诗人将军并不轻视这位名不见经传的年轻人,特驰函致谢,还寄来一册诗集《日本之旅》,要我转交给他以作纪念。其实,我和李瑛一样,都不认识他,今天有缘在风景如画处邂逅,真叫人喜出望外。

　　下船了,坐稳了。小船犹如一条鱼儿,轻轻地滑进了水面,搅乱了两岸荔枝林浓绿的倒影。我发现,我有幸与马来西亚作家们同船。与我并排的,是我所尊敬的云里风先生,他在祖籍地莆田设立云里风文学奖长达 15 年,还曾邀请我赴马访问。而我俩的前排,是小黑和朵拉伉俪。小黑的小说,犹如马来半岛的巍巍高山,充满阳刚之气;朵拉的散文随笔,则如同热带雨林中的遍地繁花,鲜丽而又浪漫。昨天,我在莆田学院聆听了她的文学讲座,有关马华作家"不妥协的精神和灵魂",更是让人油然而生敬意。

　　雨来了,还好,只是微雨。溪面上泛起了细细的涟漪,两岸荔林的倒影,在微微的颤动中更显得扑朔迷离。此时此地,此情此景,最适宜于友人怀古忆旧。果然,云里风先生谈起了他年轻时的往事。他说,人一老,昨天、前天的事常常想不起来,而几十年前的往事,却历历在目。他谈起了他是如何走上华文文学创作之

路的。忽然间,他无意中提及一个人名,叫王光汉,在我听来,却如同一声霹雳,震动了我的五脏六腑。原来,那王光汉不是别人,正是我远在南洋、从未见过面的外公。于是,就在微雨轻舟的延寿溪上,我第一次听人说起有关我外公的故事,而这人,恰恰就是我结识15年的云里风先生。

"我17岁时,在吉隆坡报考华语训练班,该班录取30人,却有80人报考,我和大多数考生一样,落选了。好在大人带我去找王光汉老师,他可是华文教育界很有声望的名师啊!"云里风说到这里,眯起了双眼,"我记得很清楚,那是暮色苍茫时分,一个名叫三间庄的街区,王老师正在晚餐,他大约50多岁,有点谢顶,有点发福,说话慢条斯理,但十分和气。他满口答应帮忙,果然不久以后,我就被破格录取了。假如不是他,我就不可能学习华文,更不可能当华文作家了。"

我接上话题:"也不可能有云里风文学奖,也不可能来莆田认识我,更不可能邀请我到马来西亚,寻找我外公生活过的地方了。"

"你们俩真是越说越亲了。"同船的同行们全都对此产生浓厚的兴趣,大家你一言我一语地议论开来,最后,还是小黑说得好:"你外公不但帮助了云里风,实际上,他也是在帮你啊!尽管,他生前还来不及认识你。"

于是,我陷入了深深的沉思。在人生的漫漫长途上,在文学的迢迢征程中,我们每个人都受到别人的帮助,尤其是前辈们的帮助,同时,也都有意或无意地帮助过别人,帮助过比我们年轻的人。而包括海外华文文学在内的大中华文学,就在这互相帮助中得以世代传承,有如这延寿溪,源源不绝,生生不息……

此时,一座古老的石桥迎面而来,桥头石碑上"绶溪钓艇"四字也一闪而过。我忽然想,今天,云里风先生和我,不正是用无形的钓竿,在古称绶溪的延寿溪上,钓起了人世间最可宝贵的东西吗!

雨,悄悄地停了。岸边的荔枝树间,又出现了许多枇杷树、橄榄树、龙眼树……缠绕其间的牵牛花,还吹起了一个个蓝色的小喇叭。眼前一亮,几只白鹭从溪面上掠起,犹如神来之笔,又给这绿幽幽的画面,增添上明晃晃的诗意。

原载《福建日报》2008 年 11 月 23 日

餐桌前的陈嘉庚

2013 年,是集美学村诞生一百周年,"校主"陈嘉庚先生魂归故里也已经半个多世纪了。但再次来到他的故居——那幢带有罗马式廊柱的小楼时,我仿佛看见二楼的西窗里,那束温暖的烛光还在摇曳;木板楼梯上,那根拐杖落地的笃笃声还依然回荡在岁月深处。

也许,在学村无数红砖白石琉璃瓦的华楼美厦中,它算是最朴实无华的一幢小楼了,但因为它存有主人的许许多多遗物、许许多多有趣的生活细节,至今,仍为无数中外宾客所津津乐道。

在一般人的想象中,作为南洋"橡胶大王"的他,其饮食起居,可以极尽奢华;作为全国人大常委会副委员长的他,其日常生活,也理应享受最好的待遇。然而,对国家、对社会最慷慨的他,对自己的一日三餐又是如何安排的呢?

二楼西端,与工作室、卧室相连的,是他经常接待乡亲与贵宾的餐厅。这里,没有羊毛地毯,没有水晶吊灯,没有名人字画、古董摆设,也没有精雕细刻的红木餐桌,更没有金光闪闪或银辉熠熠的西餐具。主人不喝酒,自然也没有光可鉴人的玻璃酒柜。空荡荡的餐厅里,只有一张圆桌,十只圆凳,全系普通木料所制。墙角上一张小木柜,上置一套茶具、一套餐具,也全都是常见的瓷器。还有一个他自己使用的搪瓷牙杯,插着一双象牙筷子,算是这里唯一的奢侈品了。

据介绍,他一日三餐,坚持以番薯稀饭为主食。这本是闽南缺粮地区贫苦农民用以果腹充饥的家常饭,他却甘之如饴,每餐可呼哧呼哧连吃三四碗。建国初期,他任职于中央人民政府,月薪 300 元,但他只留下 15 元作为自己的伙食费,其余全数捐给集美校委会。而这 15 元伙食费,分摊到每一餐,不过区区五角钱而已。每逢请客吃饭,不论是国内的达官显要,还是海外的富豪巨商,他也一律以家乡的番薯稀饭招待,另添四碟小菜:五香花生、青葱豆腐、油煎海蛎、咸腌芥菜——仍然是闽南地区地地道道的农家风味。

这就是陈嘉庚,创办集美学村和厦门大学的陈嘉庚,一个对他人最无私最慷慨,同时又是对自己最苛刻最吝啬的陈嘉庚。细微之处见精神。正是这位陈嘉庚,坐在餐桌前呼哧呼哧连吃三四碗番薯稀饭的他,以其活灵活现的独特个性和难以

抗拒的人格魅力，成为集美学村莘莘学子最景仰的"校主"，成为广大老百姓心目中最亲近的闽南老乡，成为革命领袖最推崇的"华侨旗帜，民族光辉"。

如果说，我们可以从餐桌上认识一个真实的陈嘉庚，那么，陈嘉庚本人，似乎也特别喜欢坐在餐桌前，去观察、评判与他一起进餐的人。1940年3月，正当国难当头，抗日烽火燃遍全国时，他率领南侨慰问团飞抵浓雾笼罩下的"陪都"重庆。为了讨好这位"大财神爷"，蒋介石拨出八万巨款，准备举办大大小小宴会予以招待。不料，第一场盛宴就闹得不欢而散。一向省俭的陈嘉庚，面对满桌珍馐佳肴，仿佛在白米饭中发现一只蒸熟的苍蝇，为之义愤填膺。当夜，他就秉笔直书，对这种"前方吃紧，后方紧吃"的现象痛加挞伐，并在重庆各报发表严正声明："在此抗战中艰难困苦时期，尤当极力节省无谓之应酬。"此后，他自办伙食，坚拒一切宴请，首先在餐桌上与挥金如土、花天酒地、脑满肠肥的国民党衮衮诸公划清了界线。

随后，他率团访问延安，并在窑洞门口，接受了毛泽东一场别开生面的宴请。当他看到几位战士用砖头垒起四柱，上面搭一张破旧的圆桌面时，当他看到一阵山风刮来，把铺在上面的权当桌布的白报纸刮跑时，当他看到比他年轻的毛泽东一手举着馒头，一手捏着大红辣椒，左一口，右一口，吃得津津有味时，他笑了，放心地笑了。尽管主人招待他的只是青菜萝卜，只是在当地被称为"山药蛋"的马铃薯，外加一盘炒鸡蛋，一钵清炖鸡（据说还是当地老百姓家养，送给毛泽东补补身子的），但他从中看到了中国共产党人的本质，看到了中国未来的光明与希望。从此，他认定，只有共产党才能救中国，从此，他成为中国共产党最真诚最可靠的朋友。

如今，70多年过去了，中国共产党早已走出延安的山峁与窑洞，成为带领全国人民建设小康社会的执政党。而执政党的党风问题，已关系到党和国家的生死存亡。其中，公款吃喝，就是广大老百姓所深恶痛绝的一大公害，一大"舌尖上的腐败"。如何发扬延安精神，坚持艰苦朴素的优良传统，让陈嘉庚在天之灵放心，让全国人民放心？这正是我们今天无法回避的一大严峻课题。尽管陈嘉庚先生不是共产党人，但他在餐桌上的表现，却为我们提供了一个重要的参照系。当今，党中央也正从餐桌入手，大力整顿不正之风。我想，要是嘉庚先生驾鹤归来，也会欣欣然撚须而微笑吧！

原载《福建日报》2013年3月5日

入选《走进集美》（海峡书局2013版）

辑四　晚岁自画像

病的快乐

人人都不喜欢生病,但又免不了生病,所谓"无疾而终"的幸运儿,我至今还未见到。

近年来,我运交"华盖"。病魔就像个凶狠拳击师,接二连三把我击倒在地。痛苦和忍受是它赠送给我的唯一礼物。

是的,忍受。为了消除痛苦,你别无选择,只能咬紧牙关忍受。治病的过程,就是耐心和毅力在痛苦中经受锤打和磨炼的过程。

但钱钟书先生却另有高见。他主张病人要把"忍受变为享受",要"苦中作乐,从病痛中滤出快活来"。这是他老人家《写在人生边上》所提倡的一种病的哲学。

遵照智者的教诲,我渐渐适应了病中的岁月,并努力用尽可能健康的灵魂超度不健康的肉体,慢慢学会从病痛中品尝出种种人生的乐趣。

首先,病是一种解脱,它使人暂时避开世俗。文山、会海、电话铃声、催稿信,全都离你远去,甚至,连妻子的菜篮子和孩子的成绩单也不必再加考虑。作为病人,休息是你的第一权利,正如苏东坡所言:"因病得闲殊不恶,安心是药更无方"。

于是,我松弛下来,难得有如此平和、恬淡、宁静的心境。这也是对平时超负荷运转的一种补偿吧?"既来之,则安之",于是,我发现许多病前所忽略的美好事物,比如,窗外的晴空多么明净,白云又是那么舒展自如,枝头如火的木棉花谢了,转眼间又爆满一树新绿,雀鸟在叶间跳来跳去,啁啾不已,"好鸟枝头亦朋友",这自然界的一切,都给人以一种生机勃发的暗示,使我感到肌体内有一种新生和健康的力量在潜滋暗长。

因为病,你集中承受来自亲人、朋友、同事的种种关切。一束鲜花,一个苹果,一句真诚的祝福,一个关切的眼神,都使你为之心动,使你对人际关系中的光明面充满感激和依恋。当年迈的双亲从远方赶来探视时,我仿佛回到遥远的童年,重温高堂的舐犊情深。正因为有这许多感情的支柱,我生命的小屋绝不会匐

然崩塌。同时,我更领悟出为人必须宽容,必须以真诚回报真诚,病愈之后应更多关心他人,尤其在他人蒙难之时。

因为病,你结识了许多病友。因为同病相怜,你们之间最容易敞开心灵作无保留的倾谈。每个人身上都有一部长篇小说,你读别人的甜酸苦辣、悲欢离合,同时也在读世态,读人情,并从中读出种种人生真谛。

在病人的眼里,身穿白衣的医生、护士,上帝一般权威,救星一般光灿,哲学一般冷静,数学一般缜密,却又善良美丽如同天使。然而,他们也是凡人,也有疲倦、烦恼乃至于病痛。于是,你又多学会了对一种职业的理解与尊重。

在白衣天使的导引下,你开始认识自己的内宇宙,多么浩繁、深邃、精微的内宇宙!每一滴血,每一个细胞,肺叶的每一次吐纳,心室的每一次搏动,都有其运行的轨迹、节奏和韵律,都充满着变异与正常、阻滞与畅达、磨损与修复、陈腐与新生的抗争与协调、对立与统一。人真是一种神奇美妙的动物,既脆弱又顽强的生命多么值得珍惜与爱护!

病,更是阅读和思考的大好季节。因为静卧,你可以听新闻,听音乐,读你平时想读又来不及读的许多书。读书疲劳时,你还可以读画册、画报乃至小人书,学学当年鲁迅先生的"聊借画图怡倦眼"。当抗生素、生理盐水、氨基酸和葡萄糖水点点滴滴注入你的血管时,你的灵魂同时得以洗涤和净化;当医生解剖你的肉体时,你同时也在解剖自己的灵魂。因为病,你被甩出了正常的生活轨道,那么,你就可以更从容更客观更冷静地审视自己,反思病前的生活,设计病后的日子。如果说,人生是一部越写越快的书,那么,一场病就是一个句号,一段承先启后的空白。你出院那天,便预示着你的生命史另起一个新的章节,另开一个更动人的段落。

这就是病的快乐,它使你聪明、成熟,它教给你许多平时所学不到的东西,使你更加热爱生命,热爱生活。

也正因为经受了病的苦痛,我才能收获这篇快乐的文字。我愿把它奉献给所有的病友,让我们分享其中的快乐吧!

原载《健康报》1995 年 1 月 13 日

入选《全国中等卫生职业学校·语文》(人民卫生出版社 2001 年版)

《生老病死丛书·疾病的隐喻》(花城出版社 2003 年版)

让座,让座? 让座!

退休以后,公务活动少了,出门闲逛的时间多了,于是,重新学会"挤"公共汽车。

为什么不说"坐",而说成是"挤"呢? 道理很简单,我们的国家毕竟是人多地少、石油资源有限的发展中国家,多数人的腰包也还没有膨胀到都可以买私家车的地步,因此,市民们出行,首选的交通工具仍然是公共汽车。但车子再多,也赶不上城市人口的飙升,拥挤在所难免。尤其是上下班时,车厢里人满为患的场景,往往让人想起一道闽菜:"插蛏"。

好在我的乘车时间,一般都能避开人流的高峰期。上车时,不论车上人多人少,是否还有空位子,我都神闲气定,保持一种随遇而安的良好心态。

这时,倘若有人起身让座,我自然高兴,因为总算熬到了让人"敬老"的年龄,这辈子没白过。心安理得落座之后,我总喜欢打量一下为我让座的人,他们大都是年轻人,学生模样的少男少女居多,他们如此彬彬有礼,如此具有难能可贵的绅士风度、淑女风范,可见我堂堂礼仪之邦,未来大有希望。想到这里,我就像是到温泉里泡了个热水澡,浑身每一条神经都舒展开来。

倘若有人从上到下审视了我一番,照样正襟危坐,并没有起身让座的意思,我就更高兴了,因为他认定我鬓发虽已斑白,但眉毛尚黑;动作虽不敏捷,但腰杆颇硬。人家以为你还不老,还是他们的"哥们"呢! 于是,我就站得更挺拔,更自豪了。我手抓吊环,在晃晃悠悠中一路前行,仿佛一下子年轻了十岁。

话虽如此,有时却也不免暗生闷气,那都是陪我老母亲上车的时候。她老人家80多岁了,走起路来一瘸一拐,上街却从不肯"打的",我只能拎着大包小包扶她上公共汽车。面对如此一位耄耋老人,有些乘客却故意视而不见,在座位上岿然不动。尽管我圆睁双眼,一再示意其让座,他们却总是避开我的目光,或佯装闭目养神,或掏出手机炒短信、煲电话粥,或索性把头一扭,作诗人状观赏起车窗外行走的风景来……

对此,我毫无办法,只能无可奈何地忍着,出门时愉快的心情不免大打折扣。

好在这种情况往往延续不了多久，周围另有一些好心人总会起身让座，我心中的一片阴云这才随风飘散。

事后细想，在公共汽车上，为老、弱、病、残者让座，为身怀六甲的准妈妈让座，这种社会公德虽早已提倡但却不能强制，它并没有法律的约束力。那些装聋作哑的年轻乘客，固然令人生厌，但也只是在道德修养上有所欠缺罢了，并没有犯法。作为比他们年长的上一辈人，教育不足，引导乏力，也有责任。

由此，又联想到我们的国家，我们的社会，也好比大车厢。人多，座位有限。有限的座位如何发挥其利用率的最大值？以年龄切线，法定男子60岁、女子55岁退休，便是相对公平合理的解决办法。毕竟，长江后浪推前浪，雏凤清于老凤声，血气方刚、风华正茂的年轻人理应得到更多的工作岗位，承担更多的社会责任。因此，年过花甲的老同志，无论如何都要急流勇退，都要把座位让出来。他们若出于对本职工作的热爱，一时依依不舍，尚情有可原，若出于对某种利益的贪恋，千方百计赖着不走，这就不但是社会公德的缺失，更是牵涉到是否遵纪守法的晚节问题了。

看来，一个和谐的社会，必定是谦让成风的社会。正如在公交车上，年轻人自觉为老年人让座一样，在许多场合，老年人不也应该主动地愉快地毫不犹豫地为年轻人让座吗！所谓"老有所乐"，这难道不正是人生之一大快乐，何乐而不为呢！

2004年办理退休手续时初稿
原载《福建日报》2007年1月26日

装修苦乐

在家庭建设中,最快乐和最艰苦的,莫过于装修新房子了。

领到新房子的钥匙,便意味着在茫茫天地间有了一小块专属于你的领地。在这块领地上,你就是国王,你就是统帅,你可以主宰一切,支配一切,你有权驰骋你最美丽的想象,把它装修成皇宫、国宾馆都不用找谁恩准。

然而,一进入设计阶段,技术与艺术、理想与现实的诸多矛盾就扑面而来。空间的局限,财力的窘迫,终于使你明白你还是你自己,就像鲁迅先生所说的,你不可能拔着自己的头发上天。于是,你不得不把标准一降再降,项目一减再减,能不砌的隔墙坚决不砌,可移动的家具暂付阙如,还要像阿 Q 那样自我安慰道:古人写字画画,不也常常以虚带实,有意"留白"吗?删繁就简,忍痛割爱,遗憾在所难免,但少花钱也办事,倒也乐在其中。况且,从审美的角度看,简约也是一种风格,朴素也是一种美。就说客厅里那扇电视背景墙或曰文化墙吧!我把丁汀先生生前赐赠的大篆"骥"字一挂,空荡荡的白墙立即满壁生辉,套用古人的一句话,可谓"仅着一字尽得风流",浓浓的书卷气本身,不也是一种可遇而不可求的艺术品位、艺术个性吗!

蓝图审定之后,选购主材料便成为当务之急。这时,你必须学会走路,学会挤公共汽车,学会讨价还价,学会货比三家乃至五六七八家。总之,你要跑遍东西南北中,看尽金木水火土,尝够酸甜苦辣咸。天下没有免费的午餐,空中不会掉下馅饼,所谓物美价廉的东西,往往只存在于节假日促销时的那一刹那,你必须拉长耳朵打听,耐着性子等待,准时到场抢购,才不至于沦为画饼。走弯路,白跑一趟,家常便饭;买到不合适的东西,领受退货的诸多麻烦,你心甘情愿。风里来,雨里去,大太阳下暴晒,"踏破铁鞋无觅处"的沮丧,"得来全不费功夫"的惊喜,个中三昧,怕只有天知地知你自己知晓吧!如今,装修业方兴未艾,新建材层出不穷,人们往往追求时尚,生怕落伍,而不惜重金采购之。但事物往往又有它的另一面,时尚的东西,流行的东西,贵,且未必适合于我,不妨来个逆向思维,犹如挑选反季节蔬菜一般,偏偏挑选那些传统的行将过时的东西,一来便宜,二来

多少还能为新居营造出一点怀旧的情调。比如，客厅的地板，多数人都铺玻化砖，光溜溜明晃晃亮闪闪的，时髦，有气派，但总有点让人如履薄冰的不安全感。我灵机一动，何不选用仿古砖代之？结果，因其古朴典雅而广受好评。再如坐便器，时兴连体式，最名贵的 TOTO 牌，竟卖出了天价。但我发现一家商店的角落里有一对从泰国进口的 COTOTO，只因属过时的分体式，居然明珠蒙尘，沦为滞销品，店主愿以原价十分之一让售。我喜出望外购而得之，那种感觉，就像陕西临潼的老农在田间挖出了兵马俑。

随着建材次第到位，泥工、水电工、木工、油漆工相继登场；装楼梯的，装吊灯的，装玻璃的，装窗帘的，纷至沓来；江西腔、湖北调、四川话、江浙口音此消彼长。面对这些来自各地农村的当代鲁班，我诚心诚意拜他们为师，老老实实向他们请教。不久，彼此之间，便成为无话不说的好朋友。有一天，我坦率地向他们提出一个问题：作为业主，最担心他们偷工减料，作为他们，最不喜欢的东家又是哪几种人呢？他们立即直言相告：有三种人他们最不喜欢：一是不懂装懂，瞎指挥；二是朝令夕改，老叫人返工；最可恶的是第三种人，整天疑神疑鬼，不把我们当人看。其实，我们也是人，也有自尊心，既然离乡背井出来打工做手艺，谁不想又挣钱又让东家满意呢！既然你不相信我们，那我们也就不客气了。偷工减料在所难免，故意留下一些隐患，让你日后年年修补也修补不好，那才痛快！一席话，使我顿开茅塞，原来，当一个合格的业主，还有如此三大忌讳。看来，装修不仅是技术，更是一门包括如何做人在内的综合艺术。主人与工人之间的相互理解和尊重，至关重要。好在我与他们以诚相待，亲如一家，他们在施工中不仅教会我如何识别各种材料的优劣真伪，还使出浑身解数，精益求精，直到把我的新居装修成了全公司的样板房，还拍成全套录像，送京参评呢！

子曰："三人行，必有我师。"一次装修，让我拜识了这么多老师，结交了这么多朋友，增长了这么多见识，明白了这么多做人的道理，终身受用无穷，不亦乐乎！但话说回来，装修毕竟太辛苦了，半年下来，人瘦了一圈，须发也全都斑白了。如今，尘埃落定，大功告成，坐在新居里逍遥自在，心想：就是有人免费送我一套别墅，我也不想再装修一遍了。

原载《福建日报》2004 年 11 月 13 日

花的联合国

有道是"年年岁岁花相似，岁岁年年人不同"，尽管我一年比一年老了，但赏花的心情却依然年轻。每一朵花蕾的孕育，每一片花瓣的绽放，以及随之而来的每一片风，每一丝雨，每一滴露珠的闪烁，蜜蜂、蜻蜓或蝴蝶每一双翅膀的颤动，都能给我带来春的生机、活力和希望。

在我的心目中，花和人一样，虽然个性不同，色香味形各异，但本质上都是平等的，并无贵贱高低之分。因此，当我搬进新居，拥有可种花的30平方米露台时，首先想到的，是那些最普通，最便宜，易种，易活，易开花又易管理的花木，并不在乎它在花市里卖得有多贵，更不在乎它的国籍，它的出身，它的老祖宗是否都是皇亲国戚、王公贵族之类。

好在我所居住的金山，原属建新镇，古称凤冈里，从唐代开始，就是福州有名的花乡，于是，随处可见的白茉莉、黄玫瑰、三角梅、杜鹃花和榕树盆景等，便成为我家空中花园的第一批成员。接着，葱兰、扶桑、仙人掌，鸟不食、灯笼花等，也被我从莆田老家的田间地头，移植了过来。此外，亲友们又陆续送来一些茶花啊，兰花啊，菊花啊，睡莲啊，胡姬花啊，蝴蝶兰啊，倒也姹紫嫣红，四时八节开得热热闹闹。更有不请自来，随风飘落，满地疯长的太阳花、牵牛花和乍酱草相陪衬，我俨然成为月夜遇仙的秋翁，不亦快哉！

当然，在我的心目中，它们依然还都是普普通通的花，平民化、世俗化的花，广大老百姓买得起、种得起也观赏得起的花。直到有一天，我偶然间读到一本书，一本介绍世界各国国花的书，这才顿开茅塞，大吃一惊：原来，鲜花没有国界，爱美之心，举世皆同，与我朝夕相处的这些普通的家花，居然有一半的原产地在异域他邦，其中，还有不少是世界各国最尊贵的国花呢！

比如，在我小小的玫瑰园中，白玫瑰是保加利亚的国花，黄玫瑰是罗马尼亚的国花，香水月季则是美国、英国、意大利等国共有的国花。覆盖在玫瑰园上方，每年春秋两度盛开的三角梅，原只知道它是厦门的市花，在台湾作家的笔下，常被称为九重葛，却原来还是赞比亚的国花，于是，它那像紫红色瀑布一样倾泻而下的累累繁花，无不令人想起赤道阳光的热烈与灿烂，非洲鼓点的激越与奔放！

又比如，福州的市花茉莉，也是印尼和菲律宾的国花，福州的市树榕树，也是泰国的国树。而养在鱼缸里的睡莲，则是东南亚好几个信奉佛教国家——泰国、

柬埔寨等国的国花呢！于是，他们倒映在水中的花瓣，立即显得无比圣洁。

就连从我老家乡下移植来的大红色扶桑花，居然也是斐济和马来西亚的国花！每年清明节，我返乡扫墓时，漫山遍野的杜鹃花，在赣南叫映山红，在陕北叫山丹丹花，到了朝鲜，也摇身一变，戴上了皇冠，改称为金达莱花呢！无独有偶，远在喜马拉雅山南侧的尼泊尔，也首选杜鹃花作为高原雪域的国花呢！

此外，仙人掌——墨西哥的国王；石榴花——西班牙的皇后；胡姬花——新加坡的至尊与骄傲；就连最常见的菊花，也和樱花一起，成为日本的双国花之一，据说，菊与刀，正是大和民族国民精神的体现。

更有趣的是，有一天，我和老伴外出散步，偶然发现路边有一丛被别人丢弃的花，人弃我取，我俩像抱养弃婴一样把它捧回家。它一年到头只伸出几片又长又宽的绿叶，默默无语，毫不起眼，我们也只好把它放在最不引人注目的角落里。不料，到了暮春时节，它突然间从叶片中抽出几茎花——天哪，它那色彩，居然是百花中罕见的蓝色！它那形状，又像是几只轻盈的蓝蝴蝶，正在风中翩翩起舞呢！恰在此时，一位在市园林局工作的朋友登门来访。他一眼看出，这不知名的花，原来就是鸢尾花，凡·高和毕加索笔下"蓝色的鸢尾花"，舒婷笔下"会唱歌的鸢尾花"！它还是法国和阿尔及利亚最尊贵的国花呢！

我们又羞愧，又庆幸。羞愧的是，我们有眼无珠，居然不识这充满诗情画意，无比名贵的鸢尾花！庆幸的是，我们还好接纳了它，养护了它，今天，它终于赏赐给我们以意外的蓝色的惊喜！

我，就像古都西安郊区一位目不识丁的老农，某一天，由于一位考古学家的光临，忽然间发现房前屋后的破砖碎瓦，乃至垫猪圈的石头，全都是秦砖汉瓦，隋唐时期的瓦当和柱础，一下子成了暴发户！

啊，我这小小的露台，区区近百种家养的花卉，居然变成了一个花的联合国！

当然，也有一些花，至今尚未列入世界国花的群芳榜。它们，恰恰又都是在中国土生土长，最受中国人喜爱的花，如牡丹、如梅花、如兰花等等。而作为联合国五大常务理事国的中国，至今尚未产生属于我们自己的国花。于是，我又突发奇想，以中国地之大，花之多，国民对其爱之深，情之笃，今后，在评选国花时，不妨一国数花，把该评上的全都评上。毕竟，在世界的百花园中，绝不可缺少我泱泱大中华名花的席位！

原载《福建日报》2009 年 1 月 28 日

《中国作家网》当日转载

女儿要出嫁

都说女儿是父母亲的"掌上明珠",是"贴身的小棉袄"。但女儿长大了,终究要出嫁。明珠再亮丽,总不能一辈子捧在手心;小棉袄再贴身,也要脱下来,给别人送温暖去。

对此,诗人余光中在他的幽默散文名篇《我的四个假想敌》中,有一个绝妙的比喻:"我像一棵果树,天长日久在这里立了多年,风霜雨露,样样有份,换来果实累累,不胜负荷。而你,偶尔过路的小子,竟然一伸手就摘果子,活该蟠地的树根绊你一跤!"

这有幸来摘果子的小子,自然就是未来的女婿了。他何时偷偷来到我家树下摘果子,谁也无法预料。只不过,在我的心目中,他不像余光中笔下那位"最可恼的""假想敌",而是我盼望已久的、姗姗来迟的、上帝派来让我女儿托付终身的天使。因为,我的女儿毕竟长大了,早到了该谈婚论嫁的年龄了。眼看她对自己的终身大事似乎无动于衷,我们全都着急起来。于是,想方设法给她介绍男朋友,应邀来访或主动上门的小伙子倒也不少,其中,不乏帅哥、俊男、才子、阔少之类,但女儿对此总是被动应付,有礼貌地回绝,似乎全不放在心上,眼看她年龄一年比一年大,再拖下去,就怕嫁不出去了,就像古诗里所说的,"老女不嫁,塌地翻天",那还了得!

事实证明,这全是家长们的瞎操心。前年春天,我准备搬家,面对满房间堆积如山的图书、报刊、资料,正感叹身老体衰,无力捆绑时,女儿悄悄地走过来,在我耳边轻轻地说:"爸,你别急,明天,我给你找个临时工来。"

第二天一早,果然便有个小子怯生生地走进门来。一看女儿笑吟吟却又羞答答的样子,我心里豁然开朗:摘果子的人终于来了。

原来,他俩同在一个单位工作,相知、相恋多年,只不过一直处于地下保密状态罢了。如今,瓜熟蒂落,水到渠成,他终于闪亮登场了。我仔细打量了他一番,还好,四肢健全,五官端正,说话轻声细语,举止文质彬彬,但捆绑起东西来,却很是卖力,听说他还是个电脑专家,这对于我这个刚刚换笔的写作人来说,自然求

之不得。尽管他出身农村，家境不够殷实，但我辈本是蓬蒿人，也是从乡下一步步走进省城来的，何况，找女婿图的是人好、可靠，女儿自己喜欢，其余的，则一概可以省略不论。

于是，这位"临时工"摇身一变，就变成了固定工。从此，我们家就增添了一个暂时称我为"伯伯"的常客，从此，我的女儿也仿佛变成了另一个人。她下班下得越来越迟了，逛街的机会越来越多了，打电话的时间越打越长了。平时不爱打扮的她，也开始研究起时装杂志来了。家里有了她，便充满了欢声笑语，这还不够，有时，她还要一个人偷偷对着镜子发笑呢！以往的双休日，她总要睡懒觉，闹钟闹不醒，敲门敲不应，如今，她也学会早起了，说是约好要和她那位爬山去。过去饭来张口的她，如今，也主动会到厨房去，拜她妈妈为师，说是要学会煮几道她那位最爱吃的家常菜。有时，她还会兴致勃勃地陪我们到市场去，面对柴米油盐、鸡鸭鱼肉、萝卜青菜、时鲜瓜果，不停地问这问那，俨然是在现场实习如何当一名合格的家庭主妇。最让我开心的是，只要她和未来的女婿在家，饭后，她总要争着系上围裙，把锅碗盆盏洗刷得干干净净，免去了我这一大苦役。

看来，没有男朋友的女儿是长不大的。有了未来女婿，一向娇生惯养的她，只懂得撒娇的她，转眼间就自觉完成了从女儿向未来妻子和家庭主妇的转化和过渡。然而，也正因为如此，我反倒有点舍不得她出嫁了，别的不说，她这一走，那有关洗碗之类的重任岂不又要回落到我的肩上！当我腰酸背痛时，又有谁能来为我捶一捶，捏一捏，揉一揉呢！

然而，不管你舍得还是舍不得，女儿出嫁的日子总是越来越近了。等到他俩双双领回结婚证书，准新郎改口称我为"爸爸"时，我明白，这一切，都已不可挽回了。作为女方的家长，这时的主要任务，就是要入乡随俗，按照当地民间约定俗成的规矩，为新娘置办嫁妆。

没想到，这里头还大有学问。尽管女婿开明，怕我们破费，又怕我们辛苦，对所需物品大大作了精简，但所开列的必不可少的清单，还是让我们大开眼界。比如，要有寓示"早生贵子"的四样果品：红枣、花生、桂圆、莲子。比如，一切要"见红大吉"，凡新娘的穿戴，从大衣、旗袍、鞋子到雨伞，都是红的；凡新娘房的用品，从被褥、枕头、暖瓶到未来孩子的洗澡盆，也都是红的。更有趣的是，按福州风俗，连皮箱——一大一小的母子箱，也必须是红彤彤的。为此，我和老伴跑了半个福州城，才总算买到了称心如意的一对。

遥想当年,我们自己结婚时,正逢"文化大革命""破四旧",一切民间婚俗全都当作"封资修"横扫一空,那时,最好的嫁妆就是"红宝书",就是别在胸前的红太阳纪念章……那时,虽然也崇尚红,但那种红,是红旗,是革命,是熊熊燃烧的火焰,是无数烈士鲜血染红的满山杜鹃花……如今,女儿结婚赶上了好世道、好年头,同样是红,但代表的是喜庆,是吉祥,是温暖,是热闹,是富足,是雍容华贵的红牡丹,是勇跳龙门的红鲤鱼,总之,是和谐美满、普天同庆的中国红!

就在花团锦簇、红光耀眼中,举办婚礼的良辰吉日终于来临了。

面对满堂宾客,我代表双方家长,以主婚人的身份,说了如下一段动情的话:

今天晚上,在榕城的万家灯火之中,又增添了最新最亮的一盏。

人生的道路虽然漫长,但关键的地方只有几步。今天晚上,对于新郎新娘来说,就是共同迈出人生旅途中至关重要的一步。因为在昨天,他俩还仅仅只是儿子和女儿,从今天开始,他俩成为丈夫和妻子,而明天,他俩又将成父亲和母亲。这种人生角色的转换,不仅仅意味着成长和成熟,意味着甜蜜和幸福,同时,也意味着一种责任,一种由两个肩膀共同扛起的责任。从今以后,一个人的快乐由于有人分享,而变成双倍的快乐;一个人的烦恼,由于有人分担,而减为一半的烦恼……愿普天下有情人皆成眷属! 愿普天下的父母都能为儿女的幸福开颜欢笑!

原载《生活·创造》2006 年 6 月号

妞妞教我当外公

妞妞是我的外孙女,才五岁半。她是在美国凤凰城出生的,今年暑假随她父母第一次回国认亲,顺便也进幼儿园学点汉语。

平生第一次当外公,如何当一个合格的外公?我心里乐颠颠的,却一点儿也没底,书店里找不到《外公指南》之类的教科书,报纸上也没有"外公培训班"之类的广告,只好仓促上阵。没想到,两个月下来,发现能教我当好外公的,不是别人,恰恰就是妞妞。

当外公的第一件任务是帮她找个合适的幼儿园。那天,我们两代四个大人陪同妞妞,先到距家最近的金山小金星国际幼儿园进行考察。在园长办公室,我们磨蹭了半天,没想到临走时,妞妞不见了。大人们一阵惊慌之后便分头寻找,前园、后园、楼上、楼下转了一大圈,最终发现妞妞早已钻进一个班级,很快就和老师同学混在一起,适逢午饭开饭时间,她正大模大样地坐在餐桌旁吃饭,手中,还拿着一只刚剥开的熟鸡蛋呢!

既然妞妞自己选中了这家幼儿园,我们也就顺水推舟,立马办理了入园寄读手续。第二天一早,她爸爸宣布:"今天,妞妞是第一天要在中国上幼儿园了。"妞妞一听,马上反驳道:"NO,NO,是第二天,昨天我都吃过饭呀!"到了幼儿园,她又突然向园长提出要求:"我自己找班级,可以吗?"园长一听,先是怔了一下,继而便笑着点了点头。于是,妞妞一转身,便直奔昨天吃饭的那个小二班去了,博得全班小朋友好一阵热烈掌声。事后,园长对我们说:"本来,妞妞五岁半了,应该上大班,但她是来学汉语的,从小班学起,倒也有道理。何况,在小班,她最大,大家都要叫她妞妞姐姐呢!"

尊重孩子的个性,一切由她自己做主,我想,这正是妞妞教我当外公的第一课吧!从此,凡事我都只提供建议,而把选择权和决定权交给了妞妞,这样,她开心,我也省心。

妞妞在美国幼儿园里说的是英文,同班小朋友中有不少是墨西哥人的后裔,因此,她多少也会说一些西班牙语。至于汉语,虽然她爸妈也时常教她说一点,但毕竟缺乏大的语言环境,用得少,半生不熟。比如,她会把枇杷说成"杷枇",把"吓我一跳"说成"吓一我跳"等等,常常逗得大家大笑。汉语中的语尾助词太多了,吧吗呢呀哟,她分不清,索性全部都用"呀"字,尾腔拖得长长的,声音又甜又嫩,倒也好听。妞妞在美国,只有爸妈两位亲人,回到中国我们这四代同堂的大家庭,连同七大姑八大姨的大家族,一下子增加了十多种不同的称谓,这对于她来说,确是一大难题。好在她有她的办法,即以她的爸妈为中介来加以理解,比如,姑姑是爸爸的姐姐,姨姨是妈咪的妹妹,太婆是外公的妈咪等等。至于一大堆舅舅,她也会在每个舅舅的前面加上一个定语以示区别。比如,厦门舅舅、福清舅舅等,有一天,她发现我的儿子吃西瓜不吐籽,便随口叫他西瓜舅舅。如此这般,两个月下来,她不但能准确地叫出每个人的称谓,甚至还能记住每个人的属相,只不过西瓜舅舅属龙,她却坚持叫它"恐龙",大概因为她在博物馆里只见过恐龙的标本,却没见过中国古人想象中的龙吧?

妞妞爸爸有事,先回美国去了,每天接送她上幼儿园的任务,自然落到了她妈妈和我的肩上。不过,我也乐此而不疲。因为妞妞会告诉我有关老师和小朋友间许多有趣的故事。比如,老师给她们讲故事,《愚公移山》呀,《龟兔赛跑》呀,真好听!老师教她折纸,她折出的小鸟,飞呀飞,飞到吊灯架子上下不来了呀!又比如,老师教她画熊猫,别的小朋友都画小熊猫,只有她画的是熊猫的妈妈,太大了,只好把名字写在熊猫的大肚皮上……看得出,妞妞喜欢中国的幼儿园,也喜欢中国的文化。有天晚上,全市幼儿园大联欢,我陪妞妞到芳华剧场观看,每逢她的金山小金星幼儿园演出时,都要和她一起挥动荧光棒,有节奏地高呼:"金山金山,闪闪发光!"回想这大半生,一直都在文艺界工作,以领导或贵宾的身份出席过无数大型演出活动,而以普通家长的身份来给孩子们当啦啦队,这还是第一次呢!演出进行一半时,妞妞在我耳边轻声说:"外公,我饿了。"我趁机考验她:"那我们先回家吃东西好不好?"妞妞一听,立即回答:"不可以,不可以,要看完才能回家呀!"看得出,她还很有团队精神呢!

妞妞的求知欲特强,凡事都要问个"为什么呀?"比如:"月亮为什么笑弯了嘴呀?""太阳到哪里睡觉呀?""螃蟹的胳肢窝在哪里呀?"常常问得我目瞪口呆,不知该如何作答,只恨自己知识太浅薄了。至于"公园里的鱼儿多可爱呀,你们为什么还要吃鱼儿呀?"则不是我三言两语所能说清楚的。最难堪的一次是我在露台偷偷抽烟,被她发现了,立即皱眉掩鼻训斥我:"外公,抽烟不好,你为什么

还要抽烟呀?"我被问得恼羞成怒,便转移话题,以进为退:"妞妞,你为什么每天都有一百个为什么呀?"妞妞却说:"不对,我有一千个为什么呀!"

面对这每天这一千个"为什么呀"的狂轰滥炸,我终于明白,要当好外公,只能老老实实听从毛主席的教导:活到老,学到老,改造到老。

妞妞爱说爱笑,能歌善舞,自然是全家人的开心果。但她毕竟是孩子,也有哭闹让人心烦的时候。有一天,女儿跑来告状:"妞妞不肯洗澡,还用小拳头打我!"我立即兴师问罪:"妞妞,你怎么能打妈咪呢!"妞妞急得满脸通红,大喊大叫"是妈咪不守纪律!"原来,是女儿在她洗澡时,离开了浴室,而美国法律规定,13岁以下未成年人,是不允许一个人待在浴室里的。问明了原委,我先批评女儿不对,并举起拳头装出要打她的样子。这下子,妞妞又哭了,连声替她妈咪求饶:"外公,不可以打人。"我因势利导说:"是啊,你打妈咪也不可以呀!"于是,女儿和妞妞相互道歉,一场风波,终告平息。不久,妞妞就搂着她妈咪的脖子睡去了,睫毛上的泪珠都还没干呢!

看来,孩子之所以哭闹,其间必有原因,切不可简单化评判处置,让幼小的心灵蒙受委屈。这,也就是妞妞教给我的一条很重要的"外公须知"吧!

时间一天天过去,妞妞的汉语也越讲越溜了。暑假即将结束,妞妞又要去美国了。她以优秀的成绩被幼儿园评为"小金星宝宝",额头上多了一颗金光闪闪的小金星。正好园里有并排悬挂的中、美两国国旗,我让妞妞站在中间拍照。妞妞说:"我喜欢中国,也喜欢美国;我学汉语,也没有忘记英语呀!"说着,她忽然把身子一扭,屁股一翘,背向美国国旗,脸朝中国国旗,又让我给抓拍了一个镜头。也许,对于小孩来说,这只是一瞬间一个无意识的动作,但对我来说,它却意味着:妞妞虽然屁股坐在美国,但心里还是向着中国的呀!

奇怪,我最近说起话来,为什么"呀"字也特别多了起来呀?

原载《福建文学》2004年11月号
转载《散文选刊》2005年8月号
入选《名家笔下的性灵文字》(学林出版社2006年版)
《中国散文大系·抒情卷》(中国文联出版社2012年版)

妞妞学唐诗

暑假,我的英文老师又从美国回来了。她小名妞妞,七岁半,是我的外孙女。我呢? 自然是她的外公兼中文老师了。

学中文,就从唐诗入手吧! 唐诗中最著名的那首儿歌,传说就是骆宾王七岁时的《咏鹅》了:"鹅鹅鹅,曲项向天歌。白毛浮绿水,红掌拨清波。"

记得我小时候学唐诗,只管一句一句朗朗上口地背诵,一笔一画歪歪扭扭地抄写,从中感受汉语言文字的音韵之美、节奏之美和造型之美,至于诗中的含义,全都懵懵懂懂地不求甚解,所谓"诗言志"之类,那都是长大以后才明白的道理。但已经在美国上小学的妞妞可不一样,她一定要"打破砂锅问到底,还问锅渣在哪里"。比如,这首《咏鹅》诗,当她学写"鹅"字时,发现它是由她已经认识的"我"字和"鸟"字组成的,便大感奇怪。当时,我正接电话,没空,她就咚咚咚跑到楼上去问她舅舅:

"舅舅,'我'站在'鸟'的旁边,怎么就变成'鹅'呢?"

舅舅正一头栽在电脑里看 NBA 篮球赛,便随口敷衍道:

"因为'我'这只'鸟'飞不起来了,所以就变成'鹅'。"

妞妞歪着头想了想:"不对,天鹅也是鹅呀,天鹅飞呀飞,飞到天上去了呀!"于是,她又咚咚咚跑下楼,向我控告:"舅舅不好,舅舅骗人!"从此,全家人对妞妞的提问再也不敢马虎应付了。

何况,妞妞还是我的英文启蒙老师。我每教她一首唐诗,她就要我同时学会诗中的一些英文单词。比如,李白的《望庐山瀑布》,光"瀑布"两字,就包含有三个英文单词:"水","跌倒了",就是"瀑布"。为此,她还故意在我面前表演了一个摔跤的动作,让我吓一大跳。当然,妞妞学中文比我学英文快多了,她一天背一首唐诗,轻轻松松,而我,每天学五个英文单词,一转身就还给她三个。

妞妞毕竟是孩子,爱睡懒觉,每天早晨赖床不起,任我三催四请,全不见效。后来,我从孟浩然的《春晓》诗中得到启发,找出前些年从台湾阿里山带回的一个名叫《天籁》的光盘,往 DVD 机子里一放,于是,满房间都响起了清脆悦耳的

鸟叫声。这时,我伏在妞妞的耳边轻轻地说:"春眠不觉晓——"

妞妞一听,便一骨碌翻身起床,大声回应道:"处处闻啼鸟。"

没想到,孟老夫子这首诗,还能派上新的用场呢!但此诗的后两句:"夜来风雨声,花落知多少?"妞妞别出心裁的理解,就有点让人啼笑皆非了。

我家的露台是个小小的空中花园,玫瑰啊,扶桑啊,三角梅啊,全都在夏日里盛开。有一天,爱花的妞妞细心地数了数说:"外公,我们家的花开了 132 朵呀!"不料,当夜台风登陆,雨声不绝,到第二天一早,已是落红满地。妞妞数了数残留在枝头的 24 朵花,又静静地心算了半天,突然大声宣布:"外公,花落知多少?我知道了,132-24＝108,一共落了 108 朵!"原来,妞妞把唐诗当作算术题来进行演算了。其实,诗与算术无关,数字在唐诗中的巧妙应用,是一门带有中国特色的大学问,这道理,不是三言两语就能对孩子说明白的。对此,我只能将错就错地表扬她:"妞妞,你的加法和减法学得很好呀!"爱听好话的她,自然连声说:"谢谢,谢谢外公!"

时间过得飞快,妞妞又要赴美国上学去了。临别的夜晚,对着天上的一轮明月,我和她一起重温李白的《静夜思》:"床前明月光,疑是地上霜。举头望明月,低头思故乡。"我问:"妞妞,你的故乡在哪里?"妞妞歪着头想了想,说:"我有两个故乡呀!第一个故乡在美国,在凤凰城,是我出生的地方。第二个故乡在中国,在福州,是我爸爸妈妈出生的地方,也是爷爷奶奶、外公外婆住的地方呀!"

明天,妞妞就要从中国的故乡飞到美国的故乡去了。妞妞说:"外公,你知道吗?明天,我要一半笑,一半哭,因为呀,我就要到美国的故乡见到我爸爸了,我会笑;因为呀,我就要离开中国的故乡,离开外公了,所以我会哭……"她的话,说得我心里好难受。妞妞又安慰我道:"外公,你想我的时候,就吃我送给你的巧克力,要慢慢吃,不要一下子吃完呀!"

如今,当我写这篇短文时,巧克力就含在我的嘴里,酸酸的,甜甜的,有点苦,但却很香。妞妞,当你看见美国的月亮时,还会想起中国的故乡吗?

原载《新民晚报》2006 年 11 月 12 日

转载《小品文选刊》2008 年第 1 期

入选《中国散文大系·叙事卷》(中国文联出版社 2015 年版)

新年好,陈章武们!

清晨,电话铃声乍响。

睡眼惺忪的我提起话筒:"早晨好! 请问你是哪位?"

"我是陈章武——"

我大吃一惊,残梦全醒了。奇怪,我怎么会跟自己来电话了?

"噢,我是北京的陈章武,请问,你是福州的陈章武吗?"

"对对对,我就是福州的陈章武,请问——"

对方朗声大笑:"大哥,总算找到你了。"

奇怪! 我只有一个弟弟陈章汉,怎么又冒出一个与我同名的弟弟来?

原来,来电的陈章武,是清华大学教授,经济管理学院的副院长,因为他在网上对我有所了解,正好出差到福州,又正好他所下榻的西湖宾馆有个省文联的会议在召开,便跑到会务组查到了我的电话。他这一说,我终于想起来了,每当我在网上用"百度"查找"陈章武"时,他总是名列前茅,让我追随其后。

我说:"你的著作比我多,成就比我大,我应该称你大哥。"

"不不,你比我大五岁,还是我称你大哥吧!"

此后,我俩就天南海北聊了起来,得知他祖籍江苏南通,家住北京。最后,他还十分恳切地邀请我进京时务必到他家团聚。

放下话筒,我的心情久久不能平静。我姓陈,名章武,年轻时发表文章,为响应毛泽东主席的号召"推陈出新",就把"陈"字给省略了。没想到这却给我带来许多麻烦。比如,到邮局领稿费时,凡署名"章武"的汇款单,因缺个"陈"姓,与身份证上的姓名不符,往往就领不出来,非到单位打条子证明"章武"就是"陈章武"不可。还有一次,在上海开会,主人代买的机票也是"章武"两字,仓促之间,来不及修改,我只能忐忑不安地走进机场。好在我带上当天的《人民日报》,上面刚好有我的一篇文章,篇末注明作者单位系福建省文联。我把机票、身份证连同名片、工作证和报纸一并递上,机场工作人员细心核对并请示上级后,终于网开一面,只是郑重告诫我:"下不为例",我这才侥幸过关。

153

因此,等到我弟弟陈章汉开始发表文章时,他坚决表示行不改名,坐不改姓,连姓带名署名陈章汉。也正因为如此,在《中国作家大辞典》中,我兄弟俩的条目就只好分开了,他在7画的"陈"字部,我在11画的"章"字部。有一次,香港著名女作家、《昙花梦》的作者陈娟给我俩测字,她说,"陈"字的运气比"章"字好,将来,陈章汉在文坛上的名气一定比章武大。她这一席话,让我和章汉听了,全都高兴。章汉高兴,因为他比哥哥有出息;我高兴,因为弟弟必将超过我。

其实,姓名对于一个人来说,只不过是符号而已。正如父母不能选择,人的姓氏也是不由自主的。据最新统计,陈姓是继李、王、张、刘之后,名列中国的第五大姓,但在南方,则为第一大姓,尤其在福建、台湾,更有"陈林半天下"之说。同姓的人多了,也带来一大麻烦,即陈姓的孩子不管取什么名字,总是古已有之,且在当代,也往往不乏同名者。比如在我家乡,就有位青年农民陈章武,在南靖县的军营里,我曾邂逅过一位战士陈章武,加上今天这位陈章武教授,我想,包括我自己,这世界上至少已经有四位陈章武了。

我索性再上网查找起来,真是不查不知道,一查真奇妙。原来,在湖南,有画家陈章武;在湖北,有律师陈章武;在广东,有经理陈章武;在香港,有董事长陈章武;在辽宁,有小学教师陈章武;在四川,有种植柠檬的个体户陈章武;在北京,还有一位正在求职的大学生陈章武等等,不知有多少陈章武!

看来,我一个陈章武微不足道,但全国各地、各行各业有这么多陈章武,他们一个个都比我年轻,比我健康,比我有学问,比我有本事,对社会的贡献也都比我大,且至今为止,还都是遵纪守法的好人,没有哪一个因贪赃枉法,作奸犯科而株连到我,我实在是太庆幸了。而那位求职的大学生陈章武,想必也已找到称心如意的工作吧!

因此,值此新年来临之际,请允许我以此短文,权当贺年片,向所有与我同名同姓的陈章武们,也向不同名不同姓的非陈章武们,致以最美好的祝福!

原载《福州晚报》2008年12月27日

告别"黑骏马"

我属马，天生爱马。

可惜，我生在"杏花春雨江南"，未能畅饮"铁马秋风冀北"的豪气，作为一个不会骑马的文弱书生，常叹枉为男儿一场。

幸好，余生也晚，人间早已以车代马。不过，30多年前，中国还是自行车的王国，人们的私家车，不是现在随处可见的小轿车、摩托车或电动自行车，而只是人力踩动的双轮自行车而已。

我那辆永久牌12型28寸自行车，是我结婚后全家最贵重的财产。它足足花去我两个月的工资。它筋骨强健，气宇轩昂，油漆一新的车身油光锃亮，活脱脱是徐悲鸿大师笔下泼墨挥就的一匹黑骏马！

当年，我正在南靖县下放劳动。每当我骑上我的黑骏马，载着我的女神在山间公路上驰骋时，春风扑面，柳丝拂面，数枝红梅引路，一川溪水伴行，高兴时揿动银铃声声，还颇有一番"春风得意马蹄疾"的神韵呢！

那时，县里头头下乡也不过是一辆北京牌吉普，我身为"老九"，夫复何求！

后来，奉调进入县城，我在县报道组充当一名临时工，妻子则在县一中任教。长女、次女相继出生。小两口变成了四口之家。好在山城只有一条街，没有十字路口，没有红绿灯，自然也没有自行车不许载人的规矩。我骑车时，常常是车头架着老大，车后坐着妻子，妻子的手里抱着老二，一家四口全驾在黑骏马身上，说走就走，说停就停，倒也干净利索。每逢到县郊劳动时，我把锄头、扁担、畚箕往车上一架，独自轻装前进，竟也练就了在阡陌小道上履险如夷的过硬本领。

再后来，进了省城，妻女们相继购置新车，黑骏马便成了我的专用坐骑。马路宽了，车也挤了，我和它配合默契。它的身上流着我的血液，我的身上布满它的神经。大街，小巷，上班，下班，我和它形影不离，连成一体。有几次我突然灵感勃发，文思泉涌，竟晕乎乎闯了红灯。于是，不得不向警察检讨，认罚。它呢，无故受我株连，却始终毫无怨言。

渐渐，我发现它和我一样，都有点老了，车身锈痕斑斑，犹如我脸上的皱纹。车把子电镀部分失去光泽，犹如我常因熬夜而失神的双眸。它换了三次轮胎，犹

如我住了三次医院。它那些修了又好,好了又修的部件,犹如我的胆石症,治了又患,患了又治。但这一切,都不影响我与它一路同行,风雨兼程。

岁月在轮下流逝,我和它一起步入人生的秋季。秋,并不意味着全是丰收的喜悦。那回,电影散场之后,它竟消失得无影无踪。我在深夜的大街上禹禹独行,冷寂的街灯把我的影子拉得好长好长。啊,黑骏马,我的好兄弟,你怎能不辞而别,弃我而去!整整半年,我咬紧牙关,不买新车,坚信总有一天,我的黑骏马会长啸一声,从茫茫人海和车流中扬鬃奋蹄,朝我狂奔而来……

终于,在一个失窃自行车的招领会上,我与它阔别重逢。可怜的它,只剩下车把子和三脚架,形销骨立,犹如被砍去四肢的重残者。我小心翼翼地把它扛上公交车,满车的人都朝我笑。笑我痴,笑我傻,笑我如此穷酸!

我花了可以买一部新车的钱,重新塑造了一个完整的它。这失而复得的深情厚谊,只有我和家人才能理解。那回,一位愣头青骑着亚马哈摩托车从斜刺里猛撞过来,我腾空而起,五体投地,待回过神来,肇事者已扬长而去。我赶紧把它先扶了起来,万幸,它竟然安然无恙。我宽慰地笑了,这一笑,才发现自己嘴唇开裂,嘴里还有一股浓浓的血腥味。

再后来,我当上了比"芝麻"略大一点的"绿豆官"。按规定,上下班有专车接送了。但每逢星期天或节假日,我还照样和我的黑骏马一路同行。那时,全家郊游,每人一车,我的黑骏马总是一马当先,率领家庭车队浩浩荡荡前行,上森林公园参拜"榕树王",到乌龙江寻访金山寺,或春风扑面,或秋阳朗照,真是"一日看遍长安花""踏花归来马蹄香"啊!

然而,时光如流水,年岁不饶人。秋去冬来。我终于迎来了"人车俱老"的退休年龄。退休后,公务活动少了,坐公车的机会自然也不多了。于是,公共汽车、的士便成了我出行的主要交通工具。但在住家附近办事,比如,到农贸市场买菜,上邮局领稿费,到银行取退休金,逛逛新华图书城等,还是骑自行车更轻便,更灵活。于是,我又重新牵出我的黑骏马。可是,老态龙钟的它,全身除了小玲当不响,一切部位全都吱嘎作响。我又花上可以买一辆新车的钱,更换了除三脚架以外的一切零部件。尽管这样,它也和我一样,满头银霜,满脸沧桑,满身伤痕,再也不见当年的青春风采了。因此,总有好心人问我:你干吗不换辆新车?

是啊,连房子都换了,你干吗还不让车子更新换代呢?我也不断反躬自问。当然,绝不是为了省钱,一辆新车,只相当于我新居里的一盏灯,或一篇散文的稿费而已。我之所以不忍与它相弃,仅仅只是恋旧、怀旧,仅仅只是为了一种心理上的慰藉与满足。只要骑上它，我就仿佛回到了我的青春岁月，我的健康，我的活力，我一往无前的勇气、理想与激情……因此，只要我还能骑车，我就与它不离不弃，厮守到底。

当然，我这些纷纭复杂的思绪是很难用三言两语说清楚的。因此，我总是对别人说：别看我这辆车旧了，老了，但还蛮好骑的，老马识途嘛，我也习惯了。再说——它那么不起眼，连小偷都看不上它，我也不怕丢车了。哈哈！

于是，退休后的这几年时间，它又成了我最亲密的老伙伴。我骑着它，逛遍原建新乡的三十六宅，逛遍现金山新区的每一条新路，每一处新楼盘，甚至，还和老伴一起，到阳歧拜谒严复墓，到湾边尝河鲜，到乌龙江湿地公园观鸟呢！最令人难忘的，是小外孙女妞妞两度从美国回来，在小金星幼儿园学汉语，每天，都是我和我的黑骏马来回接送呢！在美国出生的妞妞也对黑骏马充满了感情，因为她知道，30多年前，她妈咪小时候，也就是坐在车头，让外公载着她满世界跑的！可惜，在美国，到处是高速公路，是小轿车，从小就懂得一上车就要系好安全带的她，很少能看到这种在中国到处都有的自行车……

如今，妞妞在黑骏马身上快乐的笑声，又都成为珍贵的回忆。自从医生宣布我双膝关节退化，继而又发现我脊椎里有一种多余的东西，正在压迫神经，造成我双脚麻木以来，我骑车越来越吃力了，甚至，还连人带车翻倒了好几次。幸好，都只是在家门口的大院内，都是在上下车的时候，跌倒时的姿势还比较体面，并未伤筋动骨招来更大的灾害。只是，全家人一致决定：绝不许我再骑自行车了。

于是，我不得不最后一次给我的黑骏马拭去灰尘，擦上油，装上新的铃当，新的脚蹬，把它送给我楼下的一位工人师傅……

别了，我的黑骏马！

别了，我一生中最忠实最亲密的战友，最珍贵最美好的记忆！

39年的朝夕相处，39年的风雨同行，39年的甘苦与共！你在我心目中的位置，是任何小轿车、大汽车、飞机，乃至宇宙飞船所不可取代的！

当我无可奈何地看着你从我视线中消失时，我的双眼已经模糊。

请允许我套用诗人艾青的一句诗，为你作临别赠言：

为什么我的眼里饱含泪水？因为我对你这匹马爱得深沉……

原载《生活·创造》2009年3月号

我的第一根拐杖

在古希腊神话传说中,有个著名的"司芬克斯之谜":什么动物早上四条腿,中午两条腿,晚上三条腿?英雄俄狄浦斯的答案是"人"。因为人小时候用四肢在地上爬,长大了用两条腿直立行走,老了,则多了根拐杖。

多少年来,健步如飞的我,从未想到某一天我也会老,也要借助拐杖"三条腿"走路。然而,今年春天,我渐渐感到上下楼梯有点吃力,医生叫我拍个片子,一看报告单,原来是"骨质增生,韧带钙化,双膝关节退行性改变"。何谓"退行性改变"?我不敢擅自解释,虽说一辈子和文字打交道,但同一个词语,在医学上和文学上的含义往往南辕北辙,相去甚远。比如,前些年,有位内分泌科的医生在我的病历上写下:"目光炯炯,脸色潮红",然后,抬头望了我一眼,告诫我:"你别得意,这在医学上都是贬义词,说明你身患弥漫性甲亢,需要治疗。"我苦笑道:"我听明白了,如果下次检查,你能在我的病历上写下'目光呆滞,脸色苍白',就说明我病好了。"于是,医生和我四目相对,哈哈大笑。

这回换了个骨科医生。他说:退行性改变,就是不可逆转的改变。他知道我爱爬山,十分同情地望了我一眼,长叹一声道:"你老了,再也不能爬山了。"这,对我当然是致命的一击。因为我这一生,别无所好,唯读书、爬山而已。多年来,我见山就爬,一爬到顶,已在国内外爬了 130 多座名山,并写下 99 篇游记。不料,书还没出版,双膝却不听使唤了。但转念一想,我所崇拜的徐霞客,尽管年轻时"捷如青猿,健如黄犊",但到了 54 岁,双脚就不能下地,最后,还是云南丽江的木府土司派人用担架把他送回江阴老家的。至于唐玄奘,晚年连门后一条小水沟也跨不过去,摔倒后没几天就圆寂了。年轻时"万水千山只等闲"的大旅行家尚且如此,凡夫俗子如我辈,更只能顺其自然了。

但女儿得知这一消息,却很着急,她从美国打来越洋电话:"老爸,你要买根拐杖!"于是,我不得不开始留意起拐杖来。当年,徐霞客用的是竹杖,大约取其轻便;唐玄奘是否用拐杖,不得而知,即使有,大约也是出家人专用的禅杖吧!张骞与苏武的身份是外交官,"外事无小事",所以拐杖特别讲究,叫节杖,又称节旄、旌节,是根七八尺长的木棍,顶部的弯曲处,还挂有一串红绒球,在冰天雪地中迎风飘扬,如同火焰一般,令人神往。我这辈子爬过许多名山,后悔未能带回任何一根拐杖,否则,现在可以在家里开个拐杖博物馆。如今,福州市面上的拐杖还真不少,有中国古典式的,如太白金星和佘太君手持的龙头拐,但过于华丽;有英国绅士式的,如同一个黑色的问号,但拿在手里,总有点像卓别林,显得滑稽。有专为残障者设计的,可随意调节高度,也可拉出小凳子随时坐下喘息,但因为都是金属制品,总感到硬邦邦、冷冰冰的,缺乏温情。就我的审美兴趣而言,我更钟情于天然生长的木棍。皇天不负有心人,不久,我就在金山展览城的一次交易会上找到了一根,据说,它来自台湾阿里山,是某一丛灌木中的某一枝,不但带有几个自然生成的疙瘩,木质的本色中还呈现出虎皮状的斑纹,让我一见钟情。如今,我带它上街,发现大有好处,一是手感好,有一种回归自然的感觉;二是脚感好,有了依靠,绿灯闪动时横穿大马路,显得从容多了。三是上公共汽车时,总有人起身让座,让我深感人际间毕竟还有爱心,还有温情,不至于像杜甫当年那样,因受顽童欺侮而"归来倚杖自叹息"。

有一天,老夫聊发少年狂,把拐杖插到我家花园的泥土里。第二天清早醒来一看,它居然抽枝吐叶,绿油油的,碧森森的,在朝霞中长成了一棵参天大树。当然,这只是我的一个梦,美丽得就像童话。

原载《福建日报》2007 年 10 月 28 日

《新民晚报》2007 年 12 月 9 日

《小品文选刊》2008 年第 1 期转载

拄着拐杖当导游

如今,满世界都是导游。但你见过拄着拐杖的导游吗?喏,我就是。

正是天高云淡、金风送爽的季节,国庆、中秋刚过,节日的喜庆色彩还在街头闪闪烁烁,一批来自美国、英国、新加坡、马来西亚和澳大利亚的海外亲人便相约飞来福州团聚。我们在榕的几家亲兄弟、表姐妹,订了家宾馆,租了辆大巴,齐心协力,共同接待,一个个忙得不亦乐乎。我呢?腿脚虽有不便,但信口开河,逗乐打趣尚可,便摊上了一项光荣任务:随车陪同亲人们在市区观光,权当业余导游。

有趣的是,我所服务的对象,多数都是长辈,其中,70岁以上20人,80岁以上10人,90岁以上2人,外加两架轮椅、7根拐杖——加上我自己这根,也就8根了,堪称银发旅行团。团员们虽然步履有点踉跄,行动有点迟缓,但对祖国的一切都感到新鲜,不论去哪里,都兴致勃勃,不论我说什么,全都洗耳恭听,一路上,还有个在《南洋商报》工作过的表妹悄悄为我录音呢!

那天,车子刚出宾馆,见大街两旁榕阴如盖,我的导游词便由此发端:榕树,不但是泰国的国树,还是中国福州、台北和桂林三座城市的市树,其中,又以福州的榕树种得最早,种得最多……正当我借此介绍榕城建城2200年的历史时,车子拐上另一条马路,两厢的行道树已变成芒果。于是,我又改口说起福州对外开放的历史:早在明代,长乐的华侨就把菲律宾的番薯引种进来,有效地缓解了沿海地区的粮荒;前些年,菲律宾前总统阿基诺夫人又把芒果树的种苗送到福州,如今,可是年年开花,年年结果啊!这时,90岁的美国舅公插话道:我们中国的好东西也不断传到外国去,比如,美国佛罗里达州有一种最好吃的荔枝,名叫"蒲氏荔枝",就是传教士蒲鲁士从莆田移植过去的啊!我接过他的话题,发挥道:可见,生物虽有祖籍,但却没有国界。正如各位长辈,作为华人,四海为家,但根却留在中国,大家还是要经常回老家看看噢!我这一说,全车都热烈地鼓起掌来。有位姨妈还特意塞给我几颗从南洋带回来的红毛丹,以示奖赏。

我们在市区的观光活动先后安排四天。第一天是闽江两岸走马游,第二天是马尾船政一日游,第三天是登镇海楼,逛南后街,外加三坊七巷访古游。其间,南后街的鱼丸、扁肉和花灯是老人们记忆中最快乐的童年；马尾港的盛衰荣辱，牵动着他们一生中最敏感的神经；登镇海楼，鸟瞰市区拔地而起的千百幢华楼美厦，油然而生的自豪填满了他们脸上的每一条皱纹；驱车闽江两岸，一座座飞架南北的大桥——旧桥、新桥、公路桥、铁路桥、立体交叉桥，独塔或双塔斜拉桥，把闽都的过去、现在和未来全都连接起来，更使他们百感交集，流连忘返，大家宁可一再推迟回宾馆享用晚餐的时间，也要等到暮色苍茫，华灯初上之际，让闽江两岸的火树银花，照亮每一双惊喜的眼睛。

有幸的是，我这位导游身边还有一位顾问——我的老母亲。尽管她今年85岁了，但与她同辈的舅公舅妈、姨父姨母们，至今还亲切地叫她为"怡保妹"。原来，她出生在马来西亚的怡保，九岁时的一天，她姑妈抱着小表妹要回中国，她赶到火车站，跳进车厢，硬吵着要跟回来。姑妈无奈，只好临时决定，把小表妹从车窗上递下来，改带她回国。没想到，抗日战争、太平洋战争相继爆发，我母亲就留在中国了。此番，她的小表妹——我的老姨妈，也坐着轮椅回来相聚。那天，我母亲扶她上车时，她长叹一声道：怡保妹啊，早知道祖国变化这么快，建设这么好，当年，要是把你留在南洋，让我回国就好了。我在一旁听了，急忙抗议：不行不行，万万不行，要是那样，我就不存在了，你们这次回来，也就找不到我这个导游了。顿时，全车人全都哄堂大笑起来。我发现，笑得最开心的，还是我那老母亲。

最后一天，漫游西禅寺。玉佛殿里的缅甸玉佛，观音阁里的千手观音，罗汉堂里的五百罗汉，全都让人赏心悦目。但最让大家叹为观止的，还是那棵"宋荔"——传说种于北宋年间，历经近千年的风雨雷电，却至今老而弥坚的古荔枝树。我趁机建议大家在树下合影留念，并献上祝词：一千年的荔枝，给一百岁的人生，带来一万年的甜蜜！

我拄着拐杖当导游的历史，也就此画上句号。如今，当我打开电脑，回味这张合影时，我发现我年轻了一些，也快乐了许多。

原载《福建日报》2009 年 11 月 29 日

面对 96 级楼梯

你,不就是楼梯吗？矗立在我家门口的楼梯——6 层,拐了 11 次弯。不多不少,总共 96 级。

想当年,华山的千尺幢、百尺峡,黄山的天都峰、鲫鱼背,全都不在话下。庐山的三千级"好汉坡",茫荡山的"三千八百坎"古道,我甚至可以一口气登顶,且"脸不改色心不跳"。你——这区区几十级楼梯算得了什么!

历来健步如飞的我,每次搬家,总喜欢选择最顶层。

不仅仅因为顶层空气好,视野开阔,"欲穷千里目,更上一层楼"。也不仅仅因为爬楼梯有助于增强心脏收缩,加快血液循环,扩大肺活量——据一位德国医生测定,一位体重 60 公斤的人,若爬 10 分钟楼梯,需消耗 836.8 千焦耳热量,等于同时间游泳的 2.5 倍,平地散步的 4 倍。又据一位英国学者研究,一个人每登一级楼梯,大约可延长寿命 4 秒钟……

对我来说,更因为我这一生中最美好的记忆,几乎都离不开楼梯。阳光下,灯光里,睡梦中,一级级楼梯,光与影,明与暗交相叠印的楼梯,犹如黑白琴键,总在我最隐秘的心间弹奏出最曼妙的音乐——

少年时,迷上了苏联小说。最憧憬的,是卓娅、舒拉、马特洛索夫、保尔·柯察金们所为之浴血奋斗的共产主义。什么是共产主义？列宁说:共产主义就是苏维埃加电气化。苏维埃不大好理解,但电气化,老师一说就明白了,那就是:"楼上楼下,电灯电话。"于是,我记住了,人世间最美好的一切,是离不开楼梯的,没有步步登高的楼梯,也就没有未来的光明。

在大学当助教时,与男女学生混居一楼。有一天,吃完早餐的我,正拎着热水瓶,步履轻松地拾级登楼,猛听见头顶上惊叫一声,一位迎面下楼的女学生,手中小皮箱的口子忽然间松开了,花花绿绿的衣裙连同一个可爱的洋娃娃全都滚了下来,如同鲜花一般开遍了我眼前的几级台阶。我不得不弯下身子帮她一一捡起来。偷眼看她,一抹曙光正好落在她的脸上。她的脸好红好红,红得就像天上燃烧的早霞。我如同电击一般怔住了,心理上生理上都有一种异样的感觉。

于是后来,这位女学生就成为我的新娘,我的妻子,我的老伴。一晃 40 年过去,如今,孩子们都要给我俩举办"红宝石婚"庆典了。是的,楼梯,对于我俩来说,你就是月老抛来的红丝线,比 40 年还长的红丝线。

前些年,五岁的小外孙女第一次从美国回来看我。她对外公家的一切都感到新鲜,包括楼梯。记得第一次带她下楼时,她每到一层楼都要大声宣布:五楼啦!四楼啦!三楼啦!二楼啦!一楼啦!可是,到了楼下平地,她刚刚掌握的汉语中,并没有相应的词汇。怎么办?她歪着脑袋想了想,忽然眼睛一亮,双手一摊,大喊一声:"没有楼啦!"她这一喊,逗得所有过路的人全都哈哈大笑起来。

此后,第一次当外公的我,每天最快乐的时光就是到幼儿园接她回家。俏皮的她,有时到了楼梯口,还要撒撒娇,要我抱她上楼。我呢?返老还童,也总有办法哄她:"来,我们比赛比赛,每上一级台阶,就要说出一种小东西的名字,要是外公说不上来,就抱你上楼,好吗?"

好啊!历来争强好胜的她就率先上楼了:

小猫,小狗,小鸡,小鸭,小鹅、小牛,小羊,小兔子!

我不甘示弱,紧跟着上楼:

小帽子,小围巾,小衣服,小裙子,小手套,小鞋子,小袜子……

不知不觉间,96 种小东西全都凑足了,OK,家门口也就到了。

如今,她远在地球的另一面。每当我想念她时,楼梯上总会回荡起她那稚嫩的童声和快乐的笑声,有如一阵清风从苍老的树梢掠过,一股清亮的瀑布从嶙峋的山岩间倾泻而下。

因此,当我被诊断为骨质增生,韧带钙化,双膝退行性改变,不得不依靠拐杖和扶手上楼,不得不曲着双腿,慢慢倒退着下楼时;当我又被查出脊髓间有一些多余的东西,正在潜滋暗长,不断占领地盘,压迫神经,因而造成我足底发麻,小腿发麻,大腿发麻,继而左脚肌肉萎缩,乏力,并很有可能导致下半身瘫痪时,许多亲友都难以相信历来"见山就爬,一爬到顶"的我,居然会落到如此下场。有人甚至在网上发文:"眼见郭风起不了床,章武要倒退着下楼,心中不免涌起一种英雄迟暮的苍凉之感。"

我自然不是什么英雄,但迟暮的苍凉之感在所难免。不过,当有人劝我赶紧把这套房子卖掉,另换一套带有电梯的房子时,我却毫不犹豫地一口回绝了。因为,电梯留给我的,是另一种并不愉快的记忆——

那年,第一次到深圳,住进福建省人民政府办事处的招待所。说是招待所,其实只是寄存在公寓楼第24层的一个小套房。但这对于自带粮草,自办伙食的我们来说,已是宾至如归,十分满足了。不料翌日,恰逢停电,我们不得不拎着行李,步行上下备用楼梯,而每一趟,就是48道弯,384级台阶……

再后来,举世震惊的"9.11"事件过后一个月,我到了纽约,到了原世贸中心双子楼的废墟前。废墟还在冒烟。焦黑的土石渣,断裂的水泥板块,扭曲变形的钢梁钢柱,连同夹杂其间还在闪闪发亮的玻璃碎片。土腥味,焦糊味,混杂有各种金属和化学品的,一种呛人的闻所未闻的气味。我仿佛听见无数绝望的叫声还在缝隙中震颤,无数亡灵还在原先的电梯间寻找出路……

似乎从那以后,我就得了电梯恐惧症。

因此,我不要电梯,我只要能步行上下的楼梯。何况,我现有的这套房子来之不易,这是我和老伴的工资、养老金,加上半辈子的稿费、编辑费和讲课费,再加上一大笔尚未还清的银行贷款换来的啊!这又是我和老伴跑遍东西南北中,问遍金木水火土,尝尽酸甜苦辣咸,亲自设计、亲自采购、亲自装修,一砖一瓦,一木一石,一管一线,点点滴滴,丝丝缕缕,条条块块,千辛万苦、欢天喜地换来的啊!正如丰子恺在《缘缘堂随笔》中所言,"你是我安息之所。你是我的归宿之处。""倘若秦始皇要拿阿房宫来同我交换,石季仑愿把金谷园来和我对调,我决不同意。"

当然,这一切的前提是我能够生活自理,能够沿着96级楼梯自由而又从容地上来下去。但人生无常,命运的突然转折,往往都在你的一切计划之外。它说来就来,完全不在你的邀请之列。对它,你无可奈何,你别无选择,你只能顺应自然,逆来顺受。

不过,你也不能无所作为。能否在现有条件下加以改善?比如,为全楼安上电梯?据说也只要二十来万元。但全楼住户至少会有一半人反对,因为他们都住在三楼以下,况且大多比我年轻,比我健康,谁愿意分摊这笔额外的开支呢!

于是,想到火车卧铺车厢过道上可以随意翻动的墙椅。要是每一层楼梯拐弯处都能装上这么一张,那么,我的六层楼岂不就分解成好几个二层楼?可惜我和老伴到福州台江转了好几天,却始终找不到类似的椅子。好在儿子上网淘宝,一下子就从广东网购来了。于是,请工人师傅前来安装,每一张墙椅,只用六颗长螺丝钉,就固定住了。由于这种墙椅不占地,全楼男女老少都可免费享受,自然皆大欢喜。更有趣的是,我有时到楼下开信箱取报纸,每上一层楼,就坐下来翻它几个版面,不知不觉间到了六楼,就把当日的几份报纸全浏览完了,于是,一进家门,顺手就把它们全给扔了。这真是走路、歇息、读报三不误,何乐而不为!

当然,高悬在我头顶上的达摩克利斯宝剑,总有一天要掉下来。对此,我也不能不有一定的思想准备……毕竟,人世间的一切都是有缘分的,只不过时间有长有短而已。

但不管我是健步如飞,还是步履维艰,是拄着拐杖一步一步往上攀爬,还是将来要请人把我从轮椅上抱下来,背上去,抬上去……今生今世,我都离不开你,都要特别感谢你——我可亲可爱的楼梯!

因为,只要你存在,只要你依然矗立在我面前,我就必须勇敢地抬起头来,奋力保持一种向上的姿势。

原载《福建文学》2009 年 9 月号

入选《中国散文大系·抒情卷》(中国文联出版社 2012 年版)

"七腿翁"迎春辞

依照古希腊神话的说法,人生可分为三个阶段:四条腿爬行的幼儿阶段、两条腿直立行走的成年阶段、拄着拐杖三条腿走路的老年阶段。本人十分荣幸,在经历以上三个阶段之后,居然又进入罕见的第四阶段:七条腿走路的阶段。

哪七条腿?首先,当然是父母亲给我的两条腿了。作为我的亲骨肉,它俩一样长短,一样粗细,左右对称,配合默契,让我健步如飞地走到了 65 岁。不料,一场怪病袭来,双腿开始麻木,于是,遵照医嘱,我拄起拐杖,新增了一根用藤木充当的第三条腿。然而,到了 70 岁那年,多次摔跤受伤之后,我不得不在这三条腿的基础上,又加上了助步器用不锈钢制成的四条腿。好啊,总共七条腿!有道是人生七十古来稀,古稀之年的我,居然同时拥有七条腿,显然,这比别人富足多了,于是,我便乐呵呵地自号为"七腿翁"。

这七条腿,不论是肉身的原始腿,还是用其他材料制成的外来腿,它们全都忠实于我,各司其职,缺一不可。我家住在没有电梯的六楼,出门时,先要下 96 级楼梯。这时,我把助步器折叠起来,挂在肩膀上,然后,一手拄着拐杖,一手扶着栏杆,慢慢挪动双腿,倒退着下楼。拐杖和栏杆,减轻了我双膝的压力;倒行的姿势,又让我身体的重心能保持稳定。下楼后到了平地,我把拐杖勾住脖子,再把肩头的助步器取下,打开,于是,借助其前两腿底部的滑轮,后两腿底部的摩擦力,我既可徐徐向前推进,又可在遇到障碍时止步暂停。就这样,我轮番使用这七条腿,轻轻松松、稳稳当当地走过了 71 岁这一年。这一年,我照样每月一次,到省炎黄文化研究会开会;每两周一次,到医院打针取药;每三天一次,到住家附近的推拿院,借助盲人师傅的巧手,为自己的双下肢舒筋活血,倒也进出平安,来去自由。这一年,我甚至还参加省里的作家采风团,走进龙海、清流、古田和福清四个县市,让我的另一个生命——文学创作的生命得以延续。

尽管,我这七条腿走路的速度不快,姿势也有欠优雅,但却时时处处受到路人的关爱和照顾。比如,在医院,在车站,在一些公众场所,凡需要排队的地方,总有人让我优先;面对陡峭的石阶,也总有人主动跑过来搀扶我。有一次,在果园采风时,风雨大作,村里的老乡甚至把我背起来,让我安全跨越一段泥泞的险途。至于我经常前往推拿院的途中,则更是一路春风得意。不论是看门的本地保安、扫地的四川大嫂、补鞋的吉林老哥、收废品的湖北小妹,还是幼儿园的小朋友们,见到我,总是笑脸相迎。有一对坐在婴儿车里晒太阳的双胞胎,甚至还会奶声奶气地说一声"老爷爷,慢走!"让我觉得阳光普照大地,人世间的每一个角落都充满温暖。至于为我推拿的盲人师傅们就更不用说了,他们都成为我晚年最好的朋友,当毕飞宇的长篇小说《推拿》荣获茅盾奖,继而又改编成电视连续剧在央视成功播出时,我和他们一起举杯欢庆,仿佛过节一般快乐。

当然,行走不便的我,作为老弱病残者之一,毕竟已属于社会上的弱势群体,尴尬而又无可奈何的场面也在所难免。比如,到大商场购物,标有轮椅图案的公厕往往"门虽设而常关";好不容易挤进火车站时,唯一的电梯却"正在维修中"。更让我深感屈辱的是,有一次,我独自撑着助步器在路边打车,一连三辆出租车从我眼前呼啸而过,全不把我放在眼里,而指示灯上,明明都亮着"空车"二字。好不容易盼来了第四辆,这才有好心的师傅让我上车。于是,我诚惶诚恐地向他求教。他说:老依伯,不是司机们看不起你,而是你行动不便,身边没有家人陪伴,万一有个闪失,责任承当不起。至此,我才恍然大悟,不是他们歧视我,而是我自己考虑不周,单独出行,让他们为难了。

转眼间,蛇年已尽,马年将到。按往年惯例,每逢辞旧迎新之际,我都要写一篇文章,以寄托来年的美好愿景。那么,作为"七腿翁"的我,当我迈进72岁——我的第七个本命年之时,对未来有什么愿景呢?对此,我曾和我的盲人朋友们进行过一番探讨,结论是:最高的愿景,当然是和13亿人一样,盼望中国梦能早日实现。而最低的愿景,可归纳为三条:一是希望福州市所有的无障碍通道都有头有尾,畅通无阻。二是希望福建省所有火车站"正在维修中"的电梯都能修好,并对公众开放。三是希望福州也能和上海一样,有一家专为老残病弱者服务的出租车公司,能让乘客坐轮椅直接上车,且可电话预约,随叫随到。当然,对于城市建设来说,这些都是区区小事,但细微之处见精神,往往是这些容易被人

忽视的细节,却代表一座城市真正的文明程度和现代化水平。以上这三条希望,既属于我,也属于我的盲人朋友们。而他们,还另有一条愿景,也托我在此代言:希望祖国的医学科技,能早日让他们的双眼重见光明。

　　"七腿翁"谨以此文,作为马年的迎春祝词吧!

原载《福建日报》2014 年 1 月 9 日

新浪网、凤凰网等转载

我家的春联

元旦刚过,与我同住福州的老母亲就坐不住了。86 岁的她,三番两次念叨着要回莆田老家去,理由只有一个:今年春早,该回去贴春联了。

春联,是盛开在中华大地上的迎春花。王安石诗云:"千门万户曈曈日,总把新桃换旧符。"我家祖宅虽说已关门闭户好多年了,但母亲认为,只要有子孙平安在外,这春联是万万不能缺少的。

在我童年的记忆中,春联总是和喜庆、快乐以及一碗碗好吃的海鲜面连在一起的。那时,刚解放,父母亲应聘到福清海边一所渔村小学任教。往年,有些不识字的村民因找不到人代笔,就在大海碗的碗沿上涂上墨汁,再把它倒扣在红纸上,于是,该家的春联就出现了以黑圆圈代替汉字的奇观。好在办起了小学,有我双亲在,这事就不难了。我父亲平素喜欢练字,能在学生家长面前露一手,自然是平生一大快事。而贪吃的我,更是快乐无比,因为对汉字充满敬畏的乡亲,总会送来一碗碗热腾腾的面条以示犒劳。碗面上的海蛎啊、海虾啊,全成为我味蕾上盛开的花朵。

那时,我刚学识字。双亲所写的联句,多为"翻身不忘共产党,喝水牢记挖井人"。其中,我印象最深的是"党"字,因为它在繁体字中笔画最多,我好不容易才把它记住。可惜好景不长,我父亲因所谓"政治历史问题",不得不回莆田老家放羊,每天在山坡上数羊,就像在课堂上为小学生点名一样。只有到了年终岁暮,为乡亲们挥毫书写春联时,他平日愁苦的脸上这才露出难得的笑容。然而,到了"文革"期间,早成惊弓之鸟的他,因怕写字招祸,就连春联也不敢再写了。于是,喜欢舞文弄墨、初生牛犊不怕虎的舍弟章汉便正式接班。

我家老宅的春联可分为两类。一类是机动式的,需与时俱进,年年更新。另一类是固定式的,即老祖宗建房时就用油漆保留在柱子上。如红砖小门楼上的楹联:"家有诗书能益智,地多山水足延年。"也许,是从小受其熏陶吧,长大后,读书和旅游就成为我的两大嗜好。又如厅堂的门联:"红豆啄余鹦鹉粒,碧梧栖老凤凰枝",读来颇为费解。上大学后请教古文老师,方知这是杜甫有名的倒装

句,可读成"鹦鹉啄余红豆粒,凤凰栖老碧梧枝。"也许,我对古诗词的兴趣,也就由此而生吧!可见,从小耳濡目染的楹联,往往能影响人的一生。然而,就连如此巧对妙句,到了"文革",老父亲也怕引起歧义,命章汉另写新联把它盖住。那时,最保险的联句全是领袖诗词,如"春风杨柳万千条,六亿神州尽舜尧"等等。

终于迎来了万象更新的新时期。思想解放、头脑灵活的章汉从此便大显身手。他写春联的最大特点是自撰联句。比如,父亲80大寿那年,他就撰写长联:"数百岁之桑弧,过去八十再来八十;问大年于海屋,春华九千秋实九千。"有一年,家中有第三人加入作家协会,又有第九人本科毕业,获得学士学位,于是,他就得意扬扬写出"书香门第九学士,青灯同砚三作家"。我嫌这样写太张扬了,他却我行我素,照写不误。退休以后,我在金山买了新房,他送给我的春联是"饱览书中潮生潮寂,静观户外云卷云舒",倒也深合我意,是我深居简出、读书养病的真实写照。有些在职的文友来此一看,全都羡慕得不得了。

如今,春联这一国宝,已从中国走向世界。比如,从美国发回的照片中,就有一张是我外孙女妞妞站在春联下拍的,其上联是"千秋笔墨惊天地",下联呢,被她遮住,只在她头顶露出一个"万"字。妞妞眯起眼睛作陶醉状,但嘴角却微微翘起,仿佛俏皮地说:外公,你猜猜看,被我遮住的中国字写的是什么呀?于是,我猜出了好几种答案:"万里云山入画图"啊,"万代华章震古今"啊,可惜都没猜中。原来,代写春联的老华侨崇拜孔子,他写的是"万世师表泣鬼神"。可见,中国的春联,如同孔子学院一样,已成为体现中国软实力、传播中华文明最好的载体。

惭愧的是,前有双亲挥毫,后有舍弟代笔,我这辈子尚未为我家写过一副春联。只能以此小文,聊作补偿。并借此机会,向读者拜个早年,祝大家在新的一年里,就像章汉刚送来的春联那样:"何其快哉,不亦乐乎"!

原载《福建日报》2011 年 1 月 28 日

远山近海

如果说,已逝的父亲是远方一抹淡淡的山影,那么,晚年与我朝夕相处的母亲,就是身边最亲近的海洋了。

一

母亲出生于马来西亚怡保,小名"怡保妹"。九岁时的某一天,她放学回家,发现全家人都到火车站为回中国的姑妈送行去了。她扔下书包,撒腿就跑,一口气跑到火车站,不顾一切,跳上车厢,死活要姑妈带上她。姑妈无奈,只好把小表妹留下,改带她坐火车、再坐轮船回中国。不料,福建沦陷,太平洋战争爆发,我母亲只能留在国内上学,再也无法与南洋的外公外婆团聚了。

于是,在我的童年,母亲用莆仙方言教唱的第一首童谣,就是:"拖耷伊弯,老鼠过番……"于是,我从小就知道:遥远的南洋,有个遥远的地方,名叫怡保,它对我至关重要。因为,没有怡保,就没有"怡保妹";没有"怡保妹"在火车站上的那一跳,那轰轰烈烈义无反顾的一跳,也就没有我,没有我们这在中国大陆上冒出来的一大家族了。

1997年,55岁的我出访马来西亚。在吉隆坡,我的三位老姨妈一见到我,全都说:"好啊,怡保妹家的大男孩看我们来啦!"在她们嘴里,左一声"怡保妹",右一声"怡保妹",叫得我心里热乎乎的。为此,我专程到怡保,找到一家华文小学,久久站在校门口,等待从那里放学出来的女学生们。我想,我母亲小时候,也就是她们今天这种模样吧?黑头发,黑眼睛,白衬衫,蓝裙子,背着小书包蹦蹦跳跳,叽叽喳喳,如同在赤道温润的海风中,一棵迎风摇曳的小小椰子树……

孩子们长大了,总想打听双亲年轻时的浪漫故事。对此,母亲从不隐瞒。她说:抗战期间,侨汇断绝,她急需找个婆家,供她继续上学。那年夏天,表哥带她翻山越岭,来到莆田与福清交界处的小山村,找我父亲相亲。天气热,心里又紧张,我母亲一进门,就一屁股坐在石门坎上直喘气。我父亲赶紧递过去一把用麦秸编的扇子。她一手摇动扇子,另一手挽起长长的秀发,让习习凉风往脖子上

灌。我父亲关切地说:"你的头发很黑,很好看,只是长了一点。"母亲抬起头来,瞄了他一眼,轻声说:"等以后到了你家,我就把头发剪短。"

正如柳青在《创业史》中所言:"人生的道路虽然漫长,但关键处只有几步。"看来,我母亲小时候在南洋的那一"跳",年轻时在我祖家所允诺的那一"剪",就此翻开了我这家族史的第一页。如今,年已 85 岁、四代同堂、内外子孙达 63 人的老母亲,每当回忆这一跳一剪的往事,还不免为她当年的当机立断而洋洋自得。

二

但在当年,母亲嫁给父亲,很难说是福还是祸。因为我父亲生不逢时,实在太倒霉了。沦陷期间,他被日寇抓去吊了起来;国民党时代,他被裁员,失业,不得不携妻带子回乡下老家。好不容易盼到新中国成立,他和母亲双双到福清县一个名叫双屿的小渔村当小学教员。不料,"肃反"期间,他却因所谓政治历史问题,不得不重回莆田老家务农。他每天在山坡上默数羊群,就跟当年在课堂上为小学生点名一样……

从我懂事时开始,父亲就是个寡言少语、谨小慎微的人,即便微笑,那笑容中也带有几分谦卑,几分苦涩。记得新中国成立前夕那年正月初一,家家户户都在鞭炮声中吃线面,而失业在家的他,连这一世代相传的年俗也无法兑现。不懂事的我哭闹起来,恼羞成怒的他狠狠给了我一巴掌。我索性躺在地上号啕大哭。这下子,沉默的全家人都向我父亲开炮了,纷纷责怪他没本事,还要打孩子出气。我父亲无言以对,只好躲进房间,借着从窗棂中透进的一丝亮光,默默地撕扯着掌上皲裂的皮屑。哭累的我,从门缝里偷眼瞧他,突然间发现他老了。

从那以后,父亲再也没有打骂过我。要我办事,他总是用商量的口吻征求我同意。比如,学期结束时,要列榜公布学生们的成绩了。父亲找到我,嗫嚅了半天,才悄悄说:"你的成绩很好,是全班第一名。但明天公布时,你要把第一让给别人——因为我和你妈妈在别人的村子里教书,薪水是别人给的,让别人家的孩子得第一名,会更好些,你说呢?"当时,我心里头一万个不愿意,但看到他那几乎是向我求助的眼神,也就无可奈何地点头答应了。也许,就在那一瞬间,我开始明白人世间有许多事情是不公平的,有时,你只能退让,只能放弃,只能委曲求全,忍辱负重……

果然,更大的一场打击来了。1960 年高考,我获得了作文满分、全省"文科状元"的好成绩。但随后的一纸入学通知单,却粉碎了我进北大的美梦。录取我的师范学院,只是我最后一个志愿。毫无思想准备的我,一下子从希望的巅峰跌落失望的深渊,只能是眼渭渭而泪涔涔了,而一向与世无争、逆来顺受的父亲,也只能心怀内疚,坐在一旁陪我默默垂泪。

这时,好在有我母亲,心胸坦荡、生性达观的母亲。她的一席话,柔中带刚,掷地有声,顿时扫去了笼罩在我父子心上的乌云。她说的是:"读师范有什么不好! 我和你爸不就是小学老师吗! 你在南洋的外公,在莆田的舅舅,不也是教书的吗! 我们是教育世家嘛,教书是我们的天职! 再说,国家对师范生免收学费,还每月补贴伙食费,可见师范教育很重要! 你弟妹多,你当大哥的能免费上大学,对全家都是一件大好事,还发愁什么呢! 真是! 快,快给我到田头采一把韭菜,挖几个芋头,今天中午,炒兴化粉,全家庆祝!"

那时,母亲的工资是全家唯一的收入。她既是全家的总理、财政部部长兼外交部部长,也是全家的精神领袖。因此,她的话一言九鼎,因此,我也就高高兴兴到师范学院报到去了。

三

然而,"困难时期"来了,灾荒和饥馑的幽灵在神州大地上徘徊。

对于母亲来说,上有年迈多病的公公婆婆需要奉伺,下有两男四女六个孩子需要穿衣吃饭上学,这一切,全靠她每月区区 30 多元工资。况且,每逢开学时,她还要替比我家更穷的农家孩子垫上学杂费。在我的记忆中,她总是月头领工资,月尾借钱……捉襟见肘的拮据,寅吃卯粮的忧虑,开口求人的难堪,顾此失彼的无奈……我只有在长大为人夫为人父之后,才多少有所体验。独木支撑家庭大厦的母亲,因此得了肝炎,得了冠心病,得了神经衰弱,她咬咬牙,全都顶住了。

当年,正在上大学的我,是全家未来最大的希望。每逢寒暑假,母亲总是把家养的鸡鸭杀给我吃,而且,每当我享受这一美味时,懂事的弟妹们全都躲开了。有一次,母亲还特意带我到镇上的菜馆,用她牙缝里抠出来的一点钱,要了一盘荔枝肉,硬逼我独吞下去。当时,她站在我背后,就像鲁迅小说里的华老栓那样,要亲眼看着华小栓把那据说是"补品"的东西全都吞下去。于是,我不得不含泪

吞下这盘荔枝肉,心中暗暗发誓,等我将来有了工资,一定要请全家人都来补尝这人世间最好吃的荔枝肉!

然而,大学刚毕业的我,替父亲还清旧债、给家里砌个新灶之后,便结婚成家、生儿育女,再也没有余力关照家里了。就连弟弟结婚,我这当大哥的,也只能卖掉身边唯一可卖的半导体收音机,凑了20元钱寄回去聊表贺意。记得那天在漳州,当我把这台收音机放进一家杂货店寄售时,发现里头的电池是旧的,心中大为不忍。此时,耳畔响起歌剧《白毛女》的插曲:"北风那个吹,雪花那个飘……"人家杨白劳再穷,过年时还给喜儿买条红头绳呢!于是,我又掏出口袋里仅剩的几角钱,买了付新电池装进去,这才怏怏离去。

其实,更可怜的还是我那四个妹妹,她们全都失学。后来,大妹、二妹、三妹相继出嫁。为了给小妹一个"补员"的机会,52岁的母亲不得不提前退休,告别她所挚爱的农村小学讲台,从而留下终身遗憾。

当然,退休后的她也没闲着,轮流到儿女各家帮带第三代,虽然辛苦却也乐此不疲。记得她在福清城关我小妹家的那几年,正好有五六个内、外孙都在福清一中就读,每逢周末,她总要炸上一堆鸡腿,卤上一锅鸡蛋,送到学校去。正在长身体的孙辈们总是异口同声地说:"奶奶,好吃!""外婆,好吃!"这时,她总是十分开心地打趣道:"到底是鸡腿好吃,还是我好吃!"如今,孙辈们全都长大成人了,但不管谁回到我母亲身边,都要带她到肯德基去,一起重温炸鸡腿的美味。然而,再可口的洋快餐,也比不上当年我母亲亲手烹制的美味……

当然,还有黄巷,我全家在福州度过十八个春秋的黄巷。公务繁忙的我,教学紧张的妻子,每当下班或下课回到家里时,都已筋疲力尽,要再弹好家里的"哆、嘞、咪三部曲"(我妻子汪兰一篇文章的标题,意指正在上高中、初中和小学的三个孩子),谈何容易!好在有我母亲全力相助,她揽走了包括买菜、煮饭、洗洗刷刷在内的大部分家务。有一段时间,上幼儿园的外甥女也寄宿在我家,我母亲只能与两个最小的孩子同挤一床横着睡觉。她毕竟是上了岁数的人,又曾有过神经衰弱的病史,弯腰屈腿半睡半醒一整夜,清早起来,不免腰酸背痛,四肢发麻,但她也从不在我们面前抱怨。

后来,《台港文学选刊》创刊,急需有人抄写稿子。这种抄写具有相当大的难度,必须把台湾书刊上的竖排繁体字,改抄成大陆通用的横排简化字,没有一定岁数、通晓汉字繁简两种写法的人,还不能胜任呢!母亲见我为此发愁,便主动请缨,挑起了这份额外的重担。好在我外公在南洋就是华文学校校长,又是个颇有名气的书法家,母亲从小耳濡目染,十分重视汉字的书写规范,因此,她所抄写的稿子,不但一笔不苟,绝无差错,且清雅娟秀,一副大家闺秀的模样,深得编辑部和印刷厂的好评。当年,她在家务之余,每天最多能抄写十张稿纸,每张三百字,这一抄,就是整整三千字!

四

好在后来,有我父亲加盟。老两口戴起老花眼镜轮流抄写,有说有笑,效率大大提高了。那年,我父亲69岁了,总算落实了政策,补发了退休金,挺起腰杆,恢复了一名人民教师应有的自尊。他一生中最大的精神负担——对儿女前程的连累,也就此烟消云散,化为乌有。此时,我和舍弟章汉都是共产党党员,且先后有了芝麻绿豆大的一官半职。

按常理,父亲受到长达30年的不公正待遇,必然会痛定思痛,牢骚满腹。但奇怪的是,全家人反倒是他对共产党最是感恩戴德。他平生最敬仰的人是周恩来,最感激的人是邓小平。他常说:"没有邓小平,就没有中国的今天,也就没有我们全家的今天!"他最关心的是孙辈们是否追求进步,是否写入党申请书?但等到我侄女真的入党,全家都为此庆贺时,却只有他瞪起双眼:"怎么,连你也可以入党?"在他的心目中,共产党员都是用特殊材料铸成的人,即使没在战场上穿越枪林弹雨,至少也要到农村基层摸爬滚打几年,像侄女这样刚走出大学校门,不时还在他面前撒娇的小女子,怎么一下子就能混进党内来呢!

春回大地,万象更新,子孙后代的户口全都进了省会城市。面对家族史上从农村到城市的这一大迁徙,他自然是看在眼里,喜在心头。但晚年的他,却更喜欢住在乡下老家。他用他和母亲的退休金,外加南洋的一点侨汇,儿孙们的些许资助,把祖传的三间平屋扩建成双层小楼,过起"鸟鸣山更幽,蝉噪林愈静"的乡居生活。除了在母亲的严加看管下,喝酒不能尽兴外,他已别无所求。每天读读乡邮员送来的《参考消息》,翻翻我们从福州运回去的两架图书,再和乡亲们搓一圈麻将,下两盘象棋,便是他自得其乐的日常生活。逢年过节,帮乡亲们写写春联,给归国华侨捐建的学校、医院、道路、桥梁等用文言文书写碑文,更是他最大的乐趣。但有一点例外,即每逢村里举办一些带有封建迷信色彩的民俗活动,他总是谢绝参与,因为他明白,两个孩子都是共产党员,都是无神论者,他再也不

能给孩子带来任何难堪。我在仙游县挂职副县长的两年,他也从不去看我,以免给我增添不必要的麻烦。相反,凡有不速之客登门,想托人情办点私事,他总是为我挡驾,生怕我做出徇私舞弊的蠢事,污了一世清名。

有人到村里转了一圈,对他说:"全村就你两个儿子官最大,但你家房子却是全村最矮、最小、最不体面的了。"对此,我父亲毫无愧色地说:"这有什么不好!这说明我两个儿子都不是贪官污吏!只要村里修路,他俩能带头捐点款,我就满足了。"

有一次,他到厦门看望我侄儿,小住数日。我正好在厦门开会,会后顺路用公车载他回老家。车经莆田时,当地文联出面招待午餐。餐后回到车上,他忽然大发感慨:"章武啊,这是你入仕以来,我头一回陪你免费吃公餐!"乍听此言,我心中一震。抬眼望他,发现他的目光里找不出一丝一毫的埋怨,心中这才释然。但万万没想到的是,这是他第一次、也是最后一次陪我享用公家的招待!

1999年清明节,80岁的父亲终于走完他的人生旅程,在安详与平静中辞别人世。陪伴他在病榻上度过最后岁月的唯一一本书,是《周恩来传》。他临终时不留任何遗言,只是微微翕动嘴唇,自言自语地念叨:"善终,善终。"可见一生坎坷的他,对自己的晚年生活已相当满足,对这世界上的任何人,也不留有任何怨恨。作为一名普通的农村小学教员,当他入土为安时,送他上山的,有来自福清、莆田、仙游三个县的数百位学生、同事和亲友,花圈之多,为全村史无前例。我想,他也算是有福之人了,因为在古人对"福"字的定义中,"善终",便是"五福"中不可或缺之最后一福。

后来,我在整理父亲遗物时,发现他只留有一张身份证、一本退休证、一本存款余额为11.45元的农村信用社存折、几张学生的名片、十几把写不出墨迹的圆珠笔,外加一大捆他认为最要紧的教案。此外,就是他在历次政治运动中写不完的《检讨书》和《申诉书》……

出人意料的是,其中还夹有一摞诗稿,一摞他在生前从未示人的旧体诗词。最让我感动的,是他60岁时的两首七律,一首题为《自寿》:"蹉跎岁月六十年,愧无建树自伤怜。不学无才难应世,奉亲课子守桑田。幸得麒麟初露角,堪慰兰桂又盈庭。山河壮丽勤描绘,骏马驰骋尽加鞭。"另一首,是专门写给母亲的《寿内》:"满头白发两鬓霜,夫婿无能累糟糠。卅载唱随情意重,六哺子女换容颜。满园桃李争献艳,儿孙盈膝足自宽。岁月峥嵘无虚度,老当益寿即神仙。"其时,60岁的父亲尚未落实政策,但在他的诗中,却看不到丝毫怨恨,有的,只有深深的无奈与自责,只有对儿女的殷殷期望,对相濡以沫的母亲之感激,之痛惜,之一往情深。

除了乡下这幢全村最简朴的老宅,父亲没有留下任何物质遗产,但他大半生的不幸遭遇以及晚年的旷达心胸,却给了我们一笔弥足珍贵的精神财富。在我的青少年时代,他的所谓政治历史问题,一直是笼罩在我心头挥之不去的阴影,是横亘在我面前搬不动也绕不开的拦路石。这是坏事,也是好事。因为他催我早熟,使我从小就明白:在这个世界上,你没有后台,没有靠山,没有任何神灵可以庇佑,没有任何捷径可以取巧,一切,只能靠自己——以别人双倍的努力,争取得到与别人同等的待遇。即使暂时得不到,也不必太在意。关键是,不论身处逆境或顺境,你都不能放弃你的进取心和自信心,即使不得不委曲求全、忍辱负重,你也要始终保持人格的尊严和精神上的高贵……

如今当我怀念父亲时,他就像是远方的一抹山影,谦和地,安详地,恒定地,朴实地,默默无语地关望着我。

五

父亲逝世之后,为了减轻母亲的悲伤,排解她的寂寞,儿女们纷纷邀她同住。她先是两度出洋,与迁居澳大利亚的我小妹一家团聚,而80岁以后,便定居福州,先后住在我和我弟弟家。

我刚退休时,积习难改,仍视读书写作为生命。于是,每天一早,母亲都会为我递上一杯热咖啡;每天深夜,当我还在网游时,总有她的一声告诫:"晚了,该去睡了。"每次出门远行,她都一再叮咛:"和尚、包袱、伞,都带齐了吗?"而她独自出国探亲,凭她小时候学过那几句英语,大家总不放心。她却哈哈大笑:"全天下哪个角落没有华人,路在嘴上,我怕什么!"

也许,我母亲当了一辈子家庭领袖,习惯于决定一切、指挥一切吧?晚年的她,跟儿孙们在一起,磕磕碰碰在所难免,加上她性子急,惹她生气的事也时有发生。比如,孩子们迟睡迟起,双休日也就罢了,若是正常上班时间,她总是毫不客气地把他们提前叫醒,若动作慢一点,她就忍不住大声训斥:"你们这样拖拖拉拉,太不像话了,我当了一辈子老师,上课从来没有迟到一分钟!"

家里人多,常会摔破一些瓶瓶罐罐。当我把碎玻璃碴扫进畚斗,装进塑料垃圾袋时,她总是批评我:"你这样处理,不怕伤人吗?"我只好改用纸皮箱包装,上

书"内有玻璃碴,注意安全"。然而,她还是不放心:你先放着,我自有办法。没想到,过了个把月,她居然把它带回莆田老家,在龙眼树下挖坑埋掉了。

说起老家的龙眼树,其实,也只剩下后门边那唯一的一棵。尽管它产量十分有限,但却成我母亲晚年对老家最大的牵挂。每年春天,她总要回家请人培土施肥、剪枝照料;每年秋天,龙眼成熟时,她也总要回去请人采收,然后,装满两大竹篮,双手拎着,坐三轮摩托到镇上,搭班车来福州,再挤公交车一路送来,其间,还要三次横穿大马路呢!为此,章汉劝她:"福州市场上的龙眼多得是,也不贵,我只要写一幅字,就可以换来好几百斤,你老人家何必千辛万苦从莆田带上来呢!"但她一听,就板起脸孔,义正词严地说:"这不一样,这是老家的龙眼!"想想也是,这是列祖列宗留给我家唯一的果树,是吾乡吾土献给远方儿女的最后一丝甘甜,自然是世界上任何地方任何美味所不能替换的……

好在母亲的严厉和固执,只针对日常小事。至于涉及每个人前途命运的大事,她全不干预,她深信每个子孙都会做出正确的选择。在这期间,若有困难,她总会在第一时间挺身而出,慷慨解囊,然后再发动各家集资支援。而不论哪家办喜事,她也总是早早亲临现场,帮忙招呼客人,然后,当仁不让地坐上主席的位置。于是,福星高照,祥云缭绕,喜气洋洋,笑语声声。

人们常说母爱似海。无边无际的大海是开阔的,坦荡的,奔腾不息的。生性达观的母亲,当她在晚年絮絮叨叨诉说往事时,总是回忆鲜花盛开的季节、阳光灿烂的日子。而风雨途中的泥泞与坎坷,辛劳与贫困,委屈与不幸,她几乎全都不再提起。她最自豪的,是平生三件事:一是念初中时参加莆田田径运动会,荣获全县女子铁饼第二名。二是在抗战期间,她演唱过《铁蹄下的歌女》。三是79岁那年,她参加莆田市"百名老人金秋北京游",在八达岭长城上高歌一曲聂耳的《毕业歌》,被随行的东南电视台记者,录进了电视专题片。2007年,84岁的母亲又意外获得一项新的荣誉:在第二届福州市读书月活动中,她代表四代同堂、藏书万册的全家,上台领回一个"书香门第"的奖牌。从此,当她回忆往事时,又多了第四个引为自豪的话题。

知足常乐,仁者寿。

原载《福建文学》2008年9月号

辑五　海外望远镜

善待母亲

尽管宇航员可以遨游太空、漫步月球,现代科技如何昌明发达,如何突飞猛进,但迄今为止,我们不得不清醒地面对这样一个现实:茫茫宇宙,荡荡乾坤,适合人类生存的唯一星球,还只有我们共同的母亲——地球。

尽管一个世纪以来,人类的平均寿命似乎更长了,但与此同时,我们又不能不痛惜地感到,我们的母亲似乎已不再年轻,甚至,还有点憔悴,有点羸弱,有点疲惫不堪!

冰岛的火山在喷发,印尼的森林在燃烧,美国的龙卷风在狂舞,中国的沙尘暴在肆虐。从土耳其到日本,不断传来地震的消息。南极的冰山在消融,威尼斯的市街在下沉,人类的至爱亲朋——空中的飞鸟、地上的走兽、水中的游鱼,以及许许多多花草树木,正不断被联合国有关部门列入"红皮书",成为濒危物种!

人口还在急剧膨胀。我们的母亲还能挤出更多的乳汁,来喂养 60 亿以外的子孙吗?世界屋脊的冰川在缩小,雪线在上升。誉称地球"肺叶"的亚马逊河流域,大片大片的热带雨林在消失。多少河流被沙漠吸干,多少淡水湖变成了盐湖。尼罗河、恒河,还有我们的黄河,往往望不见入海口便已断流,更不必说多少清流已被污染!旷日持久的巴以和谈、叙以和谈、印巴争端,几乎都与水资源的分配有关。北约对南斯拉夫的狂轰滥炸,竟使多瑙河之波再也波动不出施特劳斯圆舞曲蓝色的旋律!

正如风没有国界,沙尘与赤潮没有国界,全球性的生态灾难也没有国界。撒哈拉大沙漠的热风烤焦了整个南部非洲,印尼森林大火的烟雾飘过马六甲海峡,迫使马来西亚的学校关门停课。蒙古与中国的沙尘暴甚至能使日本列岛的天空为之变色。全球气候变暖,二氧化碳排放量高居首位的美国难逃其责!

因此,当我们展望一个全新的世纪之时,我们不能不怀有一种深深的忧患意识。该是我们共同善待、保护和拯救地球母亲的时候了,这是人类生存的基础,

也是和平与发展的动力。中国有句古诗："谁言寸草心,报得三春晖。"对待地球母亲,我们绝不能只是一味毫无节制地索取。该是回报母亲厚爱的时候了,让我们的母亲青春长驻,这是全人类及其子孙的根本利益所在。

作为人类灵魂的工程师,全世界的作家艺术家,更应该以自己的良知和赤诚,投身到保护地球生态环境的伟大实践中去。这是人类文学与艺术创造的永恒主题,也是我们神圣的不可推卸的历史使命。

原载《福建文学》2000 年 11 月号

拉斯维加斯之夜

　　美国是个巨大的魔方,它旋转出的每一个块面都具有不同的色彩。在我的印象中,纽约是亿万富翁的天堂,旧金山是平民化的都市,华盛顿属于官僚政客,波士顿是身穿绅士礼服的学者,而拉斯维加斯呢?作为全球首屈一指的大赌城,它无疑是个暴发户,正凭借巨大的财力,恣情释放和宣泄人类的种种原欲。

　　在沙漠中横空出世的它,不能不说是一个奇迹。从亚利桑那州的科罗拉多大峡谷驱车进入内华达州,举目皆是黄色:灰黄、土黄、褐黄、焦黄。赤地千里,寸草不生,连一只鸟影也看不见。然而,就在这无边的干燥、燠热和荒凉之中,渐渐出现了一泓碧波,清清爽爽地向四面八方漫溢开来,形成了一个边缘很不规则的人工湖,这就是发源于落基山脉的科罗拉多河被横腰拦截后所形成的米德湖。由于它在 1931 年诞生时,恰逢胡佛担任美国总统,便又称之为胡佛水库。当时,胡佛水库曾是全世界海拔最高的水库。有了水库,自然便有了水,有了电。时值美国经济大萧条时期,但聪明的美国人并没有利用米德湖的湖水去造田种粮,反而在荒漠深处建起了一座绿荫荫的现代化城市来。据说,修建胡佛水库为当年的美国增加了 20 万个就业机会,20 万人拥进荒无人烟的地方,白天工作,晚上无事可做,便聚在一起以赌博来打发漫漫长夜。内华达州索性立法规定赌博的合法性,并征收赌税。只不过,他们把赌博称为游戏罢了。没想到,这样一部法律极大地促进了旅游业和娱乐业的发展,其税收占全州收入的一半以上,拉斯维加斯也一跃成为名闻全球的销金窟。美国人用钱在沙漠中堆起了一座大赌城,而大赌城又为美国引来滚滚的财源,怪不得许多人都戏谑地说:这是他们开发西部最成功的一项扶贫工程——既保护了生态环境,又创造了无穷无尽的财富。

　　我是在黄昏时进入这座奇异的城市的,看不见“大漠孤烟直,长河落日圆”的景象,展现在眼前的却是在斜阳中粼粼闪动的波光,在漠风中轻轻摇曳的棕榈树叶,以及掩映其间的几乎是集全世界著名建筑物于一处的街景:古埃及的金字塔,古罗马的凯撒皇宫,英国的伦敦桥,法国的凯旋门和埃菲尔铁塔,阿拉伯城堡的大穹顶和中国式宫殿的金色琉璃瓦……

　　尽管这一切都是仿造的、虚构的,像海市蜃楼一般似真似幻,然而,它的豪华和气派,那种对财富毫不掩饰地炫耀,还是像电击一般深深震撼了我。据说,全世界十大酒店,有九个都麇集于此。居全球之冠的米高梅酒店,四幢呈十字交叉的高楼全以祖母绿玻璃装饰外墙,门口金色的大雄狮蹲踞在白色大理石的台座上,使我想起在米高梅电影公司出品的影片片头上所看到的标志。金字塔酒店是仿古埃及胡夫金字塔的体例建造的,只不过其外观全是天蓝色的玻璃幕墙,映照着门外的狮身人面兽,使亘古难解的斯芬克司之谜更显得诡秘莫测。乘坐专用小火车进入古城堡酒店,五颜六色的尖顶塔楼林立,犹如置身中世纪的童话世界。而威尼斯大饭店的中央大厅里居然流进了小河,游客可乘坐“贡多拉”小舟直抵“圣马可广场”喝咖啡。我下榻的阿拉丁酒店更是匪夷所思,顶层纵横交叉着古代许多阿拉伯的街巷,走了半天,突然发现头顶上的蓝天、白云、星星、月亮,全都是人造的! 原先.这里的客房标准间每天住宿费高达 1000 美元,“9·11”事件之后,游客锐减,我所交的住宿费居然只需 39 美元,简直比北京、上海还便宜。

　　白天,整座城市静悄悄的,似乎正在昏睡,空荡荡的大街上,几乎看不到行人。然而,当夕阳西坠之际,全城的霓虹灯一下子亮了起来,它不断地闪烁着、变幻着、流动着、旋转着,把小丑、海盗、骷髅头,少女的红唇与玉腿,香槟酒和可口可乐、赛马场和高尔夫球场,连同难以抗拒的诱惑,像暴雨一般光怪陆离地倾泻在市街上。于是,整个城市苏醒了,亢奋起来了,也不知从哪里冒出来的人群,像潮水一般涌上了街头。白天里宽敞而又空旷的大街,连同十字路口的电梯和栈桥,全都摩肩接踵,挤得水泄不通。更有一些衣冠楚楚、彬彬有礼的人挤在人流中,沿街发送“模仿秀”的演出海报和妓院的广告,只是人们担心沾上恐怖分子可能投放的炭疽菌“白粉”,接阅者寥寥。但不管如何,在“9·11”事件之后,全美各地惊魂未定,却有这么多人躲到拉斯维加斯来及时行乐,却也是我始料而未及。为了招徕顾客,各大酒店都使出了浑身解数,在门口举行各种免费观赏的大型露天表演。有的以长达 100 多米的音乐喷泉取胜,无数翩翩起舞的水柱在灯光下飞花点翠,流光溢彩;有的以人造火山见长,每隔 15 分钟喷发一次,炽热的岩浆直冲夜空,整条瀑布全都烈火熊熊。得名于英国作家斯蒂芬逊同名小说的宝岛酒店,更是别出心裁,在门外的水池里开动出一条商船、一条海盗船,两船相遇交火,炮声隆隆,火光冲天,海盗们从断裂的桅杆上翻身落水,水花四溅,而商船也中弹倾斜,渐渐沉没……这每夜三次集话剧、电影于一体的表演,惊心动魄,活灵活现,使宝岛酒店成为全城最火爆的热点,自是人山人海争相围睹,不能不令人迷离恍惚,简直忘了自己今宵究竟置身何处!

当然,招徕顾客的目的是为了让赌场大开利市。每家酒店的一楼大厅,沿街的所有店堂,甚至,连机场的候机楼里,全都摆满了一眼望不见尽头的老虎机。据说,拉斯维加斯全城只有 33 万人口,而老虎机的总拥有量却高达 300 多万台,每年吸引来自全世界的 2000 多万赌客。老虎机,张开血盆大口的老虎机,吃人不吐渣的老虎机,就这样咔嚓咔嚓直响到天明,连同叮叮当当的硬币滚动声,令人狂喜或令人沮丧甚至令人绝望的声音,成为这座不夜城震耳欲聋的生命交响乐。

在这里,我看到了美国社会本质的一个重要方面。尽管我从小便从莎士比亚的诗剧里,从巴尔扎克的小说里,从我所受到的教育里,得知贪婪是人性的万恶之源,而金钱的邪恶又是如何毁灭了人性。然而,在美国,在拉斯维加斯,金钱与贪婪又是在法律的保护下堂而皇之地支配着一切,创造并消解着一切! 朗朗乾坤,大千世界,有人在饥饿和贫困中挣扎,有人在战争和动乱中呻吟,有人在辛勤而诚实地劳作,也有人在醉生梦死,挥金如土。不同的社会制度,不同的世界观、人生观和价值观,这就是当今多元并存的人类社会。但愿拉斯维加斯仅仅只是世界城市中的一个另类。

原载《美文》2002 年 6 月号

入选《中华散文百年精华》(人民日报出版社 2005 年版)

耶鲁大学的两张桌子

2005年4月21日,中国国家主席胡锦涛在美国纽黑文市访问时,应邀到耶鲁大学演讲。面对座无虚席的听众,他满腔热情地说:"耶鲁大学以悠久的发展历史、独特的办学风格、卓著的学术成就闻名于世。如果时光能够倒流几十年,我真希望成为你们中的一员。"顿时,掌声如同海潮一般席卷整个大厅。

我在电视上看到这一精彩镜头,倍感亲切,因为它勾起了前些年我参观耶鲁大学时的美好记忆,尤其是那两张桌子,两张令人终生难以忘怀的桌子。

众所周知,耶鲁大学与中国的交往,可谓源远流长。且不说中国第一位留学生容闳、第一条铁路的设计者詹天佑都是该校的毕业生,且不说当今在该校执教和深造的华人多达六百多人,就连校园一侧的餐馆,布什女儿在学时曾经天天晚上都要光顾的那家日本料理店,老板也是"阿拉上海人"。但我万万没想到的是,东亚图书馆大门口那尊著名的石雕艺术品,摆放在草坪上的"女生桌",也出自华裔女设计师之手。

她的名字叫林璎,祖籍福州,是著名女作家林徽因的侄女。也许,在福州,很少有人知道她,但在美国,她却是个赫赫有名的才女。当年,华盛顿市向全世界征集越战纪念碑的设计稿,在1421件应征稿中,最后一举夺魁的,便是她的作品。那时,她年仅21岁,还在耶鲁大学建筑学院读大学三年级。

如今,我眼前的这张"女生桌",实际上是耶鲁大学的女生纪念碑,远远看去,是黑色花岗岩的半个圆球体,状如一张桌子,但却显得深沉、凝重、纯正而高贵。走近细看,方知那桌面上,即椭圆形的剖面中央,有一个圆孔,清水从螺旋上升的孔中不断涌现,匀匀地,一波又一波地向整个桌面漫去,无声无息,无休无止。在波纹犹如树木年轮般的走线上,镌刻着耶鲁自1837年以来,每年入学女生的数量……

水,清纯,透明,轻盈,灵动的水,是全人类的生命之源,同时,在中国传统文化中,在东方文明中,也是女性的象征。《红楼梦》中的贾宝玉,不就有"女人是水做成的"这一句名言吗!天才的林璎,就这样把带有神秘色彩的东方艺术,与西方的几何线条及现代技巧,巧妙而又神奇地结合起来,并达到了和谐的统一。它所表达的富有人文精神的女性关怀,成为全世界共通的语言。

无独有偶,在耶鲁大学校园内还有另一张桌子,尽管与中国文化毫无关联,但同样引起了我的浓厚兴趣。

那是一张很普通的四方形木餐桌,没有油漆,显示出它米黄色的木质本色。它就摆放在一家卖比萨饼的百年老店里。令人匪夷所思的是,桌面上伤痕累累,全被人用小刀密密麻麻地刻满了文字,刻满了各种各样的符号和图案。

原来,耶鲁大学的办学理念,历来提倡学生张扬个性,并以此培养他们独立思考和勇于创新的精神。精明的餐馆老板对此心领神会,便别出心裁,允许并鼓励学生顾客们在桌上胡乱涂鸦,说是要让未来的名人、伟人们在此留下年轻时不拘小节、放浪形骸的印记。据说,这一招还真灵,这家比萨饼店不但因此生意红火,还成为校园内一处著名的景点。一张桌子刻满了,便珍藏起来,换上另一张,这一张又一张的桌子,便成为文物,成为这家百年老店的传家之宝。

毕竟,从耶鲁大学校园里走出去的,迄今为止,已有五位美国总统、20 多位诺贝尔奖获得者……

原载《福州晚报》2006 年 5 月 8 日

转载《视野》2007 年第 2 期

《意林》2010 年第 1 期

慰冰湖,海的女儿

冰心爱海,也爱湖。

她曾说过:"海好像我的母亲,湖是我的朋友。"母亲是唯一的,而朋友却不嫌其多。但在许许多多湖的朋友中,冰心最钟爱的,曾先后 11 次写到的却只有一个,她把它深情地称之为"海的女儿"。

这位"温和妩媚"的海的女儿,远在美国的波士顿,密林掩映的威尔斯利女子大学校园里。其时,1923 年,23 岁的冰心远渡重洋之后,孤身一人前来就读。"我亲爱的人都不在这里,便只有她——海的女儿,能慰安我了。"于是,冰心把这英文名为 Lake Waban 的湖,她的校友宋美龄前译为"韦班湖"的湖,谐音会意地改译成很带有冰心个人私密性的名字:慰冰湖。

从此,慰冰湖的湖波,便通过《寄小读者》,通过冰心那"满蕴着温柔,微带着忧愁"的文笔,源源不绝地流淌在中国千千万万读者的心田里。这一点,连宋美龄也不得不佩服。抗战期间,在重庆的一次校友午餐会上,她当着蒋介石的面对冰心说:你是大作家,你的名气比我大,中国人都知道威尔斯利有个慰冰湖,而我先前的译名都被人忘掉了。

应该感谢冰心的在天之灵,她让我和我的同伴王炳根先生能以冰心研究者的身份,接受威尔斯利女子大学的邀请,到慰冰湖去,到海的女儿身边去。

其实,冰心本人就是一位海的女儿。海军世家出身的她,从小便拥有海的情怀。而威尔斯利提供她当年住宿的女生宿舍楼,也被冰心谐音翻译成"闭璧楼",又特别与大海有缘。这幢亭亭玉立于高坡之上,红砖砌墙、白石镶角的五层楼,系闭璧约翰船主捐款所建,楼内至今悬挂着许多与海有关的图画。当年,初来乍到的冰心,在久候家书未至之际,便只能借那些"无风起浪的画中的海波",来聊慰自己的乡愁了。当我们站在楼前拍照时,一群如花似玉的金发女郎热情好奇地围了过来。当年的冰心,也和她们一样年轻俏丽吧?只是今天的她们,早已拥有了因特网、手机和越洋电话,那种去国怀乡、剪不断理还乱的愁滋味,怕是再也品呷不出来了。

　　从闭璧楼往下走,密林环抱着一碧无际的草坡。疏朗开阔、生机勃发的校园,果然如当年冰心笔下:"学校如同一座花园,一个个学生便是花朵。"我看见一群女学生正在打橄榄球,欢呼雀跃声中,一袭袭红色的球衣,更像是在绿茵场上飞来飞去的花朵了。

　　这时,风来了,那是一种软软的、潮潮的,却又清清爽爽的微风,带来了湖的气息。那湖,自然便是我们最心仪的慰冰湖了。于是,我们迎风往湖岸走去。首先扑进眼帘的,不是闪闪的波光,而是色彩斑斓的树:枫树、杨树、松树。"四围的树叶",依然是"绿的,红的,黄的,白的,一丛丛的倒影到水中来,覆盖了半湖秋水",而树底下,也依然"落叶红的黄的堆积在小径上,有一寸来厚,踏上去又湿又软"。突然,炳根惊喜地叫了起来,那是一棵小叶枫,树干从半人高处一分为二,成丫字形朝空中伸展,满树冠的红叶像燃烧的火苗,把背后的湖波也染红了。而树下的落叶,更是红得发紫,紫得发黑,显得更加深沉。

　　为冰心写过传记的炳根自然熟悉这棵枫树,这棵曾被学生时代的冰心拍照时用作背景的枫树。尽管时光已流逝了将近80年,80年前23岁的冰心后来以99岁的高龄仙逝,距今也快三年了。斯人已逝,但湖犹在,树犹存,且湖还是那么年轻,树也不曾老去。我们赶紧轮番在树下拍照。倚着树干,坐在松软的落叶堆上,耳听湖波一声声轻轻触碰湖岸的絮语,我忽然想起:"四围红叶中,四面水声里",这不就是冰心当年悄然静坐,凝神运笔,为她远方的小读者写信的地方吗!

　　我们沿着湖岸前行。愈往前走,林愈深,而湖岸也愈加曲折。湖面时开时合,开时,波光潋滟,森森然不知有多宽,多大;合时,一角湖水又全都倒映着浓浓的树影,漾漾然显得更深邃也更神秘了。不时有一两只松鼠翘着毛茸茸的大尾巴从眼前闪了过去,又有两三位娇喘吁吁的女学生从背后追了上来,擦身而去。正在健身跑步的她们,如同鸟儿掠翅,轻灵灵地没入前方的树影之中。

　　前面,传来了汩汩的水声。原来是一条小溪流入湖中。我蹲在溪与湖的交汇处,探身拨开漂浮在水面的斑斑驳驳的落叶,发现湖水清澈透明,游动的小鱼历历可数。而湖底,又参差错落地躺卧着许多晶洁可爱的鹅卵石。于是,我又悠然想起冰心当年,在母亲寿辰的前一天,临水起了乡思,曾随手拾起一片湖石,用小刀刻上两句宋词:"乡梦不曾休,惹甚闲愁"?再远远地把它抛入湖心里。如今,这一小片湖石,肯定还隐匿在茫茫碧波的深处。倘若能有人把它捞起,并捐

赠给我们的冰心文学馆,那么,它准定能成为我们的镇馆之宝……

慰冰湖,海的女儿,你与冰心竟然如此心心相印!冰心的一生,是充满爱心的一生。而正是慰冰湖柔情脉脉的湖波,把早年冰心的那颗爱心淘洗得更加纯净,更加坚定。因为远渡重洋,她更加热爱祖国;因为思念母亲,她更加眷恋母亲;因为在这里大病一场,她倍感友谊的珍贵;也因为海的女儿慰冰湖"仪态万千",她对大自然的热爱更加刻骨铭心。就在湖畔,她写下了对于她生平与创作都极为重要的爱的宣言:

"爱在右,同情在左,走在生命路的两旁,随时撒种,随时开花,将这一径长途,点缀得香花弥漫,使穿枝拂叶的行人,踏着荆棘,不觉得痛苦有泪可落,也不是悲哀。"

当然,在冰心的大爱博爱之中,也包含着她那甜蜜的初恋。那是 1925 年冬天的一个月夜,她收到了吴文藻先生寄来的一封情书。她想起两人在越洋轮船"杰克逊总统"号甲板上的邂逅,想起暑期不约而同一起在康奈尔大学补习法文的同窗生活,想起她参与中国留学生演出《琵琶记》时,吴先生从外地风尘仆仆赶来波士顿观赏的场景,心潮久久不能平息。尽管追求"冰心女士"的青年俊彦不乏其人,但她的心扉似乎只向吴先生一人所敞开。她想借书本躲开这撩人的相思,但在宿舍里读不下去,便夹起书本到图书馆自修,然而,还是读不下去。于是,她披衣出门,静静地坐在月光下的台阶上。这时,她很可能是掏出吴先生送给她的那根幸福牌钢笔,写下了她一生中唯一的一首爱情诗《相思》:

"躲开相思,披上裘儿,走出灯明人静的屋子。小径里明月相窥,枯枝——在雪地上又纵横地写满了相思。"

令人遗憾的是,当年有点矜持的冰心,并没有把这首诗寄给吴先生,结婚后,也从未告诉过吴先生,尽管他俩相濡以沫地过了整整一辈子。

当年,冰心坐在台阶上写《相思》诗的图书馆,就坐落在慰冰湖畔的林间草地上。图书馆的大门两侧,依然立着两尊古希腊女神铜像,一尊是智慧女神,另一尊是壁画女神。智慧与艺术,犹如鸟之双翼,车之两轮,伴随着冰心的一生。图书馆的档案室里,至今仍珍存着冰心当年用英文撰写的硕士毕业论文:《李易安女士词的翻译和编辑》。前些年,冰心的女儿吴冰已将该文复印带回了祖国。

就在这座图书馆里,我代表中国冰心研究会向冰心的母校赠送了在中国出版的《冰心全集》,王炳根先生应邀作了《冰心在中国》的学术讲演,并回答了听讲者的提问。我发现,这里的学生对冰心的生平与创作都相当熟悉,原来,中文系主任马静恒教授为迎接我们的到来,早已布置他们研读了冰心在威尔斯利女子大学就学期间所写的8篇课文。走出图书馆的大门,拾阶而下,我又恋恋不舍地返身回望。这时,我意外发现那七级白石台阶的每一级立面上,全被人用红绿黄白四色粉笔写上了与爱有关的英文字母。这是中文系那些女学生们的创意吧? 一笔一画,秀丽而工整,该花去她们多少时间,多少心思? 、

风又来了,依然是慰冰湖那软软的、潮潮的,令人神清气爽的微风。我想起两年多前,在北京八宝山送别冰心时的情景——灵堂里没有哀乐,只有海风的呼啸,海浪的轰鸣,海鸥的鸣叫,伴随着管风琴与小号的优雅旋律,一声声为"海的女儿"送行。而灵堂中央的条幅上,也只有冰心生前手书的一句名言:"有了爱,便有了一切"。

冰心的一生,高举爱的旗帜,伴随着中国整整一个世纪。她早年在慰冰湖畔所播下爱的种子,如今也在异国他邦读者的心田里开花结果,白石台阶上那些英文字母便是明证。因此,当我依依惜别慰冰湖时,我更加坚信:冰心,不仅仅属于中国,也属于人类。

原载香港《文学世纪》2002 年第 9 期

《散文》2003 年 4 月号

《作家文摘》2003 年 4 月 29 日转载

在东山魁夷家做客

像被东京遗落的一小片园林,你的窗外一片浓荫

——李瑛:《访东山魁夷先生》

那窗,是日式客厅的木格纸窗。纸窗轻轻推开,满窗绿意便像清纯的山泉水漫了进来。我跟随诗人李瑛轻轻地走进客厅。我感觉自己变成条鱼儿,正游进幽深的水潭。我鼓腮呼吸着四月森林清新的气息,仿佛喧闹的东京都已变得十分遥远。

窗外,是两丛悄然开放的杜鹃花,是一片宁静的小白桦树林。午后的阳光从绿阴中筛落,给素洁的树干镀上斑驳的光影。我抬眼往绿阴上方望去,发现右上角还隐隐飘来一抹绯红色的云霞,使人想起这正是樱花浪漫的季节。

窗框就是画框。我们面窗落座,面前便是这一幅色彩纷繁而又和谐,在静谧中跃动着无限生机的日本画。

我记得东山魁夷大师的风景画里从未出现过人物。但今天不同,他本人就背窗坐在我们面前,成为窗外画幅的一个有机组成部分。隔着短脚长方木桌,我细细打量着88岁的东山魁夷先生。逆光勾画出他清癯的身躯、瘦削的双肩和宽广、明亮、充满智慧的前额。他只是谦和地笑着,端端正正地坐着,一双巨笔挥毫的手轻轻地搁置在双膝之上。我用尊敬的目光轻抚着这双像乡间老农一样粗糙平凡的手。真难以想象,就是这双手,费时十年,为奈良唐招提寺精心绘制了《山云》《涛声》《黄山晓云》《桂林月宵》《扬州熏风》等巨型障壁画,如今,这些画已成为日本的国宝,每年只有在开山祭之日和中秋节各开放三天。我更难以想象,也正是这双手,在丹青之余,写下那么多优美隽永的散文,尽管这些散文的成就往往被他享有世界盛誉的巨画所掩盖,但时间愈久,愈见其独具清澄的魅力。如今,他的散文已尾随他的画传进中国,北京、天津已有两种译本。他的代表作《听泉》在天津《散文》月刊译介后，已在中国读者中不胫而走，如我，便不知诵读了多少遍。我多么渴望能亲耳聆听这口心泉神妙的搏动之声！今天，我有幸随中国文联代表团来访，我的夙愿终于得以实现。

我们的团长、诗人李瑛已是第二次来访。他和东山先生像老朋友似地沉浸在1988年初次见面的回忆之中。李瑛谈起了已故著名作家井上靖先生，谈起了井上靖先生在中国拍摄电影故事片《敦煌》时，他为之调集战马的往事。井上靖先生是中日文化交流协会的会长，而东山魁夷先生是该协会的代表理事。30多年风风雨雨，为构建日中两国之间的文化桥梁，两位艺术家并肩作战，情深似海。"井上靖先生逝世之后，我深深感到寂寞！"东山魁夷先生说这话时，矍铄有神的双眼顿时蒙上两朵阴云。他那沉稳、平缓的声音在我心中犹如惊雷骤响。

这时，东山夫人为我们奉上了绿茶和糕点。记得来访的路上，李瑛告诉我：每逢秋天来客，东山先生总是在花园的甬道上洒上几片红叶以示欢迎。那红叶，比红地毯更显得华贵。今天，我们与春风同来，艺术大师又将以什么样独特的方式欢迎我们呢？我把目光收回，端详着面前的长桌。我惊喜地发现，桌上一大玻璃缸清水上，正浮动着几朵刚从庭院里采摘下来的鲜花。尽管我不知道那些花的名字，但那花瓣和花蕊明丽的色彩——如大海的蔚蓝，如沙漠的金黄，如雪山的洁白，已使我深深陶醉。我们在花香中品茗。我发现黑漆托盘上，白底蓝花瓷茶盏里的绿茶，氤氲着一缕玫瑰的清芬。我们用小巧的竹刀在四角微翘的方形陶碟上切取年糕时，发现米黄色的年糕下，还垫着一片墨绿色的树叶。东山夫人告诉我，这是花园里茶花的叶子。于是，征得她同意，我把这片茶花的叶子细心地夹进我的笔记本。如今，当我撰写这篇短文时，它就静静地躺在我的稿笺上，像墨玉一般幽幽发光。

日本老人77岁称为"喜寿"，88岁称为"米寿"。今年正是东山先生"米寿"之年。东山夫人说："他还在作画。"先生接过话题，谦逊地说："嗨，我现在还画。速度不能像以前那么快。我一边画，一边休息。"停了停，他又仿佛自言自语地补上一句，"我还要努力。"

我的眼前浮现出他的名画《路》：一条在熹微的晨光中，笔直而缓和地向上伸展的路。一条温馨莹润的路。一条恬静而又寂寞的路。一条坦坦荡荡的永生之路。在这条永不见终点的艺术之路上，一个88岁的老人还在努力地登攀着，

一步一个脚印，永不歇息，永无止境……

而我们，竟要在老人极为宝贵的晚年时间里，占用整整一个下午。同来的湖南画家王金星虔诚地拿出几幅作品，请东山先生指教。趁主人戴起老花眼镜品画时，我用目光仔细打量这间接待过无数名流、学者的客厅。我忽然觉得这客厅有点空旷。这里，除了一块来自埃及的石浮雕——残缺的《鹰翅》之外，几乎不见一件珍贵的文物或艺术收藏品。只有一束蓝色的铁仙花，插在窗边的花瓶里，与窗外的风景遥相呼应。后来，我立起身来拍照时，无意中碰到了沙发旁边的小茶几，突然，传出一声声清脆的鸟鸣。我俯身一看，才知道是一只用翠色的绒毛制作的玩具小鸟。她婷婷立在一只大竹篮里，身边全是风干了的果实，真真切切的山林野果：松球、核桃、金色的玉米棒子。这鲜花，这干果，这小鸟，使整个客厅弥漫着一种大自然的气息，一种明净清澄的气息，不受任何人工污染的气息。

东山魁夷先生正和王金星娓娓叙谈："中国画传统深厚。新画家能创立自己的风格，是一件很不容易的事情……"又一阵啁啾悦耳的鸟唱打断了彼此间的交谈。这一次，鸟声是从窗外传来的。我循声望去，意外发现白桦树下有两根一人高的木桩，桩顶平放着木板，木板上托着白瓷碟子。东山夫人告诉我："那碟子里放着鸟食。"果然，一只花翅膀、长尾巴的鸟儿正立在瓷碟的边沿上。她抬起蓝色的脖颈惊奇地望着我们。她舒展明丽的歌喉，歌声润滑如竹叶上的露珠。她，是对熟稔的主人致深情的问候，还是对我们这些陌生的中国客人表示由衷的欢迎？这窗户，这窗外的风景，因鸟儿的光临，更显得春意盎然。我忽然想起东山先生散文中的几句话："风景是心灵的镜子。一座庭院最鲜明地代表着居住在这里的人家的心灵。"是的，这庭院、这客厅，这庭院和客厅里的每一朵花，每一片树叶，每一只果实，每一只鸟，都沐浴着主人从心灵深处流出来的潺潺的泉水，都闪耀着艺术家高洁的人格光辉。

东山魁夷先生就是这样把全身心投入到大自然之中，在灵魂深处与大自然进行对话，从而，在他的笔下，展现出广阔无垠、静谧无限、至真至纯至美的世界，一个跃动着强大生命力的万物葱茏的世界，一个地球、生物圈与人类和谐共处的世界。

我们无法挽留时光的流逝。我们不得不起身告辞。我们献上了菲薄的礼物：李瑛的诗集，王金星的有关洞庭湖的画作。我呢，送上一枚福州的寿山石印章,同时也惴惴不安地呈上自己新出版的一本小册子——散文集《处女湖》。书中有偶尔提及东山魁夷先生的一句话。对此,东山先生连连颔首称谢。而他回赠给我们的,是每人一本沉甸甸的《东山魁夷》画册,扉页上预先用毛笔题签的画册,我们心中所渴望得到的最珍贵的画册。

我们怀揣着沉甸甸的收获,依依不舍地走出客厅,走出正房门口,走出松柏掩映、茶花夹道的小径,走到临街那扇古雅的木栅栏大门前。当我们往庭院内回望时,东山魁夷先生还站在正房门前对我们行注目礼。他宁静、安详、谦和地站着,与群树站成了一幅美丽的风景。

原载《散文》1992 年 9 月号

转载《散文选刊》1993 年 7 月号

云顶"恶之花"

云顶高原又名"珍丁"高原,秀出于彭亨州吉保山脉中段的东坡,距吉隆坡东北 51 公里,是马来西亚著名的避暑胜地,也是东南亚首屈一指的"卡辛诺"。

何谓"卡辛诺"?它在马来语中是什么意思?开车的龚师傅故意笑而不答,只是说:你们外宾可凭护照免费参观,何乐而不为呢!

其实,我早从马华作协主席云里风先生的同名小说中得知,所谓"卡辛诺"就是赌场的意思。云顶的"卡辛诺"规模超过澳门状如"雀笼"的葡京大酒店,甚至被人称为"蒙地卡罗第二"。能透过这一独特的视角,窥见马来西亚社会的某一个侧面,对于我们写作人来说,自然是"何乐而不为"的一桩美事了。

汽车出城时,忽然下了一场大雨。雨帘遮住了郊外的橡胶园和油棕林,白茫茫一片什么也看不见。龚师傅欢呼道:"来水了,来水了!"奇怪,他为何要把"下雨"称作"来水"?

一问,原来这是赌客们的"行话"。水者,钱也。"来水"就是"来钱"的意思。下雨来水,手气旺,大吉大利呢!于是,大家全都开心地大笑起来。

这雨,来得快,去得也快。来时紧锣密鼓,铺天盖地;去时却悄然无声,转瞬即止。雨帘拉开之际,我们方知车子已盘上唐山,重峦叠嶂之间,举目皆是浓得化不开的热带雨林,且寒气袭人,好在主人早就提醒,我们全都披上多带的衣服。

路随峰转,越转越高。一团湿漉漉的浓雾飘过来,满山翠色便淡下去。一些色彩鲜丽的楼房在雾中闪动,像海市蜃楼一般看不分明。突然,眼前一黑,车子钻进长长的隧道,待天光云影迎面扑来,我们已从吉保山脉的西坡钻到了东坡。风从东方来,刚才的印度洋已变成了太平洋。

举目往高处望去,海拔 1772 米的乌鲁卡里山峰犹如身披绿袍的巨人张开双臂把我们团团抱住。可惜,它的脸部依然藏在雾中,像披着白色头巾的马来族少妇。忽然,头巾掀开一角,山腰处一幢红楼粲然一笑,那便是 18 层高赫赫有名的"云顶酒店"了。但来不及拍照,它又在浓雾中消失。

车子在山间跑马场附近停了下来。我们改坐缆车上山。偷眼下望,山间尽是浓密肥厚的阔叶林,可惜除了芭蕉树,我们什么也辨认不出来。再往上,白茫茫的雾便吞没了一切,玻璃窗外烟涛滚滚,感觉如同在大海中浮沉。

终于抵达云顶酒店,不断旋转的玻璃门犹如大嘴一张一合,把我们连同冷风、寒气、浓雾全都吞了进去。一时分不清东西南北,只见大厅里有许许多多的大柱子和许许多多的雕塑,小天使张开翅膀在头顶飞翔,青铜骑士护卫着头戴桂冠的女神,射灯把光束投向她的唇边嘴角,似有一丝冷冷的笑意。一切,都显得富丽堂皇,雍容华贵,却又宁静、安详,甚至还带有几许温馨。要不是那几面鲜丽的马来西亚星月条纹国旗,我会疑心自己置身于古罗马的某座宫殿里。

我们一头钻进了金碧辉煌的电梯间,顺手撤亮某一个数字,便随便进出这幢五星级酒店大厦的某一层。五光十色的商场、酒吧、咖啡厅、保龄球馆,连同门扇紧闭的套套客房,全都在身边闪了过去。迎面遇见一批批房客,全都神情沮丧,疲惫不堪,且双眼圈都染上水墨画似的暗影。看来,他们都是通宵达旦的豪赌者,但似乎全都输得精光,连头都抬不起来。只有位瘦猴般的中年男子例外,他拎着一只沉甸甸的皮箱,神采飞扬,喜形于色。诗人朱谷忠故意贴近他耳边悄声问:"来水了?"

他双眼一亮:"托福,托福——你们刚到?"说着,便自告奋勇,带我们下到二楼。原来,二楼的大圆厅才是真正的"卡辛诺"大赌场。

我们在入口处办理参观手续,却又发现两大奇观:其一,凡人内者,需衣冠楚楚,男士一律西装革履,打领带,若无此"行头",则须在柜台里租借一件"峇迪"。所谓"峇迪",乃花衬衫也,号称大马"国服"。看来,马来西亚人进赌场,也像欧洲人穿礼服上音乐厅、日本人穿和服观赏歌舞伎一样,庄重得很呢! 其二,我们这些外国游客可凭护照领取免费的参观券,而同来的龚师傅却还必须交纳200元马币(相当人民币700元)。不过,龚师傅说:"请放心,这200元等于寄存,出场时还要如数归还给我。"我们大为不解:"这一存一取,岂不麻烦?"

"诸位有所不知,来此的赌客,往往一赌起来,便忘乎所以,倾家荡产在所不惜,直到出门时方知口袋里没剩下一个铜板,山风一吹,大梦乍醒,跳崖轻生者不乏其人。于是,赌场老板想出了这一招,让输者出场时尚可取回200元,下山的车马费连同一星期的柴米油盐,足矣,以此可免去种种意外。"

原来如此,善哉,善哉!

终于步入了"卡辛诺"大圆厅,一个一望无际,可同时容纳数千人聚赌的大圆厅。不,是圆形广场,不,是海,是一个彩灯闪烁,人头攒动,各种金属撞击、滚动声音风狂浪急,遍布暗礁、潜流和漩涡的人欲之海。我以一个不谙水性的旁观者身份在这海中逡巡,冷眼看去,是各式各样光怪陆离的赌具——张开虎口吃人不吐骨头的"老虎机"、急速旋转的"特洛依木马"、俄罗斯式"大转盘"、令人眼花缭乱的"百

197

家乐""二十一点"……以及停放在旁的作为奖品的豪华小轿车,仿佛人人伸手可及,马上就可以拥有、开走……一切的一切,把人性中最贪婪最残酷的弱点全都激发起来,发泄出来,膨胀开来。在这里,人的脸孔全都黯然失色,全都可以忽略。强烈的聚光灯下,是一双双手,肥胖的手与瘦削的手,细嫩的手与粗糙的手,灵巧的手与笨拙的手,勇敢的手与怯懦的手,孤注一掷的手与优柔寡断的手,欣喜若狂的手与悲愤欲绝的手,颤抖的手,疯狂的手,贪得无厌的手,稳操胜券的手,屡败屡战的手,在绝望中挣扎的手……手、手、手! 在手与手较量的背后,是人与人的撕扯、咬噬与搏杀,是你死我活吃与被吃的大决战。狂波浊浪中,既有趾高气扬的风帆,更有折戟沉沙的桅杆,行将沉没的破船,以及四处漂流的尸骸……

而在这惊心动魄的海之岸,到处是明媚的阳光,明净的沙滩,怡人的芳草地。赌场老板为此提供了种种最文明最优质的服务:吃喝玩乐应有尽有,你可以住总统套房,可以遍尝山珍海味,可以一掷千金,当然,你也可以在赌场中喝免费的热咖啡,看免费的电影,暂时放松一下绷紧的神经。于是,我们这些人便躲进了电影院,想让视听安静片刻。不料,大银幕上出现的却是一部亚马逊河探险的故事片,在密密的热带雨林中,水桶粗的大蟒蛇冷不防从水中,从空中像鞭子一般甩了出来,把探险者紧紧地缠住、吸住,然后,张开血盆大口……

我们不忍心看下去,便逃了出来,逃出了这二楼的"卡辛诺",逃出了这一层古罗马式的大厅。我恍恍然觉得大门上那尖斗形的浮雕,状如三把砍刀,三把杀人不见血的砍刀,而整个云顶酒店,也像是亚马逊河的大丛林,凶恶的大蟒蛇正处处吐着火焰般的蛇信……

据说,马来西亚的"卡辛诺"仅此一地。谢天谢地,仅此一地! 据说,自从酒店 20 世纪 70 年代开业以来,老板已发了大财,政府也大大增加了税收。然而,那些游客和赌客呢? 在云里风先生的笔下,便有因一赌破产而在悬崖下车毁人亡的老板、瞒着丈夫赴赌而不得不卖身抵债的少妇……一幕幕人生的悲喜剧就在云顶雾间的舞台上盛演不衰。

我们还是坐电缆车回到山腰。回望云遮雾罩的乌鲁卡里山峰,来时美丽的感觉全都发馊变味。茂密的森林,怡人的气候,舒适的现代化设施,全都是一种美丽而虚幻的诱惑。如果说,云顶高原是一朵花,那么,它只能是朵"恶之花",一朵妖艳的但却浸透毒汁的罂粟花。

别了,云顶高原的"恶之花"!

原载《散文天地》1998 年第 1 期

多瑙河之波

　　一条河,一条蓝色的河,一条流淌着施特劳斯圆舞曲优雅旋律的蓝色多瑙河,从德国南部高原黑林山东麓奔涌而出,穿过奥地利维也纳的森林,穿过斯洛伐克的原野,穿过匈牙利布达佩斯的古桥,穿过克罗地亚和南斯拉夫的城市和乡村,流经罗马尼亚与保加利亚的接壤地带,再往北,直奔乌克兰注入滔滔黑海。

　　这是世界上流经国家最多的一条河流,也是孕育诗歌、小说、美术和音乐作品最多的一条河流。它全长 2850 公里,而在罗马尼亚境内就有 1075 公里。广袤无垠的瓦拉几亚平原是多瑙河母亲赠送给罗马尼亚子女最丰厚的礼物。据说,只要上帝保佑,多瑙河下游一季丰收,全罗马尼亚的粮仓就都满足了,所有的酒瓶也都能倒出甜美的葡萄酒来。

　　如今,我们中国作家代表团一行五人就驱车奔驰在这神奇的大平原上。尽管从首都布加勒斯特到黑海名港康斯坦察的高速公路迟迟未能贯通,但原有的高等级公路依然像一根利箭直射前方。

　　公路两旁,平坦坦的原野尽情地展现出它的肥腴、丰饶与富有。或是青青的麦苗,把绿油油的地毯铺向天际;或是刚收割的玉米地,在地头堆起了一座座金山;或是成片的苜蓿,翻涌着紫色的花浪;或是运送甜菜的车队迎面而来,擦肩而过,给人留下热烘烘、甜丝丝的气息……令人奇怪的是,还有大片土地什么都不种,任凭黑滚滚的土浪在阳光下晒得发亮,晒得简直可以冒出油来。

　　司机维尔及尔告诉我们:这些土地今年放假休息,明年再耕作。罗马尼亚十分重视农业科技,为了保护地力,土地实行轮作制。我想,这只有地多人少的国度才能如此运作,而在我们中国,要用最少的土地养活最多的人口,显然无法仿效。上帝对土地的分配,实在很不公平!

　　对此,维尔及尔讲了个笑话:上帝为欧洲人的祖先分配土地时,德国人、法国人捷足先登,领走了中欧和西欧的平原;瑞士人、奥地利人迟来一步,只给了阿尔卑斯山的残山剩水;罗马尼亚人姗姗来迟,所有的土地都分完了,怎么办?上帝只好站起来,把坐在屁股下的一块让给了罗马尼亚。没想到,上帝屁股下的土地

是最好的土地,既有多瑙河下游平原,又有喀尔巴阡山山区和黑海滨海地区,可真是得天独厚!一席话,充满了他对自己国土的自豪,使我们全都开心地笑了起来。

跟中国人烟稠密的平原地区相比,这里的城镇村落显得疏朗多了,往往只能在远方的地平线上望见相邻的村镇。当车子在村镇中间穿行时,我们的眼前又展现出一幅幅色彩斑斓的画面:葡萄园连着樱桃园,一幢幢造型不同、色彩各异的农舍掩映在绿荫之中。飘动着白色绣花窗帘的窗台下,是盛开的玫瑰花和朝阳的向日葵。东正教教堂的钟楼在村镇中高高耸起,沿街的小酒吧在遮阳伞下摆开白色的桌椅,似乎正飘来葡萄酒甜美的气息。更令人羡慕的是,热爱体育运动的罗马尼亚人,几乎每个村庄都有一座宽敞的足球场,供农家子弟在劳作之余虎跃龙腾,争雄斗胜。前方的地平线上隐隐横出了一道林带,我仿佛闻到了大河的气息。随着林带愈升愈高,颜色也逐渐清晰、明朗起来,那是深深浅浅的绿,浓浓淡淡的黄,闪闪烁烁的金,是松树、橡树、杨树以及许许多多无法辨认的树,像一道彩色的屏风逼近我们眼前。公路穿出林带,眼前一亮,多瑙河,久已神往的多瑙河,终于清清亮亮地灌进了我们的五脏六腑。

跟中国大江大河的下游相比,多瑙河宁静多了,河面上看不到百舸争流的繁忙景象,只有几只小船在静静地滑行;河岸上也看不到码头云集、吊车林立的热闹场面,只有蓝天白云连同绚丽的秋林倒映在波光之中,在碧绿里透出蓝色的底蕴。

最使人惊羡的是,河面上清清爽爽,看不见任何漂浮物。一条流经八九个国家的国际性河流,居然能免受人工污染,居然能保存如此良好的生态环境,这不能不发人深思。来访的这几天里,罗方朋友一再关切地询问我国今夏长江水灾的情况,而他们的多瑙河,自古至今,却从未泛滥过,即使到了下游,也不见泥沙淤积,显然,这绝不能仅仅只归功于上帝的厚赐。

我们的车子从多瑙河大铁桥上徐徐开过。这是座铁路、公路两用桥。桥面上空的弧形钢架拱梁,在夕阳的映照下闪闪发光,给人以一种神妙的节奏感和韵律感。据说,这座大铁桥建成于100多年前,当时,罗马尼亚刚刚摆脱土耳其人的统治。大铁桥的诞生,标志着一个民族的复兴。通车那天,面对许多将信将疑的观众,总工程师率领全家伫立桥头,迎接第一列隆隆开来的火车,美名迅速传遍全国。如今,这座大铁桥已成为国家级重点文物。守桥的卫士持枪肃立,为我们行庄严的注目礼。

过桥不远,从滚滚北去的多瑙河东翼,分流出一条笔直的运河。我们顺运河东去,直奔康斯坦察巨港,直奔黑海。一群海鸥在前方振翅鸣叫,似乎正热情地为我们带路。

这时,坐在车头驾驶座旁的罗方陪同安卡小姐,善解人意地播放了一盒磁带。于是,曾经是那么遥远,如今又是那么亲近的旋律,施特劳斯《蓝色多瑙河》圆舞曲的旋律,优雅、流畅、美妙而又欢快的旋律,如同多瑙河之波,潺潺不绝地流进我们的心里。

原载《散文》1999 年 4 月号

入选《初中语文自读课本》(北京师范大学出版社 2001 年版)

黑海日出

黑海不黑，这是连小学生也都明白的地理常识。

但我第一眼看见黑海，它居然就是黑色的。黑沉沉的夜空，没有星光；黑沉沉的海面，没有灯火。只有浪，从看不见的远处一层层推来的巨浪，在海岸边闪出银白色的亮光，传来闷雷般的轰响。那声音，富有节奏，在静夜里听起来，犹如一位巨人在沉睡中所发出的鼾声，雄浑、壮阔，底气很足，但却从容、平稳。这里的海滩，名叫"海王星"。罗马尼亚作家联合会的"创作之家"，就藏在海边的树林里。时令已是金秋，来此避暑疗养的人流早已退潮，空荡荡的楼房在今夜只迎来我们五位中国作家。陪同我们前来的罗马尼亚作联副主席、小说家乌力卡鲁先生，深知我们渴望见到黑海，于是，一放下行李，便拉我摸黑穿过林子，下到海边的沙滩上来。

海浪一层层迎面扑来，海风掀动风衣的下摆，噼啪作响。乌力卡鲁先生急切地想告诉我什么，却发现翻译家高兴先生没跟上来，于是，抱住我的肩膀，笑了。他去年曾率团访问过中国的北京、上海、云南，称中国之旅是他"一生中最神奇的旅行"。此番，中国作家代表团回访，他自然也要让我们的旅程充满神奇的色彩。今夜下榻"海王星"，明晨观赏黑海日出，便是他精心的安排。而真诚的友谊，有时不用翻译，用微笑，用手势，用双方发音相同或相似的某些单词，也能加以交流。他手指黑沉沉的海面，从南到北比画着：保加利亚、土耳其、俄罗斯、乌克兰……然后，用脚尖在沙滩上画出一圈黑海的轮廓线，指着西边对我说："欧罗巴，罗马尼亚！"又跳到东边，"亚细亚，中国！"我听明白了，黑海是欧洲和亚洲的分界，一边是罗马尼亚，另一边是遥远的中国。

这时，一架飞机闪着红色的尾灯和翼灯自西往东从头顶掠过，他像小孩般高兴地跳了起来："北京，北京！"于是，这夜色沉沉的黑海在我心目中立即显得亲近起来。枕着涛声入睡，我睡得特别安稳。

也许是某种心灵感应吧？我准时在日出之前醒了过来。我曾许多次在海边等待过日出，不论在祖国的东海、南海，或是在日本的濑户内海，只要有机会，我总是耐心、执着、虔诚地等待着，但几乎每一次，都有云和雾遮断我的视线，热切的希望却以失望告终。今天，我就躺在黑海的怀抱里，自然不能再错失这一千载难逢的良机。

感谢细心的主人，早已为我们打开了门锁。我独自一人，静悄悄地穿过林子,下到海滩。草地上、沙地上全都湿漉漉的,连面海的长条靠椅上也积满了夜露和朝露。许多海鸥静悄悄地追着扑岸的浪涛觅食,天地间万籁俱寂。

遥望东方天际,黑沉沉的夜幕似乎淡了一些,微微泛出一层淡青,但靠近海平线的上方,却横亘着一条似云非云、似雾非雾的帘幕,浓重的色调使我不免为之担心,这日出的盛典还能不能如期举行?

我以小跑来驱散清晨的寒气。跑累了,便坐在一条水泥台阶上小憩。突然,宾馆里的那条大白狗从我身边窜了过去,又大模大样地在我前面蹲了下来,脸朝东方,似乎陪着我一起静静等候。

海波微微晃动起来,海面似乎不再是那么平静了。它的色调也悄然起了变化,先是在黑色中渗进了暗紫,紫色慢慢暖和起来,便浮出一层淡淡的玫瑰红。再抬眼往东方的海平线望去,一滴血,一滴殷红的鲜血,突然从天幕中渗了出来,晕染开来,转瞬间向两边延伸成细细一弯,鲜润艳丽有如少女的红唇。紧接着,便是半轮红日从海面上一跃而起,天地间云消雾散,一切全都笼在玫瑰色的霞光之中。然后,随着旭日由半轮迅速膨胀为满圆,更强有力的金黄色从中透了上来,亮了起来,犹如火焰一般燃烧起来,它不仅占领了整轮太阳,还在太阳下方的海面上铺出了一条闪闪发光的黄金大道。这时,令我意想不到的奇景出现了,那金黄色的太阳,并没有向四周辐射出它的万道光芒。它的光芒,不,更准确地说,是光波,是光环,像漩涡一般,绕着太阳旋转,一波又一波,一圈又一圈,在令人目眩的高速运转中扩散开来。我忽然想起,这不就是凡·高笔下的太阳吗?原以为这只是天才与众不同的想象,今日方知大师的神笔依然得之于造化的厚赐!

面对如此良辰美景,我想高呼,却喊不出声音;想狂舞,却找不到同伴。主人和团友们还在"创作之家"的梦乡之中,想唤醒他们也来不及了。

但我并不孤单。自然界还有比人类更敏感的生灵。你看那只大白狗正对着初升的朝阳亲热地摇起了尾巴;你听,那海滩上的千百只海鸥全都展翅飞了起来,在我头顶快乐地鸣叫。哦,快看,那是什么?伸着长长的脖子,从南往北飞了过来?那是天鹅,一只,两只……七只天鹅,组成优雅的"人"字形队列,从保加利亚方向飞了过来,飞往乌克兰方向……

而当我转身返回"创作之家"时,我又惊喜地发现,那树林,那草地,每一片树叶,每一根草尖上的露珠,全都亮了起来,亮成了满天星斗!

原载《散文天地》1999 年第 1 期

转载《散文选刊》1999 年 7 月号

苏黎世出租车司机

苏黎世的出租车司机杰勒斯,是我平生唯一认识的瑞士人。他,一张圆脸,一头银发,大约五十来岁,穿一件黑色的皮夹克,显得很精干,但言谈举止却又彬彬有礼,颇具绅士风度。

我们中国作家代表团是在圆满结束对罗马尼亚的访问之后,从布加勒斯特取道苏黎世转机回国的。在机场,有不长不短四个小时的逗留时间。抱着不妨一试的心理,我们在机场申请落地签证。没想到,热情好客、办事极讲效率的瑞士人,只用半小时便为我们办好了一切手续。于是,余下的时间,我们便可以进入苏黎世市区,作一番走马观花式的短暂旅行了。苏黎世是瑞士最大的城市,苏黎世机场也是中欧最大的航空港,机场大楼底层就有公交车站,出租车招手即来,于是,我们与杰勒斯不期而遇。

瑞士联邦是个多民族、多语种的国家,同时拥有法语、德语、意大利语三种官方语言,瑞士人的语言天赋冠盖全欧。杰勒斯是个"法瑞",即操法语的瑞士人。好在我团的高兴先生,是位熟悉欧洲多语种的翻译家,彼此之间不存在语言障碍。

杰勒斯一边打开车门,安排大家上车落座,一边侃侃而谈:"能为中国客人开车,本人深感荣幸。请诸位放心,我一定会在有限的时间里,让大家看到本市最具代表性的景点,两小时后准时返回机场。"说着,他瞥了一眼我们每人挂在脖子上的照相机,又补充道:"我在选择停车点时,会考虑到诸位摄影的最佳视角,尽可能保证每张照片都能顺光拍摄!"一席话,说得大家全都开心地笑了。看来,他不仅善解人意,服务周到,而且深谙摄影艺术,富有教养。

出租车钻进一长一短两段隧道,眼前一亮,波光闪闪的苏黎世湖连同湖畔的街区历历在目。在利马河注入苏黎世湖的河口,长虹卧波般地横着一座四车道的公路大桥。

杰勒斯在桥西停车,为我们当上了义务导游:"这里就是市中心,利马河把全城一分为二,诸位可步行上桥拍照。东岸是苏黎世大教堂,双塔并立,一千多年了。西岸，前有古罗马式的馥劳教堂，后有钟楼高耸的圣彼得教堂，请诸位注意，圣彼得教堂钟楼上的那面钟，可是全欧最大的时钟呢！"

杰勒斯对苏黎世的古老建筑如数家珍，且自豪之情溢于言表，不能不使我们对他刮目相看。看来，一个优秀的出租车司机，还必须是一位通晓城市历史文化的出色导游，他的素质体现了一个城市市民的综合素质。

当我按照他的指点，选景拍摄时，一只雄鹰平伸双翼，居然滑进了我的镜头，给了我意外的惊喜。接着，杰勒斯又在苏黎世湖畔为我们选择两个不同方向的停车点。但凡停车处，都有绿树、鲜花、喷泉、雕塑等近景，以与阳光下熠熠闪光的湖波相映衬。

瑞士人爱整洁，举世闻名。爱尔兰作家乔伊斯曾经这样描写过苏黎世："这个城市真清洁，如果把一碗热汤面洒在车站大街上，你可以用勺子舀起来就吃。"文学大师的笔触难免夸张，但当我们在湖滨漫步时，确有一种身在仙境的感觉。路边的鲜花碧草，犹如刚洗过一般亮丽，清新的空气，令人想起阿尔卑斯山的矿泉水。有轨电车从林带、花带中轻轻地滑行，听不见噪音，看不到扬尘。只有一股股喷泉，在阳光下飞扬，只有一群群鸽子，在草坪上散步。除了几片秋林的落叶像黄蝴蝶一般飘落，洁净的路面上找不到任何抛弃物；除了迎面走来一对身穿橘红色衬衫、天蓝色长裤的金发女郎，空旷的路面上再也未遇到一位行人。而这对漂亮的金发女郎，经杰靳斯指点，原来还是在马路上执勤的女警察呢！

此后，我们的车子开进老城区，沿着举世闻名的银行街前行。众所周知，苏黎世号称"欧洲百万富翁都市"，是全欧乃至全世界举足轻重的金融中心、保险业中心、黄金交易中心和证券交易中心。据说，全市银行总数多达百余家，不但瑞士联邦的三大银行总部汇集于此，全球十大银行也都在这块黄金宝地上占有一席之地。但出乎我意料的是，这些大银行并不以高耸入云的摩天楼来炫耀自己，反而全都安居在一幢幢只有四五层高、大多用巨石砌墙、显得有点笨重的老房子里。而且，每一个窗户都封着厚厚的窗帘，显得幽深而神秘。也许，这就是所谓的"财不露眼"吧！杰勒斯一边开车，一边为我们指点插着不同国旗的各国金融机构。更出人意料的是，他居然还向我们介绍起瑞士的"银行保密法"，此时此际，在我们眼里，他简直就是一位资深的金融专家了。

从银行街进入全市最繁华的商业街，街上的人流、车流也渐渐多了起来。也许，杰勒斯体谅到我们这些中国作家不至于来这里购买毛皮时装、钻石手表和文

物古玩吧？他把方向盘一转，带我们拐进了弯弯曲曲的小巷，有意让我们领略一下这里的古典风韵。果然，巷道上碎石铺砌的路面，两厢小店连成一气的拱形走廊，街角拐弯处一盏盏铁制的吊灯，处处呈现出中世纪安详、恬静而又古老的情调。可惜，巷道太狭窄了，一辆红色小轿车挡住了我们的去路。杰勒斯停车等待，既不揿响喇叭催促，也不发声通知对方，显得十分耐心，十分有礼貌。他还回头示意我们少安毋躁。这时，我透过车窗前望，才发现有一对青年男女正在前头的车前吻别。他俩，是热恋中的情人，还是新婚的夫妇？直到长吻结束，满脸通红的男青年才过来道一声"对不起"，旋即就把车子开走了。这旅途中短暂的一幕，使我对善良的杰勒斯又多了一重理解和敬重。

车子终于开上了一个名叫林顿震夫的小山冈。山冈上的菩提树、白杨树，叶黄如金，在秋阳的映照下熠熠发光。利马河就紧挨着山冈东侧的石崖静静流淌。杰勒斯把车停下来，让我们尽情拍照。我们居高临下，俯视河面上南来北往的平顶船只，河两岸美如童话般的古老房舍以及从中高高升起的诸多教堂的尖顶钟楼。杰勒斯如数家珍地告诉我们：2000 年前，占据瑞士的古罗马人在这里设立了一个军事税卡。古拉丁语"军事收税"一词，在德语中近似于"苏黎世"，这便是本市市名的由来。接着，他又为我们指点江山，由近及远，告知我们中央车站对面那座维多利亚式的大建筑是瑞士国家博物馆，河东大教堂旁边的美术馆，收藏有莫奈、塞尚、凡·高和毕加索的名画；而城北高地上一大片红楼绿树，则是举世闻名的大学城，在苏黎世大学和联邦高级工业学院任教的教授中，先后荣获诺贝尔奖的，便达 10 多人……于是，在我们眼里，此时的杰勒斯，似乎又变成一位学识渊博的历史学家和语言学家。

两小时后，出租车如期返回机场。我们依依不舍地与杰勒斯拥抱告别。他，不仅是我平生所遇到的唯一瑞士人，而且，也是我平生所遇见的一位最称职、最优秀、最令人难忘的出租车司机。

杰勒斯，别来无恙乎？我在遥远的中国向你致意，你能听见我的声音吗？

原载《安全与健康》2002 年 10 月号

隔海遥祭黄河浪

"君不见黄河之水天上来,奔流到海不复回!"

有谁,敢用李白这大气磅礴的诗句来作为自己的笔名?唯有你,我的大学同窗黄世连、诗人黄河浪!

如今,你的诗魂已经融入大海,犹如你那些以海命名的诗集,让大陆的《大地情诗》、香港的《香江潮汐》、夏威夷的《海外浪花》,一起驾着《风的脚步》,汇成《海的呼吸》,我们,只能在《披黑纱的地球》上,在风雨雷电与海涛的交响中,聆听你的《天涯回声》……

你出生在福州,长乐。你是个海员的儿子。你那激情澎湃的血脉中早就流淌着大海的基因。你身材瘦削但心胸坦荡,你体弱多病但意志坚强。早在刚上大学时的一篇日记中,你就立志要做一只海鸥,"做大海的骄傲的儿子","迎着暴风雨","飞吧,像流星,像闪电!"

1975 年,你告别福州的教坛,移居香港,在以画谋生之余,一手写诗,一手写散文。你结集出版的散文集虽只有《遥远的爱》和《生命的足音》两部,但影响之大,并不亚于诗歌。尤其是 1979 年你所写的《故乡的榕树》,文情并茂,好评如潮,不但荣获香港市政局首届中文文学奖散文组冠军,还被大陆和香港选入中学语文教材,至今,在"百度"上,有关该文的条目多达三万五千条。浓浓故乡情,拳拳赤子心,你忘不了故乡的榕树,故乡的榕树也忘不了你啊!

1995 年,你移居美国夏威夷之后,便致力于推动华文文学创作,促进中美文化交流。1997 年,夏威夷华文作家协会正式成立,出任会长的你,当即创办《珍珠港》文学报。此后,又经过五年努力,你主编出版了第一部夏威夷华文作家选集:《蓝色夏威夷》。如今,这部封面上印有蓝天、碧海、椰子树的大型文集,还高高矗立在我的书架上,散发出赤道阳光的强烈色彩,传来太平洋上的阵阵风涛声。

更难能可贵的是,去年夏天,你还以延缓疗治的病弱之躯,肩负在夏威夷举办世界华文文学国际研讨会的重担。结果,研讨会大获成功,夏威夷参、众两议

会特颁奖状予以表彰。可惜,我因病住院未能应邀前往,只能致电遥表贺忱。后来,当我收到会议论文集《握手太平洋》时,才知道,这是我一生中难以弥补的一大憾事。

作为世界华文文坛上的一位诗人、散文家和评论家,一位相当活跃的组织活动家,你的繁忙可想而知,但你始终没有忘记自己家乡的榕树和榕阴下的父老乡亲。多年来,凡福州有重大的国际文学交流活动,你总是千方百计自费赶回参加,其间,也总要抽空回母校福建师范大学拜望老师,并与在福州的老同学们聚会。

家乡的进步,点点滴滴,渗入你的诗文;家乡的文事,丝丝缕缕,编进你的《珍珠港》。去年秋天,你携夫人连芸女士来我家时,还郑重相约:各自珍重,好好活到80岁!万没想到,今年7月18日,年仅71岁的你,却提前走了。当连芸在电话中泣不成声地告知这一噩耗时,毫无思想准备的我,竟一时无语而凝咽。连芸还告诉我,你今年71岁,《珍珠港》也刚好办到第71期。你还有长篇小说的创作计划还来不及动笔呢!

71岁,71期。如此巧合的数字。难道,冥冥之中,这就是你的定数?今天,当我写作此文时,第71期的《珍珠港》正好寄到。这是你女儿叶芳女士遵照你临终前的嘱托,作为你的继任主编寄来的,其头版头条消息,就是你:因感染肺炎于香港医院病逝……

今天,恰逢"苏拉"台风在闽东登陆。窗外,风雨交加,你笔下"故乡的榕树"也在哗然作响。泪眼模糊中,我仿佛听见太平洋上的风声雨声浪涛声,看见一只勇敢的海鸥还在飞翔,像流星,像闪电……

原载《福州晚报》2012年8月3日

《文学自由谈》2014年第2期

转载《香港文学报》、美国《珍珠港》、菲律宾《世界日报》

辑六 文坛老相册

演讲词四题

年届花甲,退休在即。抽空清理历年来在各种场合的讲话稿,空洞无物者、言不由衷者、时过境迁者多矣,不妨付之一炬,笑看其灰飞烟灭。唯剩数题短稿,敝帚自珍,不忍舍弃,现略加删节,录此存照。

——题记

一　散文与水

时间:1998 年 7 月 11 日

场所:福建省泰宁县,"大金湖散文笔会"开幕式。

借金湖之水,把大家从全国各地吸引来举行一次散文笔会,主人的这一创意实在太妙了。因为自古到今,散文与水密不可分。《论语》中,"子在川上曰:逝者如斯夫",《道德经》中,"上善若水",千古名句,皆离不开水。《水经注》,顾名思义,"水"字当头。武陵山中,一条小溪,流淌出陶渊明的《桃花源记》;八百里洞庭,烟波浩渺,成就了范仲淹的《岳阳楼记》。唐宋八大家中,"韩潮苏海",人们各用一个字,都是水的形态,来概括韩愈、苏轼的艺术风格,可谓一字千金。"五四"白话文运动,始于散文小品,冰心的《春水》、朱自清的《荷塘月色》,写的都是水,朱自清、俞平伯的同题散文《桨声灯影秦淮河》,则更是美文中的双璧。新中国成立后,刘白羽的《长江三日》、杨朔的《海市》、陈残云的《沙田水秀》、郭风的《木兰溪畔一村庄》,都是与水有关的名篇佳构。

水,不仅源源不绝地为散文提供了丰沛的创作资源,而且,它往往成为作家的灵魂,作家智慧与情感的载体。从某种意义上说,散文的本质就是水,它没有固定的形态,它具有无限的包容性,散文"文无定法",大江大海是散文,小桥流水也是散文。今天,我们讨论散文写什么,如何写,其实,答案全在水里头。苏东坡说得好:"吾文如万斛泉源,不择地而出,在平地,滔滔汩汩,虽一日千里无难;及其与山

石曲折,随物赋形,而不可知也。所可知者,常行于所当行,常止于不可不止,如是而已矣。"我想,把散文写得像流水一样,这就是我心目中最好的散文了。

愿金湖之水能给大家带来快乐,也带来灵感。

二 诸神同在

时间:1998 年 10 月 20 日下午

场所:罗马尼亚雅西文学院,为欢迎中国作家代表团所办之鸡尾酒会。

现场翻译:高兴 (中国作家代表团成员,时任《世界文学》副主编)。

感谢伊昂·霍尔班先生(罗马尼亚作家联合会雅西分会书记)刚才这一番热情洋溢而又风趣幽默的欢迎词。

我们来自遥远的东方,从太平洋来到黑海,从喜马拉雅山来到喀尔巴阡山,从中国首都北京来到罗马尼亚的文化古都雅西。作为有史以来访问雅西的第一批中国作家 ,我和我的同伴们全都不胜荣幸之至(掌声)。

雅西是美神特别青睐的城市。刚才,我进会场时,发现每位罗马尼亚同行都手举一片色彩斑斑斓的秋叶,并把它轻轻地放在讲台上,姹紫嫣红,满室生辉。你们不仅把喀尔巴阡山浓浓的秋色带了进来,也把对中国作家浓浓的情意带了进来,这是我们今天所收到的最美的礼物,它们将永远闪耀在我们美好的记忆之中(掌声)。

雅西是酒神特别钟爱的城市。今天中午,主人邀请我们到一家拥有 200 年历史的地下酒窖里,品尝雅西最负盛名的葡萄酒,这是一种绿色的葡萄酒,据说是罗马尼亚民族英雄斯特凡大公时代酿制的,尽管我从不喝酒,但今天也酩酊大醉(笑声)。

有了美神,有了酒神,自然也引来了诗神与爱神。雅西是罗马尼亚伟大诗人埃米内斯库、著名小说家萨多维亚努和儿童文学作家依昂·克良格的家乡,他们的作品都已经翻译成中文,深受中国读者的喜爱。今天,我们有幸拜谒了他们的故居和文学馆,还到郊外参观了埃米内斯库诗中所写的"孤独的白杨树",而且,在菩提公园附近,我们还特别凭吊了他的情人、美丽而又多情的维诺丽卡那缠满常春藤的阳台,缅怀诗人当年那美妙、短暂而又不幸的爱情(掌声)。

总而言之,在我们的印象中,诸神与雅西同在。雅西的每一块石头都是历史,每一片树叶都是诗。中国作家来到雅西,原先不会喝酒的也会畅怀痛饮,原先不会写诗的也会诗兴大作,尽管大家都超过了谈情说爱的年龄,但都想在这里再谈一次恋爱呢(笑声,热烈的掌声)!

唯一的遗憾是,我们来得太迟了。中国作家协会拥有六千名全国会员、三万多名地方会员,但首批来访的只有我们五位。中国历史文化名城多达99座,都等待着能与雅西直接交流互访(热烈的掌声)。

中国有句古诗:"海内存知己,天涯若比邻",罗马尼亚也有句谚语:"山和山不会碰撞,人和人总会相逢"。我们真诚地希望能在中国与大家重逢,中国尽管没有绿色的葡萄酒,但也有举世闻名的白色茅台酒。为了中罗两国人民的友谊,为了中罗两国的文学事业,我提议,让我们举起酒杯:"娜罗克(罗语:干杯)!"

(在笑声和掌声中,会场里同时响起碰杯声,并齐声应和:娜罗克,娜罗克……)

三　叶落归根

时间:2000 年 10 月 17 日
场所:北京八达岭驼峰,冰心、吴文藻墓奠基礼

从东海之滨到长城脚下,从"福建长乐谢婉莹女士"(注)到中国文坛最慈祥的"老祖母",冰心先生走完了整整一个世纪波澜壮阔的人生旅程。她生前曾在《我的故乡》一文中,深情地把她的祖父比作一棵大树,她的父亲是树上的树桠,而她自己是枝上的一片绿叶。她表达了"叶落归根"的美好愿望。如今,这一片永不褪色的绿叶将在这里落地生根。

我想,作为一位伟大的爱国者,她的骨灰不管是安放在家乡的闽江之畔,还是在首都的八达岭脚下,只要是在祖国的大地上,都算是叶落归根。因为,冰心先生不仅仅属于长乐,属于福建,更属于全中国,乃至于世界。

正因为如此,今天,我要代表福建来的乡亲,为我们敬爱的冰心先生和吴文藻先生,虔诚地献上一瓣心香。

冰心先生,你虽然离开了我们,但你的人格光辉,依然像满天"繁星"照耀着我们;你的爱心,依然像潺潺的"春水"滋润着我们。巍巍长城,滚滚松涛,连同满山的红叶,连同我们不尽的思念,将永远陪伴着你们。

安息吧,冰心先生!安息吧,吴文藻先生!

(注:冰心先生遗嘱:她的骨灰要和吴文藻先生骨灰合葬在一起,她的骨灰盒上要标明"福建长乐谢婉莹女士"。)

四 逗号精神

时间:2002 年 10 月 10 日

场所:福建省莆田市,第七届"云里风文学奖"颁奖仪式

为了出席今天的颁奖典礼,我特地在胸前别上了一枚徽章。它的图案很简单,只有一个逗号。这是中国现代文学馆的馆徽,其寓意有二:一是中国现代文学始于标点符号的诞生,逗号是使用频率最高的一种标点符号;二是中国现代文学馆对于中国现当代作家作品的收藏与研究,永远不会停止。

有趣的是,关于逗号的这一创意,早在几年前,马来西亚华文作家协会就先用上了,那是 1998 年,云里风先生在邀请我访马之前,寄来了他们所举办的"亚细安文艺营"会刊,会刊的封面上也是一个巨大的逗号。

看来,文学事业只有逗号,没有句号;只有起点,没有终点。这是中马两国作家的共识。

刚才,云里风先生在祝词中郑重许诺,尽管出现了东南亚金融危机,但他为之慷慨捐助的,旨在奖掖家乡文学事业的云里风文学奖,还将一届又一届地坚持下去。这是一种什么精神?我以为,这就是一种逗号精神,我深表钦佩与赞赏!

今天,我们向所有获奖的作家表示祝贺,我想,你们也会发扬这种逗号精神,因为成绩只属于过去,而每一位作家,最好的作品都应该是下一部。鼓励每一位作家不断攀登艺术高峰,这正是云里风先生设立云里风文学奖的初衷。作文也好,做人也好,都应该向前看,永不停步,这就是逗号带给我们最宝贵的启示。

让我们共同携手,为繁荣莆田家乡的文学事业,为繁荣全世界的华文文学事业,做出更大的努力,更大的贡献!

逗号精神万岁!

原载《莆田文学》2002 年第三期

追忆闽海文坛的五次盛会

1950 年,福建省文联成立时,我还是福清县渔村的一名小学生,第一次文代会(理事会)是如何召开的? 当然一无所知。1978 年,我调进《福建文艺》编辑部,从此,才成为省文联大家庭中的一员。从 1980 年到 2007 年,我以各种不同的身份,参加了省第二、三、四、五、六次文代会,尽管时间的长河,冲走人生的许多记忆,但作为文联之"家"最大的"家事"——历次文坛盛会的场景,却依然历历在目,抚今追昔,感慨良多。承蒙《福建文艺界》盛情邀稿,现追忆如下,也算是为我们的"家史"提供一些片断的参考资料吧?

浩劫后的大团圆

——省第二次文代会

时间:1980 年 6 月 13 日至 19 日

地点:福州,西湖宾馆

这是新中国成立后我省的第二次文代会,也是历经十年浩劫、省文联恢复活动后的首次全省性文坛盛会。许多劫后余生的老同志,在阔别重逢时不免悲欣交集,泪光闪闪,他们的作品被称为"重放的鲜花",也重新得到了应有的肯定,受到了老一代和新一代受众的欢迎。

当时,由于省文联所属各协会,包括作协、剧协、美协、音协、曲协、舞协、摄影协、电影协、民文协等九个协会,也要在这一次大会期间分别进行换届选举,因此,它创造了省文联历次代表大会空前绝后的三项纪录:一,会期最长:正式会期 7 天,加报到、离会头尾共 9 天;二,代表人数最多:共 596 名。其中,含港澳代表 5 名;三,代表平均年龄最大:50 岁以上代表占总人数百分之七十三。

6 月 13 日上午 8 时,开幕式在西湖宾馆大厅隆重举行,主席台正中悬挂毛泽东和华国锋的巨幅照片。省属文艺表演团体和福建前线部队文艺团体的演员们身

穿盛装,在欢乐的锣鼓声中,挥动花束,迎接到会的全体代表。省文联副主席游龙致开幕词,中共福建省委书记、省长马兴元致祝词,省文联主席(兼省文化厅厅长)万里云做工作报告,题为《团结起来,为繁荣我省社会主义新时期的文艺而奋斗》。其后,大会通过省文联新章程,选举产生省文联第二届委员会主席团——主席:万里云。副主席:马宁、竹立、陈秉五、郑奕奏、郑朝宗、郭风、游龙、谢投八。秘书长:李光。(此后,1983年,省委任命杨滢为省文联党组书记、书记处书记,并增补她为省文联副主席。张贤华、丁仃、季秉义为党组成员、书记处书记。)

6月19日,大会闭幕,省文联副主席、厦门大学中文系主任郑朝宗教授致闭幕词。当天晚上,省委、省政府举行茶话会招待全体代表,省领导马兴元等出席,张格心主持,伍洪祥、蔡黎在会上祝酒。省、市、部队文艺家表演节目,闽籍香港诗人何达朗诵诗歌。

大会期间,中国文联、中国作协发来贺电。《福建日报》连续三次在头版发布有关消息,并发表社论:《充分发挥文艺在新时期的作用》。此外,6月15日晚上,团省委还邀请到会的60多位青年文艺家举行茶话会,茶话会由时任《福建青年》主编的作家陈佐洱主持,香港作家彦火等作了专题发言,部队青年歌唱家葛军独唱,刘登翰、蒋夷牧、刘溪杰、刘小龙等诗人朗诵诗歌,全场气氛相当活跃,体现了福建文坛艺苑新一代的青春活力。

当年,我38岁,是《福建文艺》小说散文组的编辑,被抽调到大会简报组当一名工作人员。开头的任务是参与接待五位来自香港的特邀代表,他们是:文学方面的王尚政、何达、黄世连(黄河浪)、潘耀明(彦火),戏剧方面的蔡大燮,皆为闽籍。其中,何达给人的印象最深,他每天清早穿一条白色的短裤环西湖跑步,观者云集,一时传为美谈。其后,我又接到一个任务,即为大会起草《告台湾作家艺术家书》,此类文件无先例可循,我不免诚惶诚恐,到秘书处想要份大会文件做参考,不料,他们说我不是代表,不能领取,我自讨没趣,只好告退。此一尴尬场面,正好被在一旁的福州代表王泉金看到,他当场奚落我:"你连代表都不是,何必如此卖力!"王系"文革"中咤叱咤风云的人物,我自知不是他的对手,只能一笑置之,溜之大吉。事后,我灵机一动:原国防部长彭德怀曾用半文半白的语体作《告台湾同胞书》,我不妨也如此仿效之?这样,也就不必照抄大会文件了。于是,匆匆草拟一份初稿上交。好在此稿经郭风审定后,一下子就过关了,后来,还作为大会的正式文件,汇编入册。其中有一段,至今读来,仍觉颇为得体:"闽台两省,一水相连。自古以来,木同本,水同源,言同音,俗同风。两地先辈之间,来来往往,何其频繁!或从唐山过台湾,落地生根;或从宝岛赴大陆,安居久住。亲情千丝万缕,子孙绵延不绝。至于文学艺术,更是源远流长,珠联璧合!不幸的是,由于人为的藩篱,竟使我们之间,咫尺天涯,不复相见。每逢佳节,隔海相望,能不叫人慨叹!"

本次大会,我个人印象最深的,还有三件事:一是闭幕式当晚的茶话会上,我平生第一次享用西餐,当天,我在日记中写道:"洒上香水的一条白手帕,两条白毛巾,三副银光闪闪的刀叉,颇让我有刘姥姥初进大观园之感。"二是在大会分组讨论中,龙岩代表张惟建议:福建应创办一家取名为《海峡》的大型文学丛刊,众皆深表赞同。后来,省出版社果然办起了《海峡》,以刊发台湾作家的中长篇小说为主,曾风行一时。张惟的建议,可谓功不可没。三是作协通过民主选举,产生新的主席团,郭风当选为主席,何为、陈中、张贤华、苗风浦为副主席。风闻此选举结果与原候选人名单大有差异,但上级还是充分尊重大家的投票结果,予以批准公布,令人振奋。但此传闻是否准确,因我不是代表,更非理事,自然无从查证。

山雨欲来风满楼

——省第三次文代会

时间:1989 年 2 月 25 日至 28 日

地点:福州,梅峰宾馆

按省文联章程规定,"本会代表大会每五年举行一次……必要时可提前或延期召开。"话虽如此,代表大会从来是推迟的多,难以准时,遑论提前!省文联第三次代表大会也是如此,本应在 1985 年召开,却一推就到了 1989 年。其间的 8 年多时间,从中央到地方,文艺界经历了许多风风雨雨,自是一言难尽。到了 1989 年春天,由于苏联、东欧形势剧变,中国大陆及港澳各地,也处在"山雨欲来风满楼"之中。好在省委当机立断,决定省文代会于 2 月召开,省文联的换届改

选工作才得以顺利完成。事后,许多人都说,要是再延后一两个月,"89 风波"开始,大会就更是遥遥无期了。

2 月 25 日上午,省文联第三次代表大会在梅峰宾馆开幕。全省共选出代表 357 名。省领导王兆国、贾庆林、程序、何少川、林开钦、温附山、黄明、陈明义、卢浩然等出席开幕式。万里云致开幕词,贾庆林代表省委、省政府致祝词,省文联原党组书记杨滢作会务工作报告,张贤华作修改章程说明。

大会经过两天的讨论,于 28 日上午闭幕。闭幕式由省文联副主席丁仃主持,原副主席郭风致闭幕词。刚从外地回到福州的省委书记陈光毅出席了闭幕式,同大会主席团成员一一握手,祝贺大会圆满成功。何少川、黄明、陈明义等省领导也同时出席。

当天下午,省文联三届全委会召开第一次会议,选举产生主席团——主席:许怀中(由省委宣传部副部长兼任此职);副主席:丁仃、王耀华、李联明、张贤华、陈剑雨、郑怀兴、章绍同、舒婷。

与此同时,省委任命许怀中为省文联党组书记、书记处书记;张贤华、丁仃、季秉义(季仲)、陈章武为党组成员、书记处书记。此外,根据新章程中"视必要可设名誉委员"的有关规定,聘请 8 位刚退下来的老同志为省文联第一批名誉委员,他们是:万里云、马宁、竹立、郑奕奏、郑朝宗、杨滢、游龙、谢投八。

会议期间,《福建日报》及时报道了开、闭幕消息,全文刊发了贾庆林的祝词,并配发社论,题为《振奋民族精神,繁荣文艺创作》。

这次文代会,我印象最深的一件事,是有关工作报告的起草。当年,省文联领导班子没有配备专职的文字秘书,重要文件均由领导自己动笔,这已成为一种惯例,或者说,是一种良好的工作传统。听说,第二次文代会的工作报告,就是由当年的正、副秘书长郭风和张贤华执笔的。第三次文代会筹备时间较长,早在多年前,书记处书记季仲就写出了工作报告的初稿,500 字一张的大稿纸,他一笔不苟,写了满满 40 页,约两万字。可惜会期一推再推,等到真要开会时,时过境迁,许多提法都要改变,各地情况也要重新汇集。这时,我已是文联的秘书长(其后,又兼任大会秘书长),因此,我不能破例,只能萧规曹随,以老季为榜样,把工作报告重新写一遍。好在我下放期间,曾为三任县委书记当过编外的秘书,前些年,在县里挂职副县长时也都是自己写讲话稿,这一切还不算太陌生。但在当年,没有电脑,一切全凭手工，这仍然是一件伤神费时的苦差事。主持筹备工作的书记处书记张贤华给了我半个月时间闭门造车。于是，我把老季的初稿放在桌上的左侧，把文联历年的工作总结，各协会、各部门、各地市文联送来的材料，分门别类在地板上摆了一个大圆圈，写到哪里，就往哪个方向查阅。不料有一天，窗户没关紧，一阵风来，地上的材料全都纷纷飞了起来乱了套，害我在重新归类整理时，文思全无，不得不像清代倒霉的文人那样感叹："清风不识字，何故乱翻书"！

其实，会务工作中最难的还不在于起草文件。大到代表的推选、委员的分配、财务的预算、主席台的座位安排，小到文件的校对、晚会的节目、与上级首长秘书的联系，乃至于老同志的车辆接送等等，都必须统筹安排，尽可能做到万无一失。好在前些年我在县里挂职时，也曾承办过一些全省性的大型会议，对可能遇到的一些问题，建议党组事先采取一些必要的防范措施。比如，大会前先召开新闻发布会，提供通稿，并指定专人与各新闻单位保持密切联系。又比如，开幕式前，先请省委办公厅来员审定主席台上的三角牌，以免出现排序上的差错。此外，会议期间，还要求印刷厂每天晚上都要有人通宵值班，以便承接紧急任务。果然，省委领导的祝词，就是上半夜由省领导亲自审定，下半夜送厂排版、校对、印刷，第二天一早准时送达会场的。

但尽管如此，会务工作的疏漏也在所难免。比如，工作报告的成绩部分，是代表们最关心的，写得再多、再细，也总是顾此失彼，无法让各方面都满意。又比如，大会纪念品，原先怕浪费，控制得很紧，结果，来宾多，记者多，秘书要，司机也要，这又是宣传文联的大好机会，岂能错过！于是，不得不临时动员本文联机关的代表，先把纪念品让出来救急。此外，还有一些始料未及的特殊情况，比如，省领导与代表合影时，后排有位女代表突然离开座位，跑出来绕场一圈，还好有人赶紧把她拉了回去。事后了解，那位同志工作表现非常出色，只是受过一些刺激，情绪激动时自控能力较差。好在这只是一个小小的插曲，并不影响大局。

本次大会，还有一件事让我久久难忘。闭幕式那天，主持文联日常工作的张贤华书记要我向新任主席许怀中请示：有关他的办公室安排，有何具体要求？没想到，他一听，就连声说：免了吧，免了吧！文联的办公用房很紧张，你和季仲不是还挤在同一个房间吗！我在宣传部已经有办公室，今后到文联办事，直接到会议室就好了。许主席这种宽宏大度的长者风范，使我深受教育，借此机会，立此存照。

开放改革谱新篇

——省第四次文代会

时间：1995 年 7 月 17 日至 18 日

地点：梅峰宾馆

这是继 1989 年之后的又一次文坛盛会。六年来，我们的国家在深化改革、扩大开放中保持了社会的稳定，国民经济实现持续、快速、健康的发展，我省文艺界也呈现出安定团结、欣欣向荣的可喜局面。7 月 17 日上午，省第四次文代会在梅峰宾馆开幕。全省代表共 325 人。省领导贾庆林、何少川、王建双、赵学敏、黄文麟、赵修复等出席。省文联主席许怀中致开幕词，贾庆林代表省委、省政府致祝词。副主席张贤华做会务工作报告，王耀华作修改章程说明。

7 月 18 日，选举产生省文联第四届主席团——主席：许怀中。副主席：林德冠、陈章武、蒋夷牧、张贤华、丁仃、季仲、王耀华、吴凤章、郑怀兴、章绍同、舒婷、陈奋武。

与此同时，聘请 17 位老同志为省文联名誉委员——万里云、马宁、尹桂芳、竹立、李联明、何为、陈贻亮、郑乃珖、郑朝宗、郭风、柯贤溪、杨滢、俞元桂、游龙、黄奕缺、谢投八、蔡其矫。

会上，省委宣传部领导还宣读了省委任职决定：由林德冠任省文联党组书记、书记处书记；陈章武、蒋夷牧任党组成员、书记处书记。张宇任党组成员，秘书长。下午，大会举行闭幕式，副主席丁仃致闭幕词。与此同时，还举行了我省第二届地、市、县文联先进集体和先进个人的颁奖仪式，使会议的热烈气氛一以贯之，保持始终。

大会期间，《福建日报》在头版报道了开、闭幕消息，配发社论《投身时代洪流，繁荣文艺创作》，还全文刊发了贾庆林的祝词：《把最好最美的精神食粮奉献给人民》。

本次文代会，我仍然是大会秘书长，也仍然执笔起草会务工作报告。好在这六年来，我一直在文联分管行政和组联工作，虽说书生从政，乏善可陈，但每月的"文联简讯"，每年的"大事记"，我还是抓得很紧的。如今，写起报告来，自然是左右逢源，信手拈来，比过去方便多了。加上中宣部对全国文艺评奖已做了规范,省里仿照办理,因此,报告中的成绩部分,只涉及获省部级以上大奖的文艺作品,这样,门槛高了,项目少而精了,篇幅也短了,但各方面反而没有太大的意见。本次大会正式开会时间压缩到只有两天,内容丰富,时间紧凑,形式上尽可能从简,避免了一些繁文缛节,会务工作的进展也都较为顺利。

当然,也遇到一些新问题。我印象最深的,是与戏剧界代表有关的一件事。本来,各地市、各文艺门类的代表名额,都是按一定比例进行分配的。但随着文艺队伍的不断壮大,各地都反映名额太少,千方百计要求省文联追加。有一天,省剧协秘书长林明心急火燎地跑来找我:泉州市的戏剧界代表已经选出来了,我们下达给他们的名额全用光了,但他们故意不选黄奕缺,而谁都知道,黄老是国宝级的木偶大师,这,不是明摆着要我们追加名额吗!怎么办?对此,我的第一个反应是:名额不能追加,代表总数是省政府批准下达的,党组也三令五申,绝对不能突破。再说,如果个别地区生米煮成熟饭,加以突破,各地都来仿效,更是乱了套!对此,林明也深表理解,长叹一声道:我们还要请黄奕缺来大会表演节目呢,这,可如何对他交代!都快70岁的老人了……我一听,心里一亮,忙问,他老人家到底几岁?全省戏剧家中有没有比他年龄更大、成就更突出的?林明仔细想了想,做出了令我放心的解答。于是,一个变通的方案立即在我脑中成形:让黄奕缺升格为省文联名誉委员的候选人特邀到会,这样,不占泉州代表名额,别人又无法攀比……林明一听,也十分高兴,连声叫好。后来,这一方案很快在党组通过。可谓:山重水复疑无路,柳暗花明又一村。

新世纪的曙光

——省第五次文代会

时间:2001 年 10 月 25 日至 26 日
地点:西湖宾馆

这是新世纪我省文坛艺苑的第一次盛会。10 月 25 日上午,福建省文联第五次代表大会在西湖宾馆隆重开幕。全省各地代表共 359 人。省委书记宋德福,副书记梁绮萍,省委常委陈营官、黄瑞霖、李宏、吴青田,省人大常委会副主任黄贤模,副省长潘心城,省政协副主席何少川、王耀华出席了开幕式。中国作家协会党组成员、书记处书记陈建功专程从北京到会祝贺。中国文联也发来了贺电。

　　开幕式上,许怀中主席致开幕词。宋德福代表省委、省政府致祝词,题为《坚持先进文化的前进方向,为人民奉献更多更好的精神食粮》。省文联原党组书记、副主席林德冠做工作报告,书记处书记张宇作修改章程说明。

　　此后,大会选举产生省文联第五届主席团——主席:许怀中;副主席:陈济谋、张宇、章绍同、林德冠、陈章武、蒋夷牧、王耀华、黄启章、郑怀兴、舒婷、陈奋武、杨少衡。

　　主席团聘请15位老同志为名誉委员——万里云、马宁、竹立、李联明、杨滢、何为、何少川、张贤华、陈贻亮、季仲、郑乃珖、柯贤溪、郭风、黄奕缺、蔡其矫。

　　10月26日,大会闭幕,省文联党组书记、新当选的副主席陈济谋致闭幕词。

　　大会期间,《福建日报》及时报道开、闭幕消息,全文刊发宋德福的祝辞,并发表"本报评论员"文章:《实践"三个代表",繁荣福建文艺》。

　　在本次大会之前,即9月13日,省委副书记黄瑞霖到省文联宣布了新的党组和书记处领导班子名单——党组书记、书记处书记:陈济谋;党组成员、书记处书记:张宇、章绍同、杨少衡。党组成员、秘书长:朱光。

　　原班人马中,被大家戏称为"三驾马车"的林德冠、蒋夷牧和我(全都是1942年出生,属马),因年龄原因,已退居二线。因此,会前的大量筹备工作,也就不用我们再继续操心了。当时,我正好又有出访美国的任务,回国后已是大会召开前夕,看到各方面工作都后继有人,且与时俱进,做得比以往更好,大感欣慰。

　　会议期间,我只是到机场迎接中国作协的陈建功和《文艺报》的蒋巍,陪同从上海来的老作家何为聊聊天,并在闭幕式上宣读一个简短的大会决议,任务单纯,显得十分轻松,十分惬意。我盼望多年的"无官一身轻"之美好感觉,终于体验到了,何其乐也,不亦快哉!

海峡西岸正春风

——省第六次文代会

　　时间:2007年12月28日至12月29日

　　地点:福建大会堂、西湖宾馆

　　这是历届省文联代表大会中规格最高的一次盛会。12月28日上午,在西湖畔的福建人民大会堂,军乐队奏响喜庆的乐曲,欢迎来自全省各地的451名代表登上白玉般的石阶,与省文联、省直文化系统的有关人员,共计一千余人,出席这一盛会的开幕式。会场的眺台上,悬挂着巨幅标语:"认真贯彻落实党的十七大精神,推进海西文艺大发展大繁荣"。省委书记卢展工、省长黄小晶亲临大会。中国文联党组副书记、副主席李牧,中国作协党组成员、书记处书记张胜友专程从北京到会祝贺。张家坤、鲍绍坤、陈文清、唐国忠、于伟国、陈桦、黄贤模、汪毅夫、潘心城等省领导,全国政协港澳台侨委员会副主任、老作家何少川也同时出席。

省文联老主席许怀中致开幕词,省委常委、宣传部长唐国忠代表省委、省政府致祝词,省文联党组书记、书记处书记范碧云做工作报告,题为《高举伟大旗帜,建设和谐文化,更加自觉更加主动地推动海西文艺大发展大繁荣》。省文联巡视员张宇作章程修改说明。此后,大会选举产生了福建省文联第六届委员会主席团——主席:张帆(南帆);副主席:范碧云、杨少衡、罗训涌、宋闽旺、张宇、陈奋武、陈济谋、郑怀兴、章绍同、舒婷、曾静萍。

19日下午,大会闭幕,新当选的省文联主席张帆致闭幕词。此前,主席团还聘请13位老同志为省文联名誉顾问,他们是:万里云、王耀华、许怀中、李联明、杨滢、何为、何少川、张贤华、陈章武、林德冠、季仲、郭风、蒋夷牧。

当晚,历届文代会中最盛大的联欢晚会——《盛世百花红》,在西湖宾馆凌波厅举行,省领导与文艺界人士共800多人欢聚一堂。省委书记卢展工即席发表热情洋溢的讲话,他用他那富有个性色彩的一系列简短有力的排比句强调:文化是基,是民族之基、国家之基、海西之基、为民之基;文化是魂,是人类之魂、社会之魂、八闽之魂、为人之魂;文联是桥,是联系之桥、凝聚之桥、跨越之桥、服务之桥;文联是力,是团结之力、和谐之力、创新之力、发展之力。他这一席精彩的论述,把晚会的热烈气氛推向高潮,使在场的文艺家深受鼓舞,后来,也被全国多家媒体转载,产生很大的反响。

本次大会,退休多年的我,已是拄着拐杖的65岁老人了。闭幕式上,当范碧云书记抱着鲜花,张帆主席捧着"名誉顾问"的聘书,与老同志一一握手时,我顿感悲欣交集。悲者,因为在今天的这一顾问队伍中,本该有丁仃和蔡其矫,可惜他们等不到这一天,就骑鹤远游去了;本应有万里云、郭风、何为,可惜他们老病缠身,无法亲临现场。今天同来的,只有10人,其中,有省领导,有老上级,还有我的大学老师,章武何德何能,跻身其中呢?再说,10人中,我算是年龄最小者之一,却独有我一人手持拐杖,步履跟跄,不免自惭形秽,黯然神伤!但抬眼四

望,到处都是灿烂的笑容,发亮的眼神,洋溢着青春活力的身影,如此壮观的场面,是我在任时所不敢想象的。如今,我虽然老了,但文联却更年轻更有活力了,于是,我又高兴起来,因为我想起了一句有名的词句:"待到山花浪漫时,她在丛中笑。"

晚会结束之后,我手捧鲜花,不惊动任何人,悄然登车离开宾馆。下电梯时,巧遇一位年轻的妈妈,牵着一位可爱的小女孩。小女孩盯住我的拐杖,好奇地问:"老爷爷,这是什么?"我笑答:这是老爷爷的第三条腿!因为此时,我又想起了古希腊神话中著名的司芬克斯之谜:什么动物,早晨四条腿,中午两条腿,晚上三条腿?如果说,30年前,我进文联时,还像是四肢爬行的小孩子,刚学会直立行走,那么今天,垂垂老矣的我,已不能不借助手杖来度余年了。

时间,是一条无始无终的长河,每个人,只是河中的一朵浪花而已。不管它是否曾经在太阳的映照下,发出过耀眼的亮光。

原载《福建文艺界》2009 年夏季号

入选《盛世华章》(中央文献出版社 2009 年版)

《文苑春秋》(海潮摄影艺术出版社 2010 年版)

打开一扇窗

—— 忆《台港文学选刊》诞生前后

转眼间,《台港文学选刊》创刊已经 30 年了。尽管老编辑们个个青丝已成白发,但 30 年前的往事,却依然历历在目,毫不褪色。

当年,正值改革开放初期,全国文艺界迎来了"第二个春天",各地文学期刊在沉寂多年之后,纷纷复刊或创刊,广受读者的欢迎。由《福建文艺》更名的《福建文学》,也生机勃发,在短短几年时间里办成了三件事:一是组织了为期两年的有关舒婷诗歌及朦胧诗的讨论;二是蠢起"散文复兴"的旗帜,以专辑或专号的形式,集中推出冰心、巴金、孙犁等名家复出后的散文新作;三是率先创办专门介绍台港文学的期刊《台港文学选刊》。应该说,这三件事在全国文坛都产生了相当大的反响。

其中,《台港文学选刊》的创办,也经历了"十月怀胎,一朝分娩"的过程。早在 1979 年,省文联及《福建文学》的同仁们就意识到,福建面对台湾,毗邻香港,向读者介绍台港文学,既是《福建文学》义不容辞的责任,也是突出地域特色、办好刊物的一大亮点。然而,长达几十年的隔绝与疏离,使我们对海峡彼岸的作家作品所知甚少,手头资料奇缺,且无任何稿源,我们只能到省台办、省台盟以及福州军区前线广播电台等涉台单位,才能查阅到只有他们才能订阅的台港报刊;只有拜托在港定居的一些闽籍文友,才能代购若干在台港出版的文学书籍,摆放在主编室的一个书柜里,供大家浏览。当时,所有的库存,尚不足半个书柜。就在这种困难的条件下,大家还是想方设法尝试着编发一些海峡彼岸的文学作品,如1979 年,推出一组台湾作家思念大陆故土的散文专辑;1980 年,分三期连载黄春明的中篇小说《我爱玛莉》;1981 年,分三期选载林黎的游记散文《萍踪识小》……

当年,我和杨际岚都是《福建文学》小说散文组的年轻编辑,编辑部领导有意"压担子",要我俩兼顾涉台稿件的具体编务。于是,在副主编季仲和小说散文组组长张是廉等老同志的带领下,我俩也经常到有关单位查阅台湾报刊,从中

发现有价值的稿源。例如,有关《我爱玛莉》资料的获得,就有一番颇具戏剧性的故事。近日,我查阅到 1980 年 1 月 9 日的日记,有记载如下:今天一早,老季(季仲)带我坐公交车到北郊的福州军区前线广播电台。刚在资料室坐下不久,老季就双眼发亮,惊喜地叫了起来,原来,他在《联合报》上发现,有篇题为《我爱玛莉》的中篇连载小说,一开头便写得十分有趣,其作者是台湾著名乡土作家黄春明,看来很值得细加品味。然而,部队的报刊是不许借出去的(当年,大陆也没有复印机可供复印),老季当即决定,二人分头阅读,他读上半部分,我读下半部分,务必要在资料室下班关门之前把四万多字的全文读完,而后各自复述内容,交换意见,以决定取舍。就这样,一场紧张的阅读长跑在资料室静悄悄地展开了,直到读完之时,我俩这才发现临近中午,早已饥肠辘辘,头昏眼花。好在这篇小说是一篇讽刺崇洋媚外心理的好小说,写得淋漓酣畅,入木三分,完全可以选用,又好在散文作家陈存诚就在该电台工作,他及时送来肉包为我俩解饥(在当年,一切食品凭票供应,能吃上肉包,就是莫大的享受了),于是,我俩在大开眼界之后又大饱口福,喜笑颜开,满载而归。临走前,我还给陈存诚开了个语带双关的玩笑:今天,你可是肉包子打狗——有去无回了。老季听罢,会心一笑,而陈存诚却丈二和尚摸不着头脑,原来,《我爱玛莉》中的玛莉,就是一条洋狗,小说正是以这条狗为线索,道出人与狗的种种扭曲关系。此后,我俩回编辑部正式打了报告,终于从电台借出《联合报》合订本加以抄录,分三期在《福建文学》连载。再后,该小说由金海影业公司改编成电影,据说在台港上映时,还获得不菲的票房价值。

当然,以今天的眼光看,《福建文学》早年零星转载的这些作品,并非台湾作家最重要的作品,但在当年,在两岸尚未开放交流之时,却极大地满足了读者的好奇心,引起浓厚的兴趣和热烈的反响。

受此鼓舞,1982 年新年伊始,《福建文学》便在省社科院台湾文学研究专家刘登翰等的大力支持下,正式创立《台湾文学之窗》这一固定专栏,以每月一作一评的方式,陆续介绍较有代表性的台湾作家作品。当年 1 月号,在这一专栏首先登台亮相的,是日据时期台湾新文学的开山祖赖和的小说《一杆秤子》,接着次第登场的,又有季季、白先勇、王拓、吴浊流、杨青矗、陈映真、洪醒夫、李乔等人的小说作品,其间,还编发了一辑《台湾诗选》,内含纪弦、覃子豪、杨唤、郑愁予、余光中、白荻、洛夫、辛郁、李魁贤、沙穗、吴晟、林焕彰共 12 家诗作。这一年,为以上作品撰写评介文章的,是耘之(刘登翰)、张默芸、黄拔光、包恒新、刘蔚文等,他们多在省社科院文学研究所工作,是全国第一批研究台湾文学的专家,他们对我刊倾尽全力、毫无保留的支持,令人铭感在心。1983年,专栏再接再厉,又先后推出丛甦、王祯和、林海音、毕璞、宋泽莱、欧阳子、曾心仪、郑清文、琼瑶、孟瑶的小说,其间,还编发一组台湾散文小辑,内含琦君、张秀亚、王鼎钧、晓风、萧白、叶珊六家散文作品。评论队伍也由福州扩至厦门,黄重添、庄明萱等一批台湾文学研究专家纷纷加盟。1984年,专栏又推出姚宜瑛、吴痴、张曼娟、迎晨、詹志宏、荻宜、王文兴、繁露、艾雯、陈艳秋、吴锦发及三毛的作品。此后,由于《台港文学选刊》正式创刊,它才完成历史使命,光荣引退。应该说,《台湾文学之窗》,虽然只存在了三年时间,但它是全国文学期刊中最早推出的涉台文学专栏,算是为大陆读者打开了第一扇瞭望台湾社会的文学之窗,其首创之功,功不可没,而且,它也为日后创办《台港文学选刊》,探寻了路径,摸索了经验,结交了朋友,积累了资料和知识,增强了信心和勇气。

1984年,邓小平提出"一国两制"的伟大战略构想,举世为之瞩目,举国为之振奋。天时,地利,人和,三者俱备,全国第一家涉台文学期刊《台港文学选刊》也因此应运而生。当年,省文联调整《福建文学》编辑部的领导班子,刚刚升任省文联书记处书记的季仲兼任《福建文学》主编,蔡海滨和我任副主编。新班子一成立,便回应包括本刊编辑在内的两岸作家、学者及部分读者的共同呼声,着手进行《台港文学选刊》的筹办工作,并分工杨际岚具体负责。

6月6日上午,临近下班之际,老季把蔡海滨和我叫去,说是省文联党组已同意我们的创刊设想,要我们立即起草申请报告,呈送省委宣传部审批,同时建议请省委书记项南为我们撰写发刊词。老季特别强调,此申请报告务求简明扼要,尤其要用准确、鲜明、尽可能富有文学色彩的语言,来概括办刊宗旨。也许,是受此前《台湾文学之窗》之启发吧?他当即想出了第一句:"瞭望台港社会的文学窗口",此时,正在提笔记录的我似有神助,信口对出第二句"联系海峡两岸的文化纽带"。没想到季蔡二人听了,当即认可,于是,以此为中心,报告很快便拟定了,且文长只有五百多字。当天,是1984年6月6日,也许,是应了福建民间的吉祥语"六六大顺"吧?第二天,即6月7日上午,时任省委宣传部部长的何少川就立即批准了我们的申请报告,并满腔热情地答应代向项南转述我们的请求。7月6日,项南书记欣然命笔,用工整的毛笔小楷所书写的发刊词,也很快

就传送到了省文联，顿时，整个文联大院如同过节一般热闹起来。在这篇题为《窗口与纽带》的代刊词里，项南书记不但一字不改地肯定了我们的办刊宗旨，还另外补上了一句，成为"瞭望台港社会的文学窗口，联系海峡两岸的文化纽带，团结三种社会力量的一种精神象征"。这篇高瞻远瞩、言简意赅、文情并茂的美文，一经新华社发出通稿，海内外就有 30 多家媒体予以转载或引用。紧接着，《人民日报》刊发了创刊号的目录，《福建日报》《新民晚报》、香港《大公报》《明报》以及菲律宾《世界日报》等也都报道了创刊的消息，全国各地多达 29 个省、市、自治区的订单纷至沓来，让大家振奋不已。9 月，《台港文学选刊》（双月刊）之创刊号，以"《福建文学》增刊"的名义正式出版发行，当期的销售量就高达 17 万份，可谓一纸风行，十分畅销。

　　然而，创刊成功的喜悦尚未消失，许多麻烦事也就接踵而来。首先，台湾海峡波谲云诡，两岸情状毕竟大不相同，如此一本内容极为敏感的涉台刊物，如何遵循办刊宗旨，把握办刊导向，当时，在全国尚无先例可循，全凭我们自己审时度势，一路摸索前行。好在我们的主编季仲，毕竟是有几十年办刊经验的识途老马，他的风格是胆大心细，既解放思想，紧跟时代潮流，又小心谨慎，对每一篇可能引起争议的作品再三权衡，严格把关。当时，在大陆文坛上，连言情小说能不能写，武侠小说算不算小说，在文学史上曾被批判过的作家作品还值不值得评介等等，都还在争论之中。对此，季仲极力提倡"好作品主义"，勇敢打破这些条条框框的限制，从文学本体出发，从台湾文学的实际出发，对不同流派、不同风格、不同艺术观点的文学作品，只要内容上是好的，就兼收并蓄。在他的倡导下，刊物形成了勇于创新、善于实践的良好氛围，以"敢为天下先"的锐气，率先刊登了许多在当时还属于前卫、实验的作品，如最早刊发季季有关婚外情的报告文学《未婚妈妈系列》，率先披露颇有争议的柏杨杂文《丑陋的中国人》，重新评介曾被鲁迅点名批判过的作家梁实秋的散文作品等等。这些作品，一经选刊首发，大陆许多报刊便予以转载，产生了较大的反响。当然，对于主张"台独"或具有某种"台独"倾向的作家作品，我们总是理所当然地加以摒弃。1992 年夏，季仲到香港参加一个学术讨论会，有《星岛日报》记者问："有'台独'倾向的作家作品，你们登不登？"对此，他旗帜鲜明地回答："我们坚决不登，因为它违背了两岸人民要求和平统一的意愿。"我想，《台港文学选刊》之所以能在风风雨雨中稳步前行三十年，历任编辑始终坚守这一条底线，至关重要。

当年,《福建文学》以一个编辑部的人力,同时办好两种刊物,其时间之紧迫,编务之繁重,可想而知。且不说稿源吃紧,纸张短缺,急需千方百计找米下锅,单是创刊头几期的自办发行,对我们这些从未涉足书刊市场的书生来说,就更是困难重重。当时,福州火车站货运的运力有限,每天只许我们往省外托运刊物 20 包。于是,我们每天中午都要派人派车发送;于是,编辑部全体总动员,上自主编副主编,下至文联资料室的黄锦明和庄霞霞、李学杰两位老大姐,大家一起轮流值班,放弃午休,一起打包、扛包、运货上火车站,忙得不亦乐乎。一向笨手笨脚的我,也就是在那段日子里,学会了如何用"九宫格"的方式来捆扎书刊,为日后的几次搬家打下基础。与此同时,每到外地出差,奉老季之命,我们也总要带上一摞杂志,到当地邮局、到街头的报刊零售亭,甚至,在行进列车的车厢里,向有关人员和路遇的读者,广为赠送、宣传、推销我们的刊物。

有趣的是,当年,大陆尚无复印机、扫描机,更不知未来的电脑为何物,每逢从台港出版物上选中可用的稿件时,都不得不进行人工抄写,一边抄,一边还要把台港通用的繁体字改成大陆通用的简体字,这种有难度的抄写,没有一定岁数、通晓汉字繁简两种写法的人是无法胜任的。于是,在找不到抄手的时候,我们都得自己上马救急。后来,我母亲退休,我就请她代劳。因为我外公是书法家,她从小耳濡目染,写起字来,一笔不苟,且端庄娟秀,深得杨际岚他们的好评。今天,当我撰写本文时,年届 90 岁高龄的她,还在一旁自豪地回忆说:当年,我要带孙子,为你们煮三餐,同时,每天还要帮选刊抄写十张稿纸呢!每张三百字,这一抄,就是整整三千字!

在当年,我们既是刊物的编辑,同时又是刊物的包装工、搬运工、推销员和抄写员,尽管辛苦,却乐在其中。好在当年还年轻,还能经得起这种种考验。如今回忆起来,30 年前点点滴滴的汗水,全成为一颗颗闪闪发亮的珍珠。

原载《台港文学选刊》2014 年 9 月号

采风拾趣

小　引

风者,民歌也。在中国古代,"采风"一词的本意是采集民歌。《诗经·国风》中的绝大部分作品,就是周初到春秋中期的民歌。农闲季节,政府专职部门派人到各地采风,其目的,一是借以了解民情,二是整理配乐后供祭祀或节庆饮宴时歌舞所用。到了"五四"新文化运动,一些学者从国外引进民俗学,"采风"的含义就扩大了,它泛指一切民风民俗及民间创作的采集。当今,各级文联及各文艺家协会,常常组织文艺工作者到基层参观访问、调查研究,这种短期深入生活的方式,也统称之为采风。当然,由于时间短,行程有限,采风者难免走马看花,蜻蜓点水,企望由此产生鸿篇巨制,显然不符合创作规律。不过,对于文艺家来说,能有机会见世面,长见识,接地气,从中感应时代脉搏,吸取精神营养,发现题材线索,激发创作灵感,仍然有所裨益。

笔者大半生在文联、作协供职,对此感慨良多。今虽年届古稀,步履踉跄,无法再追随文友们鞍前马后,但追忆前尘往事,仍有"铁马冰河入梦来"的热血豪情与"踏花归来马蹄香"的知足常乐。不妨择其若干有趣片断,与读者诸君共享之。

土楼与标点符号

时间:1991 年 3 月 5 日至 15 日

地点:闽西——粤北,中央苏区

为纪念中国共产党建党 70 周年,并在《福建日报》上组织"征文作品专版",福建省文联组成福建作家采风团,赴闽西、粤北采风。团长:许怀中(时任省委宣传部副部长兼省文联主席);副团长:章武(时任省文联书记处书记);团员:朱谷忠、张惟、陈志泽、延青、王振源。

　　3月4日晚上,采风团从福州启程,坐了一夜火车,于3月5日晨抵达龙岩。刚下火车,便听得一声春雷巨响,紧接着,豪雨从天而降。好在前来接站的当地主人已带来雨伞。大家全都异口同声地说:这是今年春天的第一声春雷,第一场春雨,好啊,好彩头!

　　本次采风的主题十分集中,任务也十分明确,即参访中央苏区各革命历史纪念馆、各基层单位先进党组织和优秀共产党员,每人为《福建日报》写一篇征文作品。报社的王振源作为随团编辑和记者,负责专版稿件的组稿任务在途中就地落实。

　　3月7日,采风团在永定老区采风期间,参观了位于湖坑镇洪坑村的土楼振成楼。该楼始建于民国元年,内部空间设计状如八卦,俗称八卦楼,其内部装饰,多含西洋元素,在闽西土楼中,是一幢难得的带有中西合璧风格的杰作。1988年列为省级重点文物保护单位,1990年正式对外开放。但当时,各地旅游业尚未兴起,对土楼的研究和宣传也刚刚起步,来此参观的,多为各级官员和专家学者,普通游客并不多。参观结束时,楼主人请采风团在留言簿上题词。大家先翻阅比我团捷足先登者所留下的墨宝,除"埃及金字塔,中国土圆楼"一条较为引人注目外,其余多为"中华一绝""国之瑰宝""建筑奇葩"等放置四海而皆宜的泛泛之词。对此,采风团的团友们都说,我们是作家团,理应想出个比较新鲜的,能让人一见难忘的句子来。于是,大家全都沉吟不语,进入腾云驾雾的思索之中。不久,擅长散文诗写作的福州老作家延青率先打破沉默,兴奋地说:能不能用标点符号来加以表达? 比如:"土楼是一个句号,却引来无数问号和感叹号!"此语一出,众皆齐声叫好,于是,团长许怀中便代表全团欣然提笔,留下苍劲有力的笔墨。

　　当年,振成楼尚无"土楼王子"之美称,更未荣登全国重点文物保护单位和世界文化遗产的龙虎榜,延青老兄这一别出心裁的妙句,便以其特有的新鲜感迅速在闽西各地传开。三天过后,即3月10日,当采风团来到上杭县才溪纪念馆时,馆里早已摆开笔墨侍候,馆长还连声说:你们在永定振成楼的题词,听说是一副对联,叫作:"土楼圆楼土圆楼,句号问号感叹号",实在是太妙了!

　　大家一听,先是一怔,继而全都哈哈大笑起来。原来,我们的题词在口头流传的过程中,已从散文诗的句式被加工成具有中国传统特色的对联了,尽管上下联末字的平仄颠倒了,但原词的意趣还是原汁原味地保存了下来,且更朗朗上

口。对此,延青面有喜色,包括团长在内的全团团友也都倍感自豪。

时隔 18 年之后,2009 年 11 月,省炎黄文化研究会和省作家协会联合组织"走进永定"采风团,许怀中、朱谷忠和我有幸旧地重游,再访振成楼。如今的振成楼今非昔比,早已名闻天下,中外宾客源源不绝,有关土楼的宣传品和出版物更是琳琅满目。随手翻阅,见许多书上都印有土楼的题词集粹,其中,我们当年的题词,也总是赫然在目。只不过,作者的姓名只署许怀中,而延青之名却隐去了。当然,这也难怪,因为当年提笔在留言簿上题写的,就是福建作家采风团的团长许怀中。然而,一向办事认真的许老,对此却心存不安,于是,在与县领导的见面会上,他特意郑重声明:"当年,原词的真正作者是福州作家延青,我只是代表采风团书写而已。"他这一席话,体现了实事求是、不掠人之美的谦谦然君子之风,恂恂然长者之风,引来了全场经久不息的掌声。

作为往事的亲历者与见证者,笔者以为,准确的记载应为:

土楼是个大大的句号,却引来无数问号和感叹号!

　　福建省作家采风团 延青拟句,许怀中书题

1991 年 3 月 7 日

谨以此文,向许怀中先生深表敬意,并向已故的散文家延青先生、编辑家王振源先生深表怀念。

向左,向右?

时间:1994 年 8 月 16 日至 9 月 2 日
地点:青海省,柴达木盆地

中国作协在组团采风时,常常有意采取作家易地交流的方式,如"东部作家西部行"、"西部作家东部行"、"东北作家下江南"、"西南作家看东北"等,很受各地欢迎。这一次,为期半个月的青海采风活动,就全请华东沿海作家参加。团长:周明(原《人民文学》副主编,时任中国作协创联部主任);团员:江苏梅汝恺,福建章武,山东于波,江西郑云云,中国作协本部的郭晓兰。此外,青海省作协主席朱奇也全程陪同。

232

这是我有生以来历时最久(15 天)、行程最长(5000 公里)的一次采风活动。我们沿唐蕃古道、青藏公路西进,沿着当年筑路大军、石油大军、生产建设兵团和支边知青的道路前进。我们西出日月山,涉足青海湖,穿越柴达木盆地,再从格尔木市取道察尔汗盐湖的万丈盐桥,翻过祁连山,直抵甘肃敦煌七里河镇(青海石油总公司跨省设立的后勤基地)……一路上,火车、汽车、马、驴、骡、骆驼,还有黄河上游用 13 张羊皮扎成的羊皮筏,几乎所有交通工具全用上了。

旅途中最漫长的一段,是人烟稀少,但资源丰富的柴达木盆地。

"南昆仑,北祁连,山下瀚海八百里,茫茫八百里无人烟。"这支古老的民谣,是柴达木盆地最真实的写照。有时,我们一天驱车十个小时,车窗外,除了漫漫黄沙,累累砾石,白花花的盐碱地,除了沙柳、红柳、骆驼刺和芨芨草,什么也看不到。有时,总算在远方出现了波光潋滟的树影和楼影,但临近一看,却都是随风飘逝的海市蜃楼……

在如此不见人影,不见鸟影的"生命禁区"里长途旅行,一个小小的生活问题——如厕方便,便让华东的作家们颇觉为难。然而,对于青海本地的同行来说,这却不是一个问题,他们在司空见惯中早有一个约定俗成的解决办法。那天,当我们从青海湖毡房宾馆坐面包车往柴达木盆地进发时,青海省作协主席朱奇就大声宣布:途中,大家需要方便的时候,我们会停车十分钟,下车后,男左女右,各自解决吧!

朱奇是条山东汉子,原为青海驻军的一名军旅诗人,后就地转业,成为青海文坛的掌门人。在全国各省作协主席中,他是一位最朴实、最能吃苦的人了。有一次,我们在途中吃便餐,我分给每人一张餐巾纸,他好奇地用鼻子闻了闻,批评我说:"你们海边的作家实在太奢侈了,拿这么好的纸张来擦筷子,还是香的!"即此一端,足见当年东西部的差异有多大,他们的日常生活有多俭朴。当然,我们都听从他的命令,凡途中下车时,个个男左女右,绝不含糊。

然而,万事都有例外。采风团中,江苏的老作家梅汝恺,因年纪最大(时年66 岁),文学成就最突出(曾汉译诺贝尔文学奖得主显克维支的五部长篇小说,荣获波兰文学艺术金质奖章),大家都尊称他为"梅公"。这位德高望重的"梅公"有个小小的毛病,即有时分不清左右,下车后,一不小心,就从左边走向右边,让蹲在右边的女同胞颇为尴尬。后来,大家一再提醒"梅公":记住,拿筷子的是右手,你可千万别忘了啊!话虽如此,"梅公"有时候还会犯规。久而久之,大家

才发现一个秘密,原来,他老人家有个爱好,即对戈壁滩上的鹅卵石情有独钟,一下车,就紧盯住脚下,见到好看的石头,就往兜里捡,捡啊捡啊,有时,就不知不觉闯入禁区了。如此,事出有因,情有可原,包括女同胞在内,大家也就不再苛责于他老人家了。每到驻地的夜晚,大家还往往围着他,对他浸在脸盆水里熠熠闪光的奇石进行评头品足。当时,我还想为他写一篇散文,题为《捡回一座昆仑山》,但不知为何,此文至今未能写出,只好在此补记一笔了。

本次采风,我最大的收获是:从大西北的粗犷、浩瀚与壮阔中,感受到南方小桥流水般精细与纤柔的不足,意识到自己必须在文风上有所变革。由于途中连续翻越几座大山,52 岁的我,下定决心,要在此生"爬九十九座大山,写九十九篇有关山与人的文字"。此后,直到 2010 年,即我 68 岁那年,此一创作计划才得以完成。因此,我要向赐我以勇气和灵感的青海诸山深表敬畏与感激。

有关蹓跶鸡的一场讨论

时间:2000 年 5 月 9 日至 19 日

地点:鞍山钢铁厂,辽东半岛。

众所周知,曾经拥有 50 万产业工人的辽宁鞍山钢铁厂,是我国最大的国有企业,誉称"共和国长子"。前辈作家罗丹、草明、艾芜、于敏、郭小川等都曾到此深入生活,并各有重要作品问世。而当地作家中,《夜幕下的哈尔滨》作者陈屿、《沸腾的群山》作者李云德等,也都具有很强的创作实力。如今,为重振文学雄风,鞍山市政府拨款百万元,建起一幢"会友楼"(取"以文会友"之意),盛情邀请中国作家协会在此设立创作基地。对此,中国作协大力支持,并从全国各地抽调一批作家,组成中国作家代表团出席基地的挂牌仪式。团长:王充间(时任辽宁省人大常委会副主任兼辽宁省作协主席),副团长:章武(时任福建省作协主席),团员则有:河北的何申,浙江的汪浙成,陕西的李天芳,辽宁的刘兆林、文畅,福建厦门的毛振亚以及中国作协本部的谢真子、李一信、牛玉秋等。

作家团的采风活动以鞍钢为中心,着重了解国有老企业如何在体制改革和科技创新中凤凰涅槃,浴火重生,与此同时,也到辽东半岛各地城乡进行参观访问。有一天,采风团来到台安县农村,参观一家机械化孵鸡场,但见一颗颗鸡蛋在培养箱中被人工孵化,变成一只只活泼可爱的小鸡,从流水线上源源不绝地传送出来,再用科学配方的饲料进行精工饲养,其自动化、现代化程度自然不在话下。

然而,作家们出厂后,却都沉吟不语。不知谁嘟哝了一句,这种集体孵化方法,好是好,但我吃鸡蛋,还是爱吃农村老太婆养的土鸡蛋。来自浙江的汪浙成说,是啊,还是土鸡好,我们杭州市郊区的农家乐,如今都要都打出土鸡的旗号。

在小说界誉称"河北三驾马车"之一的何申说,在我们那里,不叫土鸡,叫柴鸡,因为它们老在柴火堆里扒来扒去找虫子吃,俗话说,猪往前拱,鸡往后扒——各有各的活路。

辽宁本地的刘兆林说,在我们辽东半岛,称土鸡为遛跶鸡,因为它们是放养的,可自由自在随便在房前屋后遛遛跶跶。

大家都说:这"遛跶鸡"的名字取得最好,很形象,且带有动感。

此时,我也不甘落后,便向大家介绍:在福州附近的闽清县,土鸡又被称作飞鸡、蓝天飞鸡。当地农家在户外天然的竹山、草山放养鸡群,让这些鸡饮用清澈的山泉水,以稻谷、玉米、昆虫、青草为主食,饲养时间长达半年以上。由于这种鸡保持原始野鸡的生活习惯,体小、脚青、爪利、嘴峰硬,能平地高飞,跃上树梢,其肉质可与天上的飞鸟相媲美,故取名为蓝天飞鸡。说到这里,我还凭记忆念出一段当地的广告诗:

飞鸡,飞鸡,闽清的蓝天飞鸡,是女人的月子鸡,老人的长寿鸡,孩子发育成人的滋补鸡,逢年过节、走亲访友的礼品鸡……

我这一说,众皆哈哈大笑。在中国各地,尽管土鸡的叫法,各有不同,但吃鸡要吃土鸡,吃鸡蛋要吃土鸡蛋,却是大家的共识。

采风活动结束时,在总结会上,我向中国作协创联部提出一条建议:今后对作家的培养,请千万别用集体孵化的办法,还是多组织作家们在各地采采风,遛跶遛跶为好!话未说完,谢真子已忍不住大笑,众人也都给我掌声鼓励。我想,这是一向不善幽默的我,最成功的一次发言了。

本次采风,我所完成的三篇作业是:《遥寄鞍钢》,刊发于福建日报,入选中国作协选编的《作家采风》(作家出版社 2001 年出版);《白玉山之耻》,刊发于当年度的《人民日报》;《千朵莲花山》,后收入拙著《一个人·九十九座山》。

探访苦聪人村寨

时间：2001 年 3 月 31 日至 4 月 5 日

地点：云南省哀牢山，镇沅彝族拉祜族哈尼族自治县

这是在云南举办的哀牢山散文笔会。说是笔会，其实也是采风的一种方式，因为会议期间，我们的主要日程，全在哀牢山的哈尼族、拉祜族（苦聪人）、傣族（花腰傣）等少数民族村寨中穿行。

出席本次散文笔会的，有全国各散文刊物主编和部分散文作家，共约 30 人。其中，60 岁以上有四人：张守仁、詹克明、田中禾和我，被人戏称为本次笔会的"四老"。张守仁是《十月》原副主编，名列"京城四大编"之列；詹克明是上海核物理学家，晚年涉足散文创作，以独树一帜的科学散文引人注目；田中禾系河南省作协主席，也是著作等身的非等闲之辈。刚刚年届六十的我，能在所谓"四老"中叨陪末座，共享同坐一辆越野吉普车的优待，自然倍感荣幸。

这是一次旅途十分艰辛、但收获颇丰的采风活动。那天，为了进深山参拜一棵千年古茶树，我们在无路可走的原始森林中，攀藤越涧，顺着水流的方向，来回跋涉了足足八个小时。年轻的散文家们尚可一路谈笑风生，我们这些年过花甲的所谓"四老"，只能气喘吁吁落在队伍最后头。幸好，有医务人员随行，精疲力竭时，靠葡萄糖生理盐水救急，这才不致于中途休克。

印象最深的，还在于探访苦聪人山寨。如果说，宁夏西海固是"苦甲天下"的地方，那么，"苦聪"一词的本意就是"天底下最苦的人"。他们是拉祜族的一个支系，祖祖辈辈蛰居于中越交界处的崇山峻岭之中。目前，人口约三万，其中，有一半分布在哀牢山中。他们在当地政府的帮助下，刚刚从原始社会一跃进入社会主义社会。

一路千辛万苦，我们终于进入者东乡的一个苦聪人山寨。眼前的一切，无不让大家目瞪口呆。他们中有些农户，至今还住在山洞、土窑里，且出于原始自然崇拜，从不砍伐森林，以致于家中没有任何木制家具，只能在草席或竹席上席地而坐，席地而食，席地而睡。政府所送的毛毯，被用作挡风的门帘。也许是难得有山外来客，他们的"头人"（即村民委员会主任）一声令下，村民们就杀了一头大猪，在铺地的竹席上摆开宴席，热情招待我们。于是，我们第一次品尝到荞麦饼、泡核桃、用野果染色的五彩饭、用野花炒成的各式"青菜",还有刚从树上采来的蜂窠,尽管若干野蜂还在钻进钻出,但其味之甜蜜,无与伦比。与此同时,他们还不断请我们抱起竹筒咕嘟嘟吸水烟。"云南十八怪"中的"野花当蔬菜,竹筒作烟袋",我们今天总算是领略到了。

餐后,"头人"兴致勃勃带我们去看他们的小学,而小学却盖在最高的山顶。原来,这里地无三尺平,满山遍野除了森林,就是梯田,而最大的一丘田,必在四面悬空的山顶,与此同理,能开辟出一小块操场的小学,也只能建在最高的山顶了。

尽管小学是全寨最好的建筑,但只有两间土屋权当教室。好在教室中尚有简单的课桌椅。放学了,只有一位小女孩留在那里做作业,她手中的铅笔,短到不足一寸,看了让人揪心。于是,好几位团友都把随身的圆珠笔掏出来送给了她。也不知是谁发起,大家都主动给"头人"捐款助学,不一会儿,他手上就有了一大迭红红的百元人民币,当众数了数,居然有三千多元。这,对于山寨来说,自然是一笔很大的收入了。于是,喜出望外的"头人"当即通知全村男女老少都来小学集中,在小操场上手拉手围起大圆圈,弹琴吹笙,手舞足蹈,以苦聪人最隆重的仪式表达他们由衷的感谢……

我发现,采风团的文友们,个个都热泪盈眶,连"四老"中年岁最大的张守仁,当他代表全团致辞时,也激动得好久说不出话来。

本次采风,我只完成了写哈尼人稻作文化的《哀牢山梯田》一文,而对上述印象最深的这一幕场景,却因对苦聪人的前世今生所知甚浅,至今不敢贸然动笔。

本次采风,还有一大意外收获,是在者东乡政府所在地,发现一本当地人所订阅的《散文天地》。这,不但让该刊主编楚楚为之惊喜,也让兄弟散文刊物的主编们深受鼓舞。可见,在这遥远、封闭,尚待脱贫致富的哀牢山深处,在少数民族同胞之间,照样有文学的种子在静悄悄地生根、发芽。于是,《美文》《散文》《散文选刊》等主编,纷纷表示今后要为他们免费寄赠刊物。令人遗憾的是:原由福建省文联主办的《散文天地》,当年,曾名列全国六大散文刊物之一的《散文天地》,如今已消失多年。每念及此,不能不令人深感惆怅。

原载《福建文艺界》2013 年夏季号

良师益友五十年

——记《福建日报》文艺副刊的编辑们

人一旦上了岁数,就喜欢怀旧。

在我记忆的迷宫里,有一扇门是专门通向《福建日报》文艺副刊的——包括"文革"前的《海潮》,"文革"后的《武夷山下》,以及它的孪生兄弟《八闽九州》《潮声》《生活窗》《读书》《文化大观》等等。只要我轻轻推开这扇门,一个个可敬、可亲、可爱的编辑老师、编辑朋友,便从岁月深处含笑朝我走了过来。

仔细算来,作为作者,我和他们打交道已近 50 年了。在这长达半个世纪的悠悠岁月里,他们不但为我先后编发了 130 多篇稿件(其中约三分之一上了头条),还以他们对党的新闻事业的忠诚,对文学艺术的敬畏与热爱,良好的编辑素养与高尚的编风编德,为我树立了做人和作文的榜样。可以说,我之所以能从一个大学一年级的文学青年,成为一名直到退休之后还在努力写作的作家,与他们长期的关爱、教诲、激励与鞭策是分不开的。他们,成为我生命中无法剥离,不可切割的一部分,且因时光的淘洗而愈见真淳,愈显珍贵。因此,当我把点点滴滴的记忆连缀成文时,流淌在心中和笔端的,是一种难以言喻的感恩之情。

施予:第一场"及时雨"

我第一次向《海潮》投稿,是 1961 年夏天,当时,我 19 岁,是福建师范学院中文系的一年级学生,正在四面环山的莆田老家度暑假。出于初生牛犊不怕虎的勇气,喜欢涂鸦的我,开始胡乱向全国各地报刊投稿。有一天中午,当知了在龙眼树上叫得正欢时,乡邮员给我送来一封来自福建日报的信件。我以为,这又是当年常见的印刷体退稿信,不料,打开一看,却是署名"施予"的编辑亲笔信,其大意为:大作《及时雨》已拜收,近日即将刊发,盼今后继续赐稿。虽然,这只是寥寥几行龙飞凤舞的毛笔字,但对于初次踏上文学之路的我来说,却好比是第一场及时雨,滋润了整整一生。尤其是信中"大作""拜收""赐稿"等相当古雅的礼貌用语,这在当年的其他地方是根本看不到的,它体现了一个编辑良好的文化修

238

养,也体现了编辑与作者之间,一种完全平等的人际关系,这对于后来也从事编辑工作的我来说,更是一次启蒙教育。

可惜,我从未拜识过施予先生。十多年前的某一天,当我与《福建文学》副主编施晓宇在闲谈中提及此事,没想到,他却高兴得大叫起来:"他就是我的老爸施宗白,早就退休了啊!"

于是,我托他送上一张贺年卡,借此表达对施予老师迟到了几十年的敬意。

方璞:我所结交的第一位编辑

我直接交往的第一位编辑老师,是方友德。当时,他是《海潮》的新编辑,年龄只比我大一岁,就以"方璞"的笔名,在报上发表了一整版纪念杜甫的长文章,理所当然成为我们这些青年学子的偶像。他是来我们学校组稿的,不但向童晴岚、李联明、黄拔荆、练文修(练向高)、燕青(郑锹)等老师中的作家组稿,也没忘记来学生宿舍看望我们这几个喜欢投稿的年轻人——包括庄东贤、陈瑞统、陆昭环、张如腾、肖国森、郭美娟等等。

当时,学校并不鼓励学生写作,因为我们是师范院校,培养的学生是要当老师,而不是当作家的。方璞私下里对我们的鼓励,以及后来陆续为我们编发一些稿件,引领我们走上文学的不归之路,最为难得。当时,正值国家三年困难时期,老吃不饱饭,连酱油都按定量分配的我们这些穷学生,除了一牙杯白开水,实在拿不出任何东西来招待这位从东街口骑自行车来访的大编辑。好在我们都年轻,好在君子之交淡如水,而正是这种没有任何利害关系的淡如水的友情,在彼此的心田里,流淌了半个世纪。

张铁民:听君一席话,胜读十年书

1963年,我的短篇小说《山村清夜》在广东《羊城晚报》副刊《花地》上发表,并荣获该报年度文学奖的第二名。这在当年全国罕见文学评奖的情况下十分难得。收到的奖金,我寄一半回家,另一半则买书,买皮鞋,还请同班同学到街上大餐一顿——只是那年头,一切都要粮票,所谓大餐,无非是不要粮票的"钢板"(海带)和"无缝钢管"(空心菜)而已。

不料,已有"好心人"给报社打了小报告,说我已经飘飘然起来了,还向人透露,这篇小说原是福建日报的退稿。于是,报社文教部主任张铁民通知我前去谈

话。我知道我这下闯祸了,只好硬着头皮前往聆听训话。听说"张老铁"(报社的人都这样亲切地称呼他)是位从延安来的老革命,我更是诚惶诚恐,毕恭毕敬。好在他既严肃又和蔼,并没有纠缠在我如何骄傲自满的细节上,而是诚恳地说:你这篇稿件,我们原来也想发,但考虑到你已经在我们报上接连发了好几篇稿件,我们想暂时压一压,好让你今后对自己要求更高些,写得更好些,这也是我们对青年作者的一贯做法。更何况,你还年轻,你还不知道世道的艰难,一个人,特别是年轻人,太早出名并没有好处。也许,我说的这句话,你现在还不好理解,等过五年十年以后,慢慢,你就会明白了……

他的这席话,推心置腹,语重心长,是我在课堂上听不到的,也是我在父母长辈那里闻所未闻的。它让我终生难忘,终生受用无穷。果然,第二年,当我参加毕业鉴定时,中文系就指定我要深刻检查"资产阶级成名成家思想",到了1966年夏季"文革"爆发时,时在福建第二师范学院中文系当助教的我,更因是"修正主义苗子"而受到大字报的围攻。还好,有张老铁的这一席话垫底,我从此学会夹着尾巴做人,总算在历次阶级斗争的风暴中得以平安脱身。

在人生的道路上,像张老铁这样的谆谆教诲,此后,怕是再也听不到了。

林振夏:派车找我的"老总"

此后,是没完没了的斗、批、改。《海潮》消失了,全国的文学杂志也都停刊了,我的文学梦彻底破灭。接着,连大学都关门了,我举家下放南靖县农村劳动。后来,我被借调到县报道组当上一名"赤脚记者",按上面发下来的每月报道提纲,写一些应景的新闻、通讯,当然,所有稿件全都集体署名。

有一次,报社"老总"林振夏亲自率员来南靖县进行调研,我喜出望外。因为"文革"前,我就拜读过他在报上连载的长篇通讯《掌上春秋》,深为其精妙的剪裁、生动的细节和老辣的文笔所折服,此番能在他鞍前马后跟随,何乐而不为!林老总给我的印象,是老成持重,特别爱思考,每天一早,他都要认真听广播,领会北京的最新精神,每天半夜,他都要一个人慢慢地在房间里踱步,面对案头的稿子,句斟字酌。看得出,他肩头上压着很重很重的担子……

离开南靖时,他约我为五斗山妇女耕山队写个长篇通讯,并叫我写长一点,万字也无妨,以便多留一点修改的余地。好在我们报道组长年在五斗山蹲点,情况熟悉,不久,我就专程到福州送稿,并在报社招待所下榻。这是我毕业多年后

第一次回福州,翌日一早,就迫不及待回母校找老师们去了。当年,大家都没有手机,老师们家里也没有电话,因此,我逍遥了一整天,直到晚上才兴尽而归。不料,凡见到我的人都替我着急:你这家伙,到底跑哪里去了? 林老总专门派人派车到师大找你老半天也没找到呢! 我一听,也急了,赶紧到总编室负荆请罪。好在灯还亮着,林老总还在值夜班,见到我,他显得很轻松,不但没有责备我,还亲自为我沏茶,满脸笑容地说:稿子写得好,我也编好了,明天就见报,发一整个头版。只是最后一段,我改动了几句,想让你看看,这样改合适不合适?

受宠若惊的我,顿时目瞪口呆:一个老报人,一个老前辈,一个执掌全省新闻稿件生杀大权的大老总,居然为这几行文字的小改动,兴师动众找了我半天,而我,只不过是基层报道组一名小小的临时工而已! 我想,这绝不仅仅只是他为人的谦虚和谨慎,更是他对党的新闻事业高度负责的一种精神,一种习惯……

林爱枝:半双筷子的友谊

当年,林老总到南靖的随员中,有一位年轻的女记者林爱枝,听说她是北大的高才生,特别引人注目。我因家庭政治背景所累,高考时虽得作文满分却不能录取北大,从此,见到北大学生,总是心存芥蒂,既羡慕,又嫉妒。刚见面时,一路晕车的林爱枝,脸色苍白,步履跟跄,给人十分娇气的印象。

但到了当天晚上,这一印象就被她自己彻底颠覆了。当年,县里没有宾馆,包括老总在内的记者们下基层,也都住在简陋的招待所,吃最普通的饭菜,就连晚上加班,从县委机关食堂送上来的宵夜,也只是一大桶面条而已,但大家照样吃得很开心。更可笑的是,送上来的筷子还少了一双。十分尴尬的我,正要转身下楼,林爱枝却一把拉住我:"何必专门跑一趟,来,把我这双竹筷子折成两半,不就可以对付了吗!"我一听,顿时怔住了,有点手足无措。林爱枝却笑了起来:"你别以为我娇气,我也是从永泰山区出来的,从小吃过苦!"于是,我只好在大家善意的笑声中,把她手中的竹筷子一折两半,并一起吃起了面条。

我和林爱枝的友谊,就从这半双筷子开始。"文革"结束后,我从南靖调入省文联,而林爱枝正在文教处负责文艺评论,于是,在她的倡议和主持下,我们联手为报纸创办了文艺评论专版,对新时期以来风起云涌的本省作家作品,逐一进行评介,在读者中产生了相当大的反响。再后来,她步步高升,但无论在福州市委宣传部或在省新闻出版局当领导,她始终以一名省作协会员,一名文艺评论家

的身份,关心支持省文联、省作协的工作。好几次文友聚会,她都笑谈起当年那半双筷子的故事呢!

李力:被小偷冒名顶替的人

当年,李力是报社的一位副总编,也是一位资深的散文家。我与他虽没有直接交往,但好几次从其他编辑那里,听到他捎来的问候,心中十分温暖。然而,却发生了一件始料未及的,有点使让人哭笑不得的事情。

有一天上班时间,有位自称是"报社李力"的不速之客,敲门来访。当时,只有读小学的女儿在家。她十分热情地请这位"叔叔"进门,并毫无保留地让他巡视了所有的房间,只听来者悻悻然丢下一句话:"怎么搞的,你家连一台像样的电器都没有!"说罢,便扬长而去。当晚,当我回家听女儿说起此事时,先是大吃一惊:堂堂报社领导怎么可能枉驾车马来访? 继而,便问来人大约几岁? 女儿说,比爸年轻多了,是个叔叔! 我一听,明白了,原来这只是个冒名顶替的小偷! 好在我家没有任何一件值钱的东西让他感兴趣,既然毫发无损,我也就不必向李力同志汇报此事了。

令人不解的是:那小偷如何知道报社有个李力同志?

王国力:夜间来访的常客

粉碎"四人帮"后,大地回春,万象更新,文艺创作也空前活跃起来。省报的文学副刊得以恢复,并重新取名为《武夷山下》,与此同时,《潮声》《生活窗》《八闽九州》等也应运而生。刊期之密,用稿量之大,均史无前例。当时,我是《福建文学》的散文编辑,读散文,编散文,写散文,成为我生活的主旋律,因此,从1979年起,我就成为《武夷山下》的常客。其中,与我交往最多的编辑,是王国力。他住东街口,我住黄巷,两家靠得很近。有时上街闲逛,不知不觉间就逛进了他家。而他也常常在晚间来到我家,或组稿,或商量改稿的事,或把到他家拜访的外地文友带过来闲聊。他为人厚道,待人诚恳,嘴角上老挂着一丝谦和的微笑,他一来,我家的小孩全高兴地叫起来:"王伯伯来了。"他虽是一名资深编辑,但对作者十分尊重,凡他动笔修改过的稿件,总是尽可能让作者过目。记得有一次,他下班后还把第二天报纸版面的清样直接带到我家,说:你看,多出了200来字,干脆,你今晚自己删节好了。于是,第二天一早,趁他上班之前,我就把删好的清样送还到他家。

在没有家庭电话的当年,王国力和我之间,就是靠彼此的两条腿,越走越近的,不少时效性很强的稿件,就在这一来一往的徒步跋涉中合作完成。可惜,后来彼此都搬了家,再后来,彼此又先后退休,孩子们再也难得见到"王伯伯"了,每念及此,心中为之怅然。

王振源:平地一声雷

与王国力的性格相反,王振源心直口快,对时势的评点,对人物的褒贬,对稿件的好坏,总是爱憎分明,一针见血,丝毫不留余地。与王振源一起出差,一路上听他指点江山,激扬文字,倒也十分痛快。

可惜,我与他一起出差的机会,仅有一次。那是1991年春天,为迎接建党70周年,省里各有关部门联合开展征文活动。省文联派出以许怀中为团长的作家采风团赴闽西、粤北。团员有张惟、延青、朱谷忠、陈志泽和我,而王振源则以编辑、记者和作家的三重身份加盟,并将为《武夷山下》组织一个专版。这种组织形式,有利于新闻工作者与文学工作者贴近时代,贴近生活,贴近群众,也有利于两者之间交流互动,提高文学作品在报纸版面上的落地率,用今天的话说,就是"双赢",何乐而不为! 更何况,这还是战争年代我党办报的一大优良传统,刘白羽、杨朔、魏巍、徐迟、华山、穆青等一大批老前辈,不就是记者、编辑和作家兼于一身吗!

果然,王振源的组稿任务,在采风途中就提前完成了,因为每个人写什么,该怎么写,包括写多长,他全在现场见机行事,根据每个人的不同感受和不同专长,一一指派,一一订货,一一验收,全都胸有成竹,水到渠成。

记得采风团刚从龙岩火车站下车时,就听见一声春雷巨响。而王振源在为《武夷山下》这一专版撰写《采风团随行侧记》时,开头第一句就是:"平地一声雷",可谓神来之笔,不同凡响!

黄敬林:《三色堇》的园艺师

王国力和王振源的顶头上司是黄敬林,作为文艺处处长,《武夷山下》归他分管。他的一大长处,是能紧紧围绕党的宣传中心,策划副刊的新版面、新栏目,并调兵遣将,约请适合的作者来担纲写作。比如,20世纪90年代初,全国文坛上出现了随笔热,他就约请一批作家,先后在《武夷山下》推出若干随笔专栏。

其中,有一个专栏,就是他点名由我、蒋夷牧和颜纯钧三人组合完成的。其理由是:我搞过新闻,写过散文,也在别的报纸开过专栏,有点经验;诗人蒋夷牧是位时代的歌手,他的文章激情澎湃,有很强的感染力;而颜纯钧教授是位学者,他的文章有较强的思辨性。三人组合,可以优势互补。加上我们三人本来就是好朋友,一拍即合,于是,为期一年的《三色堇》专栏很快就新鲜出炉了。

当然,对我来说,这也是一种新的挑战,因为既为专栏,就意味着要连续不断地写下去。正巧,我因胆结石诸症并发住院开刀,刚从手术台下来没几天,轮我交稿的期限就到了,怎么办?我想,我不妨就写写病中的感受吧!于是,我利用挂瓶的间歇时间,左手拎着排放胆汁的小袋子,右手执笔,终于写成《病的快乐》,按时交卷。没想到,这篇把病中的"忍受"化为"享受"的文章,受到许多病人及家属的好评,后经《健康报》转载,收入全国医疗卫生中专学校的语文教材。看来,许多文章都是逼出来的。我特别要感谢黄敬林这一逼,让我每年都可以从人民卫生出版社那里收到一小笔稿酬。

林娟:一句话改变了我的晚年

时光如水。不知不觉间,老编辑一个个退休了,比我年轻的编辑一个个挑起了大梁。在世纪之交的几年时间里,《武夷山下》常和我联系的编辑是林娟,她和我女儿同年毕业,同年走上新闻岗位,因此,向我组稿时,总是客气地称我老师,我只能暗暗感叹自己真的老了。

2001年秋天,为纪念建党80周年,我应约写了篇《苍山如海》寄去,她立马回电话:章武老师,稿件收到了,谢谢你,这几天手头正忙,等星期天,我会把你的稿件在电脑上打出来,请放心。她这一句话,使我如梦方醒,大感羞愧,原来,我这个不会使用电脑的笨家伙,给她带来多大的麻烦!想想在此之前,我发过的几篇长稿,包括获得省新闻奖一等奖的《西海固乡音》,原来都是她在默默地替我当打字员呢!于是,我暗暗下决心,务必要学会电脑。

果然,一年过后,我终于"换笔"成功。可以说,是林娟的一句话,改变了我的晚年,使我成为一个新的网民,迎来了文字生涯的"人生第二春"。

黄燕:笑眯眯的命题大王

2002年,我正式退休,结束了为作家服务的工作,回归书斋,成为自我服务的专业作家。此后,原在省文联工作的散文家楚楚调进了《武夷山下》,彼此就更熟悉了,常有电话往来,但只是不常见面。相比之下,她的上司、理论文艺处长黄燕,因同在炎黄文化研究会做点事,每月一次例会,见面的机会就多一些。在我的印象中,黄燕不大爱在会上发言,但总是笑眯眯地听别人谈话,而且,常常从中发现有价值的线索,当场出题目向人约稿。比如,有一次,我告诉她,我的外孙女从国外回来,最近,我什么文章也不写,全心全意当外公。她听了,眼睛一亮:那就写写你当外公的体验吧!于是,我才有了后来被全国多家报刊转载的《妞妞教我当外公》。又有一次,在讨论一本报告文学书稿时,我在即兴发言中感叹:现在,再也没有哪一位作家,能像 30 年前徐迟写《哥德巴赫猜想》那样,产生轰动全国的影响了。她一听,又递来一张条子:我们正在组织"纪念改革开放 30 周年征文",你刚才的发言触及思想解放问题,正是我们所需要的,请写下来好吗!于是,我又有了一篇题为《从"猜想"到"梦想"》的获奖文章。

正因为笑眯眯的黄燕善于倾听别人的发言,善于从中捕捉思想的火花,善于出题目,在炎黄文化研究会工作的一批老同志,包括何少川、许怀中、楚欣、林思翔等,都成为副刊的忠实作者。也正因为如此,大家都称她是个脑子特别灵、目光特别敏锐的"命题大王"。

原载《传媒天地》2009 年 4 月号

附录:章武创作年表

1942 年,出生于长乐县白犬岛。

1959 年(17 岁),小小说《王大伯进城》在《热风》发表。时为福清县虞阳中学高二学生。

1960 年(18 岁),小小说《脸盆的故事》在《羊城晚报》发表。考入福建师范学院中文系。

1963 年(21 岁),短篇小说《山村清夜》在《羊城晚报》发表,获该报 1963 年业余文学创作奖(第二名)。

1964 年(22 岁),大学毕业,任福建第二师范学院中文系助教。

1966 年(24 岁),在《光明日报》发表组诗《闽南春色》。创作三幕话剧《焦裕禄》在校园演出。"文革"爆发,学校停课。

1967 年(25 岁),利用停课时间,潜入校图书馆浏览中国现、当代各文学期刊合订本。

1968 年(26 岁),学校复课,与学生合编《毛主席诗词集注》。

1969 年(27 岁),与汪兰女士结婚,举家下放南靖县农村。参与创办梅林中学,后借调县报道组。

1974 年(32 岁),报告文学《五斗山》在《福建文艺》发表。

1976 年(34 岁),参加《福建文艺》上杭笔会,一批散文作品陆续在《福建文艺》发表。

1978 年(36 岁),调任《福建文学》编辑。举家迁榕。

1979 年(37 岁),加入中国作协福建分会。

1980 年(38 岁),散文《海峡塔影》在《人民文学》发表。赴上海打捞局平潭牛山洋工地采风,做报告文学《阿波丸之谜》在《福建文学》发表,后入选《中国打捞史》。

1981 年(39 岁),赴闽南灾区采访,报告文学《水漫山城》在《福建文学》发表。

1982 年(40 岁),第一本散文集《海峡女神》由福建人民出版社出版,何为之序《可喜的起点》在《文汇报》刊发。

1983 年(41 岁),散文《武夷山人物画》在《福建文学》发表,后获第二届福建省优秀文学奖,并入选全国初中、小学语文课本。

1984 年(42 岁),任《福建文学》副主编,参与创办《台港文学选刊》并兼任副主编。

1985 年(43 岁),加入中国作家协会。散文《北京的色彩》在《人民日报》发表,获第三届福建省优秀文学奖,并入选全国高中语文课本。到仙游县挂职,任副县长。加入中国共产党。

1987 年(45 岁),任福建省文联秘书长。《文汇月刊》转载《北京的色彩》并配发郭风评论。

1989 年(47 岁),散文《阳台》获《人民日报》"燕舞"散文征文二等奖。散文《石狮之谜》获《华声报》"新侨乡"全球华人征文特等奖。任福建省文联书记处书记。随福建省书画家代表团访问香港。

1990年(48岁),散文《云天锁》在《十月》发表。

1991年(49岁),第二本散文集《处女湖》由中国华侨出版社出版,郭风作序。

1992年(50岁),第三本散文集《仲夏夜之梦》由海峡文艺出版社出版,许怀中作序。与弟弟陈章汉合作,在《福州晚报》开辟"骥斋随笔"专栏,历时一年。随中国文联代表团访问日本。

1993年(51岁),与蒋夷牧、颜纯钧合作,在《福建日报》开辟"三色堇"随笔专栏,历时一年。住院进行胆切除手术,作《病的快乐》先后刊《福建日报》和《健康报》,后入选全国卫校语文课本。

1994年(52岁),随中国作家采风团赴青海采风。

1995年(53岁),在福建省文联第五次代表大会上当选为省文联副主席。第四本散文集《生命泉》由福建人民出版社出版。

1996年(54岁),出席中国作协第五次全国代表大会,当选为中国作协第五届全委会委员。在《福州晚报》开辟专栏"名山游"。应上海《语文学习》之约,就《北京的色彩》答读者问。

1997年(55岁),在福建省作协第五次代表大会上当选为省作协主席。率领福建作家代表团访问马来西亚。第五本散文集《章武散文自选集》由作家出版社出版。

1998年(56岁),率领中国作家代表团访问罗马尼亚,顺访瑞士。

1999年(57岁),率领福建省文联代表团访问台湾、香港。赴重庆三峡库区采风。

2000年(58岁),赴鞍山钢铁厂采风。赴宁夏西海固地区采风。晋京出席冰心墓奠基礼并代表福建乡亲献辞。

2001年(59岁),出席中国作协第六次代表大会,当选为中国作协第六届全委会委员。率领福建作家代表团访问美国。在省第五次文代会上,再次当选省文联副主席,同时卸任书记处书记职务。

2002年(60岁),学会电脑写作。

2003年(61岁),第六本散文集《飞越太平洋》(旅外游记集)由海峡文艺出版社出版。在《深圳法制报》开辟"人生一险"随笔专栏。与黄文山主编《武夷山散文选》。办理退休手续。

2005年(63岁),随笔《标点人生》在《新民晚报》发表。

2006年(64岁),出席中国作协第七次代表大会。

2007年(65岁),第七本散文集《东方金蔷薇》由中国文联出版社出版。在《香港文学》发表《闽海金蔷薇》。先后出席省作协、省文联第六次代表大会,皆被聘为顾问。与陈章汉、黄文山主编《作家笔下的福州》。参与编写"走进海西"纪实文学丛书,此后延续多年。体检发现腰椎骨髓瘤,双脚逐渐麻木,开始挂拐助步。

2009年(67岁),游记《京口三山》获全国"长江颂"游记征文一等奖。与吕纯晖主编《福建文艺60年选·散文卷》。

2010年(68岁),第八本散文集《一个人与九十九座山》由海峡文艺出版社出版,并在榕召开作品研讨会。

2011年(69岁),《一个人·九十九座山》(繁体字版本)由台湾尔雅出版社印行。

2015年(73岁),第十本散文集《标点人生》由海峡书局出版。第十一本文集《策杖走四方》(纪实文学作品集)亦由海峡书局出版。

后 记

今年,是我大学毕业离别母校50周年。正当同班的老同学们商议是否有可能在福州再聚会一次时,余岱宗教授发来一封电子邮件,说是福建师范大学文学院正着手编印一套"闽水泱泱"文丛,希望我能以校友的身份提交一部书稿。

都半个世纪了,母校还记挂着我们这些老学子,这让我十分感动。于是,一幕幕往事又在我心屏上回放:诗人童晴岚老师、散文家郑锹(燕青)老师细心批改我们的习作,指导我们如何办好校园文学刊物《闽江》;戏剧家曾一萍老师在排练话剧《草原雄鹰》时,严厉批评我用心不专,老把台词念错;教文艺理论的李联明老师则公开表扬我,说我的课堂笔记一句不漏、一笔不苟;教古典文学的陈祥耀教授深入浅出,为我点拨如何理解杜甫律诗中最难理解的那一联:"红豆啄余鹦鹉粒,碧梧栖老凤凰枝";国画家林子白教授摊开宣纸,为我们当场演示如何画好"个"字形的一片片竹叶,让它有一种在风中微微摇动的效果;在法国获得双博士学位的黄曾樾教授,利用星期天带我们登于山,并启示我们:"如果想遍游天下名山,不妨先从身边的山爬起";而当我还在文山会海中瞎忙之时,俞元桂教授就提前告诫我不要恋栈:"作为知识分子,人生的高潮当在退休之后60岁至70岁之间"……

老师们不仅教我如何学文,还教我如何做人,让我终生受用无穷。尽管他们中的许多人已不在人间,但师恩难忘,每当我抬头仰望星空时,总觉得有许多耀眼的星辰,就是他们遥遥向我投射来的目光。

如今,我就像当年完成老师们所布置的作业那样,细心选编我的书稿。这部取名为《标点人生》的文集,是我的第十部散文集,所收录的作品,以退休后的新作为主,兼及青壮年时期较有代表性的部分旧作。我想,它大体上能勾画出我在文学创作长途上的人生轨迹。至于书名,我想取用我退休时所写的一篇随笔,题为《标点人生》,意为人的一生犹如各种标点符号:幼年时伴随着问号长大;青年时是情感激越的感叹号;人到中年,平平淡淡、绵绵不绝的逗号,才是最佳选择;到了晚年,句号与逗号交替使用,"知足知不足,有为有弗为",这才是健全的未来人生。

　　然而,当我准备把书稿呈交时,心中却产生种种惶惑:这些连我自己都不尽满意的作品,母校的现任老师们能给我打上及格或比及格更高一点的分数吗?我这些多少有点老气横秋的作品,年轻的学弟学妹们能接受吗?见多识广的读者能认可吗?

　　古人云:"千古文章未尽才。"对于一个作家来说,写作劳动从来都是自信与不自信反复较量的过程。倘若你没有一点自信,你的文章无从下笔;倘若你过于自信,你就不可能进步了。为了增强我的自信,我想,最好的办法是让时光倒流50年,让我重返母校,再当一届学生,以接受新观念,补充新知识,掌握更现代的写作技巧。然而,我已垂垂老矣,这一切都不可能了,我只能诚惶诚恐地向厚爱于我的母校交上这么一份作业,这么一份答卷。

　　但愿天公能再假我以时日,但愿我还能有所长进,因为我始终对文学心存敬畏,并常常想起一位罗马尼亚诗人的诗句:

　　"即使明天是世界末日,我也要种好今天的苹果。"

2014 年 8 月 23 日深夜

榕城,金山,骥斋